AMNESIA

SHARON KENDRICK
Miedo al olvido

Editado por Harlequin Ibérica.
Una división de HarperCollins Ibérica, S.A.
Avenida de Burgos, 8B - Planta 18
28036 Madrid
www.harlequiniberica.com

© 2025 Harlequin Ibérica, una división de HarperCollins Ibérica, S.A.
N.º 91 - 11.6.25

© 2003 Sharon Kendrick
Miedo al olvido
Título original: Back in the Boss's Bed

© 2012 Janice Maynard
Terreno privado
Título original: Into His Private Domain
Publicadas originalmente por Harlequin Enterprises, Ltd.
Estos títulos fueron publicados originalmente en español en 2003 y 2012

I.S.B.N.: 978-84-1074-535-3
Depósito legal: M-6432-2025
Impreso en España por: BLACK PRINT
Fecha impresión Argentina: 18.12.25
Distribuidor exclusivo para España: LOGISTA
Distribuidores para Argentina: Interior, DGP, S.A. Alvarado 2118. Cap. Fed./Buenos Aires y Gran Buenos Aires, VACCARO HNOS.

MIXTO
Papel
FSC® C159065

Capítulo 1

Y BIEN, Vaughn? –preguntó Adam Black, con sus ojos grises brillando igual que un mar embravecido.

–Detesto tener que pedirle favores a nadie –contestó el anciano desde su silla de ruedas–. Ni siquiera a ti.

–Y yo detesto tener que hacerlos, pero haré una excepción, en tu caso. ¿Qué ocurre?

–¿Te acuerdas de mi nieta Kiloran? –preguntó Vaughn–. Dirige el negocio, pero me temo que se ha topado con problemas. Grandes problemas.

¿Kiloran?, se preguntó Adam tratando de dar marcha atrás en el tiempo, y recordando al fin a una niña de ojos verdes y dos coletas. Toda una princesita, a pesar de las coletas y los vaqueros. Los Lacey eran una familia rica, tan rica como él pobre, y el poder del dinero parecía adherirse a esa niña como una segunda piel.

–Sí, la recuerdo… vagamente. Aunque en aquella época debía de tener nueve o diez años.

–De eso hace mucho tiempo, ya no es ninguna niña. Ahora tiene veintiséis, y es toda una mujer. Kiloran es hija de mi hija –añadió Vaughn cerrando los ojos y recordando–. Seguro que te acuerdas de su madre; todo el mundo se acuerda de Eleanor.

–Sí, me acuerdo de Eleanor.

Adam permaneció inmutable. Sí, por supuesto, aquel recuerdo en particular surgía claro y definido. Adam había tratado de olvidarlo, igual que había tratado de olvidar muchas otras cosas del pasado. Pero las palabras de Vaughn eran como la llave que abre el baúl de los recuerdos. Eleanor había sido la fantasía viviente de todo adolescente, excepto de Adam. Él entonces tenía dieciocho años, largas y fuertes piernas y piel morena. El verano era tórrido, demasiado caliente como para cargar cajas durante todo el día, pero ese era su trabajo, su forma de salir del largo y oscuro túnel en que se había convertido su vida. Pero de eso hacía tanto tiempo…

En aquel entonces Eleanor debía de tener unos… ¿cuarenta años? Algo más, quizá, o algo menos. Era difícil saber la edad de una mujer, llegada cierta edad. Pero lo que sí sabía Adam era que Eleanor era lo que se llamaba una buscona.

Los trabajadores del almacén dejaban lo que estaban haciendo, conteniendo el aliento con lujuria, cuando Eleanor pasaba. Y solía pasar muy a menudo, buscando excusas para visitar la fábrica con sus pantalones cortos y sus camisetas ajustadas. La bella viuda… aunque podían haberla llamado la Viuda Negra, de no haber sido por sus cabellos dorados.

Adam había oído hablar a los empleados. Buscona, la llamaban. Mirar, pero no tocar. La protegía su posición privilegiada, era la hija del jefe. Eleanor conocía el poder de su sexo, que irradiaba de ella como el calor de una calefacción, alimentando las fantasías de aquellas tórridas noches de verano. Pero no las fantasías de Adam. Para él, ella tenía algo que le hacía dar marcha atrás. Algo en su forma de mirar, descarada, le hacía apartar la vista. Quizá le recordara demasiado a lo que había dejado en su propia casa.

Eleanor había reparado en él, por supuesto. Adam era diferente, inteligente y brillante. Más fuerte, más capaz, y mucho más guapo que cualquiera de los empleados fijos. Y además no le prestaba ninguna atención. Sin embargo a algunas mujeres les gustaban los desafíos. Eleanor había esperado hasta la última semana de trabajo de Adam en la fábrica para... quizá para no aburrirse, quizá para no arriesgarse a suscitar la ira de su padre. Vaughn siempre había sido una persona estricta y conservadora, y un chico de barrio, de mala familia, no era lo que quería para su hija.

Pero Eleanor tenía otras ideas. Una tórrida tarde de aquel verano le llevó a Adam una cerveza. Era la primera vez que él probaba el alcohol. Con tanto calor, la bebida fría resultaba demasiado tentadora como para negarse. El alcohol lo trastornó ligeramente, pero Adam mantuvo las distancias. Sus ojos parecían los de un animal acorralado, cuando Eleanor dio golpecitos sobre el heno, a su lado, indicándole que se sentara.

–Ven aquí.

–Estoy bien donde estoy –respondió Adam.

Pero a Eleanor no le gustaba que la rechazaran, y no quiso captar la indirecta. Sabía lo que quería, y lo quería a él. Aquel día llevaba una camisa estampada, muy ajustada. Cuando comenzó a desabrochársela y se la abrió, sin dejar de mirarlo con sus ojos verdes, Adam se quedó helado.

Quizá ningún hombre hubiera rechazado lo que se le ofrecía, pero Adam no era un hombre cualquiera. Sabía adónde conducía el exceso y la debilidad, ¿y no era su trabajo en la fábrica ese verano producto precisamente del desenfreno?

Adam no pronunció palabra. Recogió su camisa, le dio las gracias por la cerveza y salió al justiciero sol del verano. No vio la mirada de Eleanor, de lujuria frustrada, pero se la imaginó. Era la primera vez que le ocurría algo así, pero no sería la última.

–Sí, me acuerdo de tu hija –añadió Adam mirando a Vaughn con frialdad–. ¿Qué le ha pasado?

–Ha hecho exactamente lo que quería –rio Vaughn–: casarse con un millonario y mudarse a vivir a Australia. Decía que quería una vida mejor, y ya sabes cómo son las mujeres.

Vaughn hizo una pausa, y Adam entonces recordó a la mujer a la que había sacado a cenar en su última noche de estancia en Nueva York. Toda una belleza, pero lo que Adam no sabía acerca de las mujeres podía escribirse en un sello, y sobraba aún espacio. Adam no le había hecho el amor. Su cuerpo lo deseaba, pero no su mente, y él jamás había sido capaz de separar mente y cuerpo. Ella se había echado a llorar. Las mujeres lloraban cuando no conseguían lo que querían. Y por lo general siempre lo querían a él. Adam no era una persona arrogante, simplemente era sincero.

—Sí, ya sé cómo son las mujeres —contestó Adam—. Entonces Kiloran se quedó, ¿no?

—Sí, se marchó, pero luego volvió. Decía que echaba de menos la casa —añadió Vaughn con orgullo—. Ama este lugar tanto como yo. Pero amar una casa no es dirigir un negocio. Fui un estúpido al creer que sería capaz de hacerse cargo de la fábrica. Sí, tenía experiencia en la vida empresarial, pero el proyecto era demasiado grande para ella —sacudió la cabeza Vaughn—. Hace lo que quiere conmigo, ¡con cualquiera! Sabe manejarse. Has dicho que ahora mismo no estás trabajando, así que, en teoría, te sobra tiempo, ¿no?

Adam se quedó absorto mirando el jardín de la mansión de los Lacey, que se extendía infinitamente, más allá de la vista. Cuando era joven, siempre le había parecido que aquel era otro mundo, como una montaña inalcanzable. Pero por fin formaba parte de ese mundo. No había vuelto jamás, desde el día en que se marchó. Ni a aquella mansión, ni a la pobre casa en la que se había criado. Pero finalmente esos dos mundos se habían unido, por decreto del destino. Era extraño, reflexionó. ¿Había sido un error volver?

—Sí, cierto —convino Adam—. No empiezo en mi nuevo empleo hasta el mes que viene.

–Quiero que vuelvas a hacer de Lacey lo que era, Adam –afirmó Vaughn estirándose en la silla de ruedas–. Si hay alguien que puede hacerlo, ese eres tú. Quiero ver la fábrica funcionando y mi apellido en su lugar, antes de morir. Por el bien de Kiloran. ¿Lo harás por mí?

–¿Y qué dirá Kiloran? –preguntó Adam frunciendo el ceño–. ¿Crees que le gustará recibir órdenes de mí? A menos… –Adam observó a Vaughn con cautela– a menos que quieras despedirla, claro. Pero no estás pensando en despedirla, ¿verdad?

–¿Despedirla? –repitió Vaughn silbando–. ¡Antes despediría al mismo demonio!

–Pero si las cosas van tan mal –continuó Adam pensativo–, voy a tener que ponerme muy duro con ella, si es que quieres buenos resultados.

–Ponte lo duro que quieras –sonrió el anciano–. Quizá yo haya sido demasiado blando con ella. Demuéstrale quién manda, Adam, lo necesita… es demasiado cabezota.

Adam asimiló aquella información en silencio. No había nadie más cabezota que él. Quizá por eso Vaughn hubiera recurrido a él. No importaba si Kiloran Lacey era una réplica exacta de su madre y comenzaba a pestañear ante él, tratando de salirse con la suya. Pronto descubriría, igual que Eleanor, que él no era de los que se dejaban manejar. En adelante él diría qué había que hacer, y si a ella no le gustaba… bueno, sería una lástima.

Vaughn asintió satisfecho y tocó una campanilla. La puerta se abrió y por ella entró una mujer con dos copas de champán y una botella.

–Ah, Miriam, sírvele una copa al señor Black, ¿quieres?

Adam sonrió disimuladamente. Así que el viejo sabía que aceptaría. ¿Y por qué no?, ¿acaso no estaba en deuda con él por el inmenso favor que le había hecho cuando no era más que un joven con problemas? Adam observó a la sirvienta uniformada. Hacía años que no veía esas antiguas costumbres. Lo cierto era que había estado viviendo en Estados Unidos, donde la sociedad es completamente distinta. De pronto Adam vio un exquisito grabado de Augustus John colgado en la pared. Solo aquella pequeña obra de arte debía de costar la friolera de un par de millones. Adam se preguntó qué más antiguas glorias poseerían, y cómo Vaughn y su nieta se adaptarían a los nuevos tiempos si eran necesarios ciertos recortes económicos.

Adam tomó ambas copas y le tendió una a Vaughn, tras marcharse la sirvienta. Ambos brindaron, y el sonido del cristal chocando fue tan puro como el de la campanilla.

–¡Por el éxito!, ¡por la resurrección de Lacey! –murmuró Adam alzando la copa y preguntándose en qué lío se había metido.

–Mandaré ir a buscar a Kiloran –contestó Vaughn, sonriente.

Capítulo 2

KILORAN se restregó las palmas de las manos en las caderas. De pronto, inexplicablemente, estaba nerviosa. El pasillo que conducía a la sala de juntas parecía interminable, a pesar de haberlo recorrido cientos de veces. ¿Por qué aquellos nervios?

Su abuelo la había llamado por teléfono a la casa y le había pedido que se reuniera allí con él. De inmediato. Y lo había hecho con un tono brusco, tajante. Aquello había sonado a orden, más que a otra cosa. Era poco propio de él. ¿Acaso iba a comunicarle que no tenía sentido continuar, que debían llamar al banco y pedir un préstamo, que era el final de la empresa, con todo lo que eso significaba?

Al abrir la puerta y ver que su abuelo no estaba solo sintió que un sudor frío la embargaba. Un hombre estaba junto a él, de pie, observándola con el frío aire de un juez. El tipo de hombre por el que cualquier mujer contendría el aliento, en otras circunstancias.

–¿Me llamabas, abuelo? –preguntó Kiloran con cierta inseguridad, volviéndose hacia la silla de ruedas.

—Ah, Kiloran, este es Adam. Adam Black. ¿Te acuerdas de él?

Lentamente, Kiloran fue recordando. Adam Black, por supuesto. Cierto, ella era muy pequeña, pero algunos de los hombres que trabajaban en la fábrica eran inolvidables, y ella estaba en una edad muy impresionable. En aquel entonces leía cuentos acerca de caballeros de brillantes armaduras que salvaban a damas en apuros. Y Adam Black encajaba perfectamente en el papel. A juzgar por los comentarios de las empleadas de Lacey, no era ella la única que lo pensaba. ¿Acaso no estaban siempre buscando una excusa para ir a la zona de carga, y echar así un vistazo al torso desnudo del hombre que cargaba cajas de jabón en los camiones?, ¿no había dicho incluso su madre que era un chico muy guapo?

Kiloran recordó con impresionante facilidad. Resultaba casi molesto, recordarlo tan bien. Volvió la vista hacia él y lo observó. Los años no solo no habían hecho mella en él, sino que parecían haberlo tratado con deferencia. Su cuerpo era esbelto y atlético, y su piel ligeramente morena. Sus cabellos seguían siendo negros como el azabache, espesos y abundantes, con leves toques de gris en las sienes. Sus ojos grises la observaban atentos. No tenía un aire amistoso, pero tampoco abiertamente hostil. Llevaba un inmaculado traje gris, propio de un ejecutivo. Kiloran recordaba haberlo visto solo con unos vaqueros, el torso sudoroso. Resultaba difícil creer que fuera el mismo, con aquella figura de arrogante respetabilidad.

¿Qué hacía él allí?, se preguntó Kiloran con el corazón acelerado, latiendo a marchas forzadas bajo el vestido verde, veraniego, de seda. Enseguida olvidó el encaprichamiento infantil y comprendió. De pronto cayó en la cuenta de por qué su nombre le resultaba tan familiar. Y no era solo porque hubiera trabajado un verano en la fábrica, para su abuelo.

Adam Black, el famoso Adam Black, el hombre al que los periódicos apodaban el Tiburón, ¿en la sala de juntas de Lacey? Tenía fama de frío y calculador. Kiloran había leído cosas acerca de él como cualquier otra persona dedicada a los negocios: artículos en los periódicos, entrevistas. Había visto su foto en las revistas, en las páginas de sociedad. Las cámaras lo adoraban tanto como las mujeres. Tenía reputación de mujeriego.

–¿Recuerdas a mi nieta?, ¿Kiloran Lacey? –preguntó Vaughn.

–Fue hace mucho tiempo –murmuró Adam asintiendo, cortés.

Mucho, mucho tiempo. Ciertamente, la imagen que guardaba en su memoria de aquella niña con coletas no se parecía en nada a la mujer sentada frente a él, de ojos verdes. Sus largas y bien formadas piernas se dibujaban bajo la tela de seda pero, por magníficas que fueran, no eclipsaban el volumen de sus pechos, perfectamente destacados.

Recordaba que era rubia, con coletas, pero no que su cabello tuviera un tono dorado tan puro como el oro. Lo llevaba recogido en un moño.

Eran los cabellos de su madre, pensó. Y los ojos de su madre o, al menos, del mismo color. Porque los ojos que le devolvían la mirada eran fríos e inteligentes, no voraces ni lascivos, como los de Eleanor. Pero cada mujer se ponía una máscara, ¿no era cierto? ¿Y quién podía saber qué tipo de persona era Kiloran Lacey?

Desde luego por fuera era perfecta. Su piel era pálida como la nieve, contrastando vívidamente con el verde profundo de los ojos. Tenía ese tipo de belleza natural que, en otra época, cualquier pintor habría querido retratar. Sus labios eran sensuales, seductores, y parecían esbozar una leve expresión de desagrado al mirarlo, como si creyera que él no tenía derecho a estar allí. Pero esa expresión de desagrado lo excitaba increíblemente. O quizá fuera su seriedad. Adam estaba acostumbrado a que las mujeres respondieran de inmediato a sus encantos y, por primera vez en la vida, eso no ocurría.

–Me alegro de verte –dijo él, escueto.

–¿Quiere alguien decirme qué está ocurriendo aquí? –preguntó Kiloran sonriendo educadamente–. No comprendo qué hace usted aquí, señor Black.

–Llámame Adam –sonrió él–. Por favor.

Algo en su forma comportarse, de un modo excesivamente confiado y arrogante, la puso de mal humor. ¿Cómo se atrevía a mantener ese aire dominante, como si tuviera todo el derecho del mundo a dar órdenes en Lacey? Kiloran respiró hondo tratando de controlarse.

–Adam, qué sorpresa.

–Le he pedido a Adam que calcule la suma total del desfalco –intervino Vaughn.

El desfalco, esa era la cuestión. La palabra sonaba fatal, pero lo peor de todo era que era acertada. Era un hecho. Kiloran había caído en la trampa de un sutil contable, muy convincente a la hora de contar mentiras.

–¡Pero si yo misma he estado calculándola! –objetó Kiloran–, lo sabes muy bien.

–Pero tú estás demasiado implicada –repuso Adam–. Me temo que las cosas no son tan sencillas.

–¿Estás tratando de sugerir que he robado dinero de mi propia empresa? –preguntó ella, atónita.

–¡Por supuesto que no! –respondió Adam sacudiendo la cabeza–. Tú no eres culpable del desfalco pero, a diferencia de mí, no tienes una visión imparcial del asunto.

–Creo que me subestimas.

–Bueno, os dejo a los dos en paz –se apresuró a intervenir Vaughn manipulando el mecanismo de su silla de ruedas para dirigirse a la puerta.

Kiloran apenas se dio cuenta de que su abuelo se marchaba. Respiraba entrecortadamente, mientras su pecho subía y bajaba, agitado. Adam deseó poder ordenarle que se pusiera una chaqueta pero ¿qué razón podía darle?, ¿que la visión de sus pechos lo distraía?, ¿que su cabello era demasiado luminoso y brillante, y sus labios positivamente provocativos?, ¿que su piel era tan blanca que era un crimen cubrirla con otra cosa que no fueran los labios de un hombre? Adam sonrió irónico. La gente que lo conocía habría dudado del significado exacto de las palabras que, acto seguido, pronunció:

—Tu abuelo me ha pedido que revise vuestra situación, y he estado echándole un vistazo preliminar.

—¿Y?

—Sospecho que es peor aún de lo que él cree —contestó Adam con voz de acero y ojos impenetrables. Adam hizo una pausa para que ella tuviera tiempo de asimilar la noticia y continuó—: Me temo que vamos a tener que hacer unos cuantos cambios porque, a no ser que ocurra un milagro, vuestra empresa se hunde, Kiloran.

Capítulo 3

NO EXAGERAS un poco?
Adam observó la mirada fría y casi altiva
que ella le dirigía, y por un momento estuvo tentado de borrar aquella expresión orgullosa de su rostro, pero finalmente sacó un montón de papeles de la cartera y dijo:

–Siéntate. Así que crees que exagero, ¿no? –continuó Adam tomando asiento a su lado–. Dime, ¿has leído estos papeles?

–¡Por supuesto que los he leído!

–Entonces no te puede caber absolutamente ninguna duda.

–¿Crees que soy estúpida?

–Acepta un consejo, cariño: no hagas nunca preguntas tan directas como esa. Me estás dando la oportunidad de contestar que sí.

–¡Pues dilo! –exclamó Kiloran–, no me da ningún miedo.

Adam suspiró, ocultando apenas su impaciencia. Kiloran estaba bellísima cuando inclinaba la cabeza de aquel modo; sus ojos hechiceros brillaban como el fuego. Pero ese era el tipo de cosas que ocurrían cuando se trabajaba en una empresa

familiar, que la gente se comportaba como si fuera
el dueño del lugar. En realidad, así era. De haber
sido Kiloran Lacey una empleada cualquiera,
Adam le habría dicho que se callara, que le estaba
haciendo perder el tiempo.

–De ser culpable de algo, eres culpable de dirigir mal la empresa –dijo Adam–. Para ser estúpido
es necesario además desoír un buen consejo, y supongo que tú no lo has hecho. ¿O sí? –preguntó
Adam alzando una ceja, arrogante–. ¿Te advirtió
alguien que tu contable estaba desviando fondos
hacia una cuenta suiza, Kiloran?

–¡Claro que no!

–¿Y no te diste cuenta?

–No, evidentemente –reconoció sintiéndose
como una estúpida.

–Bien –convino Adam pensativo, observándola
sin prisas–, entonces, ¿qué pasó?, ¿no miraste siquiera las cuentas?

Adam la hacía parecer una estúpida, pero Kiloran sabía que no lo era. Sabía que había fallado,
pero no estaba dispuesta a ver cómo aquel preten-
cioso hombre la juzgaba sin conocerla siquiera.

–Rebosa usted preguntas, señor Black…

–Creía que ibas a llamarme Adam –repuso él
notando lo experta que era dando evasivas, y preguntándose si tendría algo que ocultar.

–Si insistes…

–Sí, insisto –respondió Adam.

La impenetrable expresión de Adam se relajó
momentáneamente, adoptando entonces cierto aire

burlón. Kiloran tragó, nerviosa. Era una sensación curiosa. Por lo general ningún hombre la hacía sentirse así. Ni siquiera un hombre tan extraordinariamente guapo como él, aunque Kiloran jamás había conocido a ningún hombre como Adam Black. Un aura de poder y éxito irradiaba de él, pero no se iba a dejar acobardar.

–Quizá sea el momento de que tú contestes también a unas cuantas preguntas –sugirió Kiloran.

Adam alzó las cejas escéptico. De modo que ella reivindicaba su categoría de directiva. ¿Acaso no se daba cuenta de la gravedad de la situación?, ¿no comprendía la cantidad de puestos de trabajo que estaban amenazados?, ¿o solo pensaba en sí misma? Adam decidió tomarle el pelo. Quizá, si le daba cuerda, se colgara ella solita.

–¿Y qué es exactamente lo que quieres saber, Kiloran?

–¿Por qué te ha llamado mi abuelo?

–Creía que era evidente; quiere que te ayude a salir del apuro que tú…

–¿Que yo misma he creado?

–Que has colaborado a crear –se corrigió Adam.

–Por favor, no trates de dirigirme…

–¿Dirigirte? –repitió Adam perdiendo la paciencia–. Escucha, el día en que te dé una orden, te aseguro que lo notarás –advirtió, inclinándose hacia delante y arrepintiéndose de inmediato al oler la fragancia a flores que emanaba de ella. Adam se echó atrás y añadió–: ¡Sabes perfectamente por qué me ha llamado!

–Ah, sí, por tu reputación. Pero eso no explica que hayas condescendido a venir a Lacey, a hacerte cargo de algo de tan escasa importancia.

–Cierto –convino Adam con ojos brillantes–, yo tampoco acabo de comprenderlo, pero si te parece que Lacey tiene tan poca importancia…

–¡No era eso lo que quería decir, y tú lo sabes! ¡Retuerces todo lo que digo! –exclamó Kiloran–. Me refería a que sueles enfrentarte a problemas mucho más graves.

–Quizá me apetezca cambiar –comentó Adam admirando el maravilloso jardín por la ventana y reparando en el crujido de la seda, al cruzar las piernas Kiloran–. Un cambio de escena, un poco de aire campestre.

–¿Y cuánto te va a pagar mi abuelo? –preguntó Kiloran notando cómo admiraba el paisaje y sintiendo que él invadía su terreno, en más de un sentido.

–Eso no es asunto tuyo –respondió Adam adivinando sus sentimientos. Kiloran seguía considerándolo un pobre chico de barrio, indigno de sentarse a la misma mesa que ella. Sin embargo hizo caso omiso del insulto implícito, respondiendo con voz de seda–. Es un asunto entre tu abuelo y yo.

–Pues yo creo que sí es asunto mío.

–Lo siento –sacudió la cabeza Adam, negándose a confesarle que no iba a cobrar nada. Prefería que ella pensara lo que quisiera–. Ya te he dicho que es un asunto privado entre tu abuelo y yo. Y mientras yo esté al mando, seguirá siéndolo.

–¿Al mando?, ¿quieres decir que… que voy a tener que responder ante ti?

–Me temo que sí –se encogió de hombros mientras Kiloran abría los ojos inmensamente, atónita. Adam sintió lástima–. Es lo que suele ocurrir, en situaciones como esta.

El poco control que le quedaba a Kiloran pareció evaporarse. Se sentía terriblemente herida, hundida. ¿Por qué no había hablado su abuelo con ella antes de contratar a aquel individuo?, ¿por qué no le había advertido de nada, ni se había molestado en averiguar si la ofendería? Kiloran esbozó una expresión de estudiada calma. Tenía que demostrarle a Adam que cometer un error con respecto a un contable no significaba que no fuera una profesional.

–Bien, ¿y por dónde empezamos?

–¿Por qué no empiezas por contarme primero algo sobre ti? –contestó Adam, inesperadamente.

–¿Como qué? –inquirió Kiloran, pensando que la pregunta sonaba excesivamente personal.

Adam hubiera querido saber cómo era su cabello dorado cuando se lo dejaba suelto, cayendo sobre los generosos pechos. Hubiera querido saber si ella gritaba al llegar al orgasmo. Hubiera querido…

–¿Pues qué va a ser?, tu currículum laboral, por supuesto.

–Fui a la Universidad, tuve un primer empleo durante tres años, y luego trabajé para Edwards, Inc. hasta que el abuelo cayó enfermo. El resto ya lo sabes. La rutina habitual.

Adam permaneció en silencio. Quizá aquella fuera la rutina habitual para los privilegiados como Kiloran Lacey, pero no tenía nada que ver con la dura escalada que había tenido que hacer él.

–Comprendo. Bien, es evidente que tienes cierta experiencia…

–¿Te sorprende?

–Tendremos que calcular con exactitud la suma del desfalco, claro –continuó Adam sin hacer caso–. Después habrá que desarrollar alguna estrategia para resolverlo. ¿No te parece, Kiloran?

A Kiloran le costaba mantener la calma bajo el escrutinio de aquellos ojos grises. Y no ayudaba mucho el hecho de que él la hiciera sentirse como una incompetente, o que fuera tan irresistiblemente atractivo. Adam la hacía sentirse excesivamente consciente de sí misma en un sentido que era totalmente nuevo para ella. ¿Desde cuándo se le hinchaban los pechos solo por el hecho de que un hombre se hubiera fijado accidentalmente en ellos?, ¿y por qué de pronto se avergonzaba de no llevar nada bajo del vestido, excepto un ridículo tanga? El pulso le latía acelerado, le martilleaba en las sienes.

–¿Qué… qué es lo que quieres saber?

–Podrías ir contándome unos cuantos hechos.

–¿Como cuáles? –continuó preguntando Kiloran.

–Cuéntamelo todo acerca de Eddie Peterhouse, el contable: cuánto tiempo llevaba trabajando para Lacey, ese tipo de cosas.

–Trabajó para la empresa durante cinco años…

–Y tú comenzaste… ¿cuándo?

–Hace dos años.

–Más o menos cuando él comenzó a robar –concluyó Adam.

–¿Qué estás sugiriendo? –preguntó Kiloran ofendida.

Adam no respondió, o al menos no lo hizo de inmediato. Prefería que ella sacara sus propias conclusiones. En lugar de ello preguntó:

–¿Cómo era él?

–¿Y qué tiene eso que ver? –preguntó a su vez Kiloran, sacudiendo la cabeza.

Aquel movimiento sacudió la tela del vestido de Kiloran, presionando sus pezones contra ella. Las eróticas ideas que surgieron entonces en la mente de Adam le hicieron muy difícil concentrarse. Pero que muy difícil, recapacitó sintiendo que su cuerpo reaccionaba ante tanto atractivo. No le gustaba nada lo que le estaba ocurriendo. No le gustaba ni lo más mínimo.

–La policía necesitará una descripción…

–Pero tú no eres la policía –objetó Kiloran.

–¿Vas a responder a mi pregunta o no, Kiloran? Te he preguntado cómo era Eddie Peterhouse.

–Alto –respondió ella escueta, tras respirar hondo.

–¿Podrías concretar un poco más?, ¿cómo de alto?

–No tanto como tú –respondió Kiloran sin pensar, horrorizada.

–Pocos hombres son tan altos como yo –sonrió

Adam cínicamente–. Te lo repito, ¿podrías ser más específica?

–Debía de medir algo más de metro ochenta, supongo. Pelo rubio, ojos azules…

–Continúa –la alentó Adam, expectante–. ¿Estaba en buena forma?

–Lo normal –contestó Kiloran encogiéndose de hombros, como si jamás se hubiera fijado, lo cual era cierto–. Bebía demasiada cerveza, pero muchos hombres beben demasiada cerveza.

–¿Lo encontrabas atractivo, Kiloran?

–¿Qué has dicho? –preguntó ella atónita.

–Ya me has oído. ¿Te lo parecía?

–¡No, por supuesto que no! ¿Por qué tienes que hacerme una pregunta tan extraña y tan insultante?

–Ni se puede dar nada por supuesto –afirmó Adam–, ni la pregunta es extraña o insultante. La naturaleza humana es siempre la misma, es predecible. Es el escenario clásico, me temo. Un hombre halaga a una mujer hasta hacerle pensar que está enamorado de ella, y de pronto ella es una muñeca en sus manos. ¿Fue eso lo que ocurrió, Kiloran?, ¿te sedujo?, ¿te halagó con sus bonitas palabras y sus piropos?, ¿te llevó a su cama, quizá?, ¿te sentiste dispuesta a dejarlo todo en sus manos, sin molestarte en controlar las cuentas? Porque eso es lo que ocurre a veces, cuando una mujer cae bajo el poder de un amante.

La cruda forma de hablar de Adam tenía consecuencias desastrosas para Kiloran. Sentía que las palmas de las manos le sudaban, al oírlo mencionar cosas como la cama. ¿Por qué le latía el corazón a tanta velocidad?, ¿acaso porque se lo imaginaba a él, en la cama? Entonces se puso en pie, mirándolo deliberadamente por encima del hombro, y contestó:

—¡No tengo por qué seguir escuchando una sola palabra más!

—¡Siéntate!

—¡No, no pienso hacerlo! —exclamó ella permaneciendo de pie para poder seguir mirándolo desde arriba, con cierta superioridad—. ¿Sabe mi abuelo a qué tipo de interrogatorio me estás sometiendo?, ¿crees que le parecería correcto?

—Adelante, ve y pregúntaselo —respondió Adam encogiéndose de hombros.

—No creo que le gustara, señor Black. Te echaría de aquí en menos que…

—No lo creo —la interrumpió Adam—. Me ha dado plena libertad, y estoy decidido a usarla. Necesito saber si has dejado que tus emociones te nublen la mente, Kiloran. Eso es todo.

Kiloran estuvo a punto de gritarle que ella jamás dejaba que nada nublara su mente, pero antes de hacerlo se dio cuenta de que habría sido una contradicción. Ella jamás gritaba. Jamás reaccionaba. Era una persona serena y fría… pero entonces, ¿qué le estaba ocurriendo? Justamente todo lo contrario. Desde el momento en que había visto a Adam no había hecho otra cosa que reaccionar. Ante él. Y había llegado el momento de impedir que siguiera sucediendo. Kiloran se sentó, respiró hondo y trató de calmarse.

—Para tu información, no. No lo encontraba atractivo.

—¿Encantador, quizá?

—No es que careciera de encanto, desde luego —admitió Kiloran, cauta.

—¿Bien parecido?

—No especialmente.

—Entonces, ¿cuál dirías que era su característica más importante?

—Parecía saber lo que hacía. Tenía confianza en sí mismo.

—Como todos los estafadores, por eso la gente se cree sus mentiras —afirmó Adam.

—¿Clasificas siempre a todo el mundo?

—Siendo la naturaleza humana como es, casi siempre funciona.

La forma de pensar de Adam era fría, calculadora. Parecía un ordenador en lugar de una persona. Kiloran se preguntó cómo la habría catalogado a ella, pero decidió no darle vueltas. Sonrió con calma y preguntó:

—¿Y no crees que preguntarse cómo ocurrió es una pérdida de tiempo? Lo hecho, hecho está. ¿No sería mejor dedicar nuestro esfuerzo a solucionarlo?

Al fin, pensó Adam. Por fin encontraba un poco de sentido común en una mujer, en lugar de su habitual lógica enmarañada e incomprensible.

—Sí —afirmó Adam, con ojos brillantes—. ¿Te sientes capaz, Kiloran? El trabajo será duro.

–Jamás me ha asustado el trabajo.

Adam la observó y lo dudó. Parecía la típica mujer que no se preocupaba de otra cosa que su crema hidratante o sus vestidos. Sin embargo respondió:

–Me alegro de oírlo. Cuanto antes empecemos, antes terminaremos. Estaré aquí el lunes a primera hora de la mañana –terminó Adam, recogiendo sus papeles y dando por terminada la conversación.

Kiloran lo miró confusa. Adam le había dado órdenes, la había interrogado y la había crucificado, pero ella seguía sin saber nada de él. ¡E iba a ser su jefe! ¿Quién era Adam Black?

–Tú eres de por aquí, ¿verdad? –preguntó Kiloran.

–Sí –respondió él mientras recogía. Adam se preguntó qué sabría Kiloran de él, y cuánto le habría contado su abuelo. Y se preguntó qué podía importarle lo que opinara una niña mimada–. Sí, soy de por aquí.

–¿Sigues teniendo familia aquí?

–No, ya no –continuó Adam burlón, disfrutando al ver a Kiloran sentirse poderosa, y sabiendo que llevaba las de perder–. Me temo que tengo que marcharme. Nos vemos el lunes por la mañana. Adiós, Kiloran.

Capítulo 4

KILORAN guio a Adam a la salida y observó su potente coche derrapar en la gravilla, en el camino de la propiedad que conducía hacia la carretera. Luego, fue en busca de su abuelo. Lo encontró en la biblioteca.

–Kiloran –sonrió él.

–Abuelo, ¿cómo has podido…?

–¿Cómo he podido qué, cariño?

–¡Pedirle ayuda a ese… arrogante megalómano!

–Puede que sea arrogante, pero no es un megalómano. Los hombres como Adam Black no necesitan fantasear con la grandeza, su éxito habla por sí mismo. Tenemos mucha suerte de contar con él.

¿Suerte?, se preguntó Kiloran. Adam Black le producía deseos de arrojar algo, de aplastar algo. Su mirada de censura la hacía sentirse como una incompetente. Aunque quizá el problema era que ella no se sentía capaz de enfrentarse a la verdad. ¿No se trataba simplemente de que no podía soportar oírla de su boca?

–Bueno, y si es tan maravilloso… ¿qué hace aquí? –preguntó Kiloran–. ¡Seguro que hay miles de sitios mejores donde demostrar la superioridad de sus conocimientos!

–Adam me está haciendo un favor –declaró Vaughn.

–¿Por qué?

–Es lo habitual, en los negocios. Así funcionan las cosas –afirmó el abuelo. Algo en su forma de responder la hizo retroceder. Por primera vez en la vida, Kiloran se sentía excluida, como si estuviera entrometiéndose en un mundo de hombres–. Tranquilízate, Kiloran. No podríamos estar en mejores manos.

Aquella última frase resultaba irónica. No era solo una burla, sino que además la excitaba. Kiloran no podía dejar de imaginarse en las manos de Adam, literalmente hablando. Y ese era el problema. Adam no era de ese tipo de hombres a los que se podía mirar con indiferencia. Dominaba el ambiente de tal forma, que cuando se marchaba dejaba un vacío. ¿Cómo cooperaría con él, cuando no podía pensar en otra cosa que en lo atractivo que era?

¿Era esa una de las razones de su éxito? Kiloran recordó su expresión impenetrable al preguntarle si su familia seguía viviendo en los alrededores. ¿Qué sabía realmente de Adam Black, aparte de que era un ejecutivo de éxito? Nada, absolutamente nada. Y su abuelo tampoco parecía dispuesto a hacerle confidencias.

La fiesta a la que tenía pensado asistir aquella noche de pronto pareció perder atractivo, pero estaba demasiado alterada como para dormir. Era como si algo en ella hubiera despertado, algo que no sabía siquiera nombrar o reconocer, y que desaparecía al abrir los ojos. Kiloran dio vueltas y más vueltas en la cama, despertando y descubriendo que aún no había amanecido. Para cuando bajó a desayunar, tenía un fuerte dolor de cabeza.

Sabía que la empresa iba mal, pero la actitud crítica de Adam hacía que pareciera aún peor. Quizá su abuelo no hubiera debido dejarle jamás dirigirla. Consumida por las dudas, observó el colorido jardín. ¿Qué podía compararse con aquellas vistas? Londres no, desde luego. Kiloran había vuelto al campo precisamente por todo lo que esas vistas representaban: una vida tranquila y serena, mucho más serena que en la ciudad. En aquella mansión los verdaderos valores parecían mejor enraizados, y siempre había tiempo para las cosas que sabía disfrutar. Placeres sencillos, lejos del mundanal ruido: cabalgar, jugar al tenis, reunirse con personas de gustos y pasiones parecidas…

Quizá la palabra «pasión» estuviera mal elegida. La pasión implicaba arrebato, una emoción incontrolable, y Kiloran jamás habría podido ser acusada de albergar una emoción así. La suya había sido una infancia insegura, a causa de la caprichosa actitud de su madre, que buscaba la felicidad en brazos de un hombre detrás de otro, hasta dar por fin con un millonario y volver a casarse. Kiloran, en cambio, no pedía otra cosa que paz y equilibrio espiritual, prometiéndose a sí misma no buscar nunca la felicidad en otro, como su madre. La encontraría por sí misma.

Pero la vida que siempre le había inspirado confianza y seguridad parecía de pronto amenazada, provocándole otras sensaciones, excepto la de paz. Y no solo porque la empresa estuviera en peligro, no. Adam Black había hecho una aparición súbita en su vida e, igual que un huracán, dejaba secuelas. Estaba derrumbada. Y desorientada.

Adam permaneció bajo la cascada de agua de la ducha, en su apartamento de Londres, enjabonándose las piernas. Había tratado de borrar de su mente la imagen de Kiloran Lacey, repitiéndose a sí mismo que una atracción física no deseada no podía ser una buena base para la colaboración en el trabajo. ¿Pero qué otra alternativa tenía? No esperaba tener que enfrentarse a aquella actitud fría e indiferente por parte de Kiloran. Y esa actitud lo había sorprendido.

Hacía mucho tiempo que no le ocurría algo así. De hecho, jamás le había ocurrido algo así. Y menos aún con alguien con quien trabajaba. Ella estaba fuera de su alcance, se repitió una vez más.

Adam siguió enjabonándose, pero las caricias del agua no sirvieron sino para despertar aún más ciertas emociones que prefería olvidar, así que salió de la ducha y se secó. Se puso unos vaqueros y una camisa y revisó los mensajes del contestador. Había ocho, nada menos. ¿Cómo podía haberle dado su número de teléfono a tanta gente? Llevaba solo un mes en Inglaterra, y sin embargo parecía el invitado obligado de todas las fiestas. Lo cierto era que los solteros eran más escasos que las vírgenes, pensó.

Ninguna de aquellas invitaciones lo tentó. No sentía deseos de dejarse domar por ninguna de aquellas bellas mujeres, que resultaban tan espléndidas como accesorio para un hombre. Ese tipo de mujeres siempre lo observaba con curiosidad, admirando su elevado estilo de vida y preguntándose cómo era posible que siguiera soltero, para inmediatamente ponerse manos a la obra y remediar su situación. Ni tenía ganas de rechazar cortésmente las atenciones de ninguna anfitriona, casada e insatisfecha, en busca de una aventura. Atrás quedó la época en la que reunirse con gente parecía la solución a todos sus problemas. Quizá se debiera a que entonces luchaba por una meta pero ¿qué hacer, cuando ya la había alcanzado?

Un nuevo desafío, se dijo. Como Lacey. Una pequeña empresa, chapada a la antigua, un pequeño navío vagando por el mar de tiburones del mundo de los grandes negocios. Adam sonrió burlón ante la imagen, a pesar de que inmediatamente apareció Kiloran Lacey atada al mástil, mientras las olas mojaban su ropa, pegándosela al cuerpo. Adam gruñó, al verse embargado por el deseo. Y contestó al teléfono de inmediato, tratando de huir, en lugar de dejar que el contestador recogiera el mensaje.

–Adam, soy Carolyn.

–Carolyn –murmuró Adam tratando de recordar su rostro–. Me alegro de oír tu voz.

La fábrica de jabones Lacey estaba situada a las afueras del pueblo, pero las oficinas administrativas, cuyo edificio había construido Vaughn, se hallaban dentro de la propiedad, cerca de la mansión. A Kiloran siempre le había gustado que estuvieran cerca pero, al entrar a trabajar el lunes por la mañana y ver a cierta persona sentada en su mesa, sintió que alguien había invadido su terreno. Una cabeza morena se alzó, con expresión no precisamente de bienvenida, al oírla entrar.

–Buenos días, Adam. ¿Qué estás haciendo aquí?

–¿Qué crees tú? Trabajar –contestó él con frialdad, observando la hora en el lujoso reloj de pared–. ¿Qué es esto?, ¿trabajas solo media jornada?

–Son las nueve en punto –se defendió Kiloran–, la hora a la que entra a trabajar casi todo el mundo.

–No estamos en el mejor momento, Kiloran. Pensé que habías caído en la cuenta. Además, yo siempre estoy en mi puesto a las siete y media.

–¿Y cómo has llegado?

–Volando.

–No, en serio.

–No… el aeropuerto más cercano está a kilómetros de aquí. Era una broma, Kiloran. He venido en coche, conduciendo.

–¿Esta mañana?

–Salí a primera hora de la mañana.

Eso debía de haber sido antes del amanecer, porque aún con las carreteras despejadas, se tardaba al menos dos horas en el viaje desde Londres. Quizá fuera esa la causa de las ojeras de Adam. ¿O había pasado el fin de semana demasiado ocupado?

–¿Quieres un café? –ofreció Kiloran.

–No, Kiloran –negó Adam tras contar hasta diez, impaciente–. No quiero café. Lo que quiero es que alivies tus piernas de tanto peso y te sientes…

–Es que tú estás sentado en mi silla –lo interrumpió Kiloran–. Este es mi despacho, ¿sabes? Mi mesa, mi silla…

–¿Has preparado otro para mí?

–No, aún no.

–Sabías que iba a venir –comentó Adam sacudiendo la cabeza igual que un profesor ante un niño que no hubiera hecho los deberes–. Has tenido dos días para organizarlo. ¿Por qué no lo has hecho? –preguntó reclinándose en el respaldo y observándola.

–¡Tranquilo, ahora mismo me encargo!

–No, ahora no. Ven aquí y siéntate –ordenó Adam señalando la silla de al lado–. Vamos –añadió, observándola tomar asiento tensa, al borde de la silla. Era evidente que él no le gustaba nada–. ¿Qué tal?

«Horrible», quiso contestar Kiloran. O, mejor aún, todo lo contrario. No recordaba haber sentido jamás tan conscientemente la presencia de un hombre a su lado. Sentada tan cerca, podía oler la sutil fragancia a musgo de su loción de afeitar, lo cual no sirvió sino para que desviara la vista hacia su mentón. Adam debía de haberse afeitado a horas muy tempranas, porque tenía ya barba incipiente. Kiloran contuvo el aliento. Sabía que habría sido de mala educación apartar la vista de él, y temía que si lo hacía él adivinara que estaba incómoda. Y el porqué.

—Perfecto —mintió Kiloran—, pero solo si es temporal.

«Desde luego», pensó Adam. No estaba dispuesto a discutir con ella acerca del despacho. Aquella situación era excesivamente incómoda para él, no cabía duda. Adam trató de racionalizar su atracción hacia ella una vez más, tal y como llevaba haciéndolo desde el primer momento de verla: repitiéndose que la mujer con la que había pasado la noche del sábado era tan atractiva como ella.

¿Qué tenía Kiloran Lacey?, ¿qué había de especial en aquellos ojos verdes de gato, y en aquellos cabellos rubios brillantes? ¿Se debía su atractivo simplemente al hecho de saber que era inalcanzable? Adam dejó la vista vagar por su figura. El sencillo vestido de verano, vaporoso, le llegaba justo por las rodillas. Dulces rodillas, pensó. Los brazos desnudos estaban morenos, eran fuertes. Quizá Kiloran fuera una fanática de los deportes. Seguramente tenía instalado un sofisticado gimnasio en algún lugar, dentro de la mansión. Una extravagancia, sin duda a costa de la empresa, pensó con desaprobación.

–Bien –comentó Adam, haciendo un esfuerzo por volver a lo que tenía entre manos, y sacando una hoja de papel de color crema, de la pila de documentos–. Vamos a ver qué tenemos aquí –Kiloran echó un rápido vistazo, reconociendo inmediatamente la letra del documento, a mano–. ¿Reconoces esto?

–Es una carta de mi tía Jacqueline –asintió Kiloran.

–Exacto. Pero es algo más que tu tía, ¿no, Kiloran? –Kiloran se movió incómoda en la silla–. Da la casualidad de que es la segunda gran accionista de jabones Lacey y…

–Déjame que adivine… –lo interrumpió Kiloran–. ¿Está enfadada?

–¿Enfadada? –repitió Adam–. Decir que está enfadada es poco. Y tengo que confesar que lo comprendo.

–¿Puedo leerla?

–No te va a gustar.

–Tranquilo, podré soportarlo… –contestó Kiloran, dejando que su voz se desvaneciera mientras leía.

«Enfadada» no era la palabra adecuada. Las letras parecían salirse de la carta, de puro destacadas. Y había un parágrafo especialmente hiriente. Kiloran leyó en voz baja:

No tengo intención de permitir que dividas la suma del desfalco a partes iguales entre los accionistas, Vaughn. No obstante, alguien tiene que car-

gar con la responsabilidad de ese robo. De haber tenido Kiloran la valentía de reconocer que dirigir la empresa la superaba, nada de esto habría ocurrido y, en consecuencia, ni mi seguridad financiera ni la de mi hija se verían ahora amenazadas. Me he sentido muy reconfortada al saber que has llamado a Adam Black, y te felicito por contratar los servicios de un hombre de semejante reputación. De hecho, me gustaría mucho mantener una charla con él, cuanto antes, y te agradecería que te encargaras de organizarla.

–Quizá todos se sintieran mejor si me quedara quieta y pudieran arrojarme piedras –comentó Kiloran dejando la carta sobre la mesa–. Es lo que siempre han hecho, ¿no te parece?

–No te hagas la víctima, Kiloran, eso no te ayudará.

–No –negó Kiloran, pensando de pronto en la opinión de Adam acerca de ella. No se derrumbaría ante él. Kiloran alzó el rostro y se encontró con su mirada, de juez–. Jacqueline quiere hablar contigo.

–Eso parece. No es mala idea informar a todos los accionistas. Voy a arreglarlo para celebrar una reunión con los accionistas mayoritarios.

–¿Cuándo?

–En cuanto tengamos las cosas un poco claras –contestó Adam–. Y aquí sentados, sin hacer nada, no vamos a conseguir gran cosa.

–¿Eres siempre tan estricto, Adam?

–Solo cuando es necesario –respondió él tratando de ignorar la forma en que se movían sus pechos. No podía soportar más aquella situación–. Quiero que me prepares un despacho. Necesito e-mail, línea telefónica y fax.

–Le diré a una de las secretarias que se encargue.

–Cuanto antes –convino Adam–, porque, mientras tanto, tendré que quedarme aquí.

Si había algo que pudiera hacer que Kiloran se moviera deprisa, era saber que aquel hombre seguiría invadiendo su espacio privado un segundo más de lo necesario. Su despacho, que siempre había considerado grande, se le antojaba una caja de zapatos. Kiloran se puso en pie y respondió:

–Ahora mismo.

–Gracias.

Adam observó sus gráciles movimientos y la curva de su trasero, chocando contra la seda del vestido, al andar. Y se preguntó qué clase de vida llevaría Kiloran, fuera de la oficina. ¿No llevaba una vida demasiado solitaria, en medio del campo?, ¿o acaso un hombre acariciaba sus espesos y brillantes cabellos por las noches, en la cama? Una mujer como ella no parecía hecha para el celibato.

Adam se quedó pensativo. Lo desorientaba la forma en que su mente desvariaba una y mil veces. Y no le gustaba sentirse desorientado. Había trabajado con mujeres muy bellas, pero ni una sola vez había perdido el tiempo pensando en lo que hacían en el dormitorio. Siempre seguía la misma regla: no mezclar los negocios con el placer. Adam tomó una pluma y comenzó a subrayar ciertos párrafos importantes del documento que tenía delante. Unos minutos después Kiloran volvió a entrar.

–Todo el mundo habla de lo mismo… creo que lo mejor sería que hablaras con los empleados.

–¿Y eso?

–Saben que algo anda mal, y circulan rumores de que un hombre misterioso exige un despacho.

–¿Y qué quieres que les diga?

–¿Que eres nuestro caballero de la brillante armadura, tal vez? –sugirió Kiloran arrepintiéndose inmediatamente.

–¿Es así como me ves, Kiloran? –sonrió él, complacido.

Podía retirar sus palabras, por supuesto. Negarlo. Pero era cierto: era así como lo veía. Los recuerdos de la infancia se mezclaban con el presente, y el sorprendente resultado era que la imagen no había variado. No obstante Adam no parecía un personaje de cuento. Llevaba un traje gris marengo perfectamente entonado con el gris de sus ojos, era la personificación de un ejecutivo moderno. Pero la férrea resolución de sus sensuales labios sugería, no obstante, que la ropa carecía de importancia. Adam Black tenía el aspecto y el carisma de un héroe, de un conquistador.

–¡Imposible! ¡Olvidas el caballo! –exclamó Kiloran.

–Será mejor que les digamos la verdad, ¿no crees? De ese modo no habrá malentendidos –afirmó Adam resistiéndose a sonreír.

–Iré a llamarlos para que vengan.

Kiloran se apresuró a abandonar el despacho antes de cometer otro desliz o de permitir que él volviera a mirarla con aquellos ojos de juez frío, que la hacían sentirse como si ningún otro hombre antes la hubiera mirado.

¿Qué le ocurría? No podía negar que Adam era sumamente atractivo, pero Kiloran conocía el peligro que suponía ese tipo de hombres. Hombres que, con solo chascar los dedos, veían a las mujeres correr a su lado. Kiloran prefería a los caballeros antes que a ese tipo de hombres capaces de arrastrar a una mujer a su cama y darle después una patada cuando se sentían saciados.

–Venid todos a conocer al nuevo miembro de nuestro equipo, Adam Black –anunció Kiloran.

–¿Te refieres a la estrella de cine? –preguntó Heather, la secretaria, suspirando.

–Es demasiado duro, para una estrella de cine –respondió Kiloran–. ¿Es que lo has visto?

–No, me lo ha contado la de la limpieza. Se lo encontró nada más llegar –confesó Heather–. Dice que se dio un susto tremendo. ¡Y él entonces le ofreció un café!

Los empleados fueron entrando en el despacho, y Adam les estrechó la mano uno a uno como si aquel fuera su lugar habitual de trabajo. Se los ganó en un abrir y cerrar de ojos.

–Voy a ser franco con vosotros –comenzó a decir Adam, en voz alta–, porque creo que la sinceridad es la mejor política que se puede seguir. Muchos de vosotros ya sabéis que Eddie Peterhouse ha dejado la empresa, pero lo que no sabéis es que se ha producido un desfalco, y que nos gustaría mucho interrogarlo.

En el despacho se produjo una gran sorpresa, con gritos y murmullos. Adam miró a su alrededor y de inmediato todos callaron. Él continuó:

—La policía lo está buscando, y nosotros tenemos que cooperar. Todo está en los documentos. Yo voy a trabajar aquí en colaboración con Kiloran, tratando de enderezar la situación, pero quiero que todo siga como hasta ahora. Mientras tanto, yo estoy al mando... ¿queda claro? —todos asintieron—. Bien, eso es todo. A menos que alguien tenga alguna pregunta.

Nadie quiso preguntar nada. Los empleados salieron obedientes del despacho, igual que corderitos. En cuanto se fueron, Kiloran se volvió hacia Adam, incapaz de ocultar lo ofendida que se sentía.

—¿Te sientes mejor ahora?

—¿Qué? —preguntó Adam, indiferente ante el fuego de ira de aquellos ojos verdes.

—¡Ahora que les has contado lo del desfalco!

—Como he dicho antes, creo que la sinceridad es la mejor estrategia.

—¡Se podría decir que me has puesto un policía a la espalda! Me has puesto en mi sitio, ¿verdad, Adam? «¡Yo estoy al mando!». ¿Tanto placer te produce el poder? —preguntó Kiloran.

—Así son las cosas, Kiloran. Es lo que acordé

con Vaughn –contestó él, impaciente–. No hay sitio para el ego, en situaciones como esta. Podrás jugar a ser la directora cuando me haya ido –Kiloran abrió la boca para protestar, pero volvió a cerrarla sin pronunciar palabra–. Y ahora, si has terminado de discutir acerca de jerarquías, tenemos trabajo que hacer.

Capítulo 5

ADAM trabajó como un condenado. Manejó números sin descanso, elaborando modelos financieros en el ordenador de Kiloran mientras el fax no dejaba de funcionar. Kiloran permaneció sentada a su lado, tratando de no fijarse en sus cabellos e intentando concentrarse en las preguntas que él le dirigía a tal velocidad, que se sentía como si estuviera en un concurso de la televisión.

A lo largo de aquella mañana Adam se quitó la chaqueta y luego la corbata. Después se desabrochó impaciente los dos primeros botones de la camisa, y Kiloran observó horrorizada su propia reacción, de fascinación.

—¿Ocurre algo, Kiloran? Pareces ruborizada.

—Hace… calor.

—Sí, ¿por qué no abres esa otra ventana?

—El comedor va a cerrar, y quieren saber si vais a bajar a comer —anunció la secretaria asomando la cabeza.

—Diles que nos manden unos sándwiches, ¿quieres, Heather? —contestó Adam sin levantar siquiera la cabeza.

–¿Y tú? –siguió preguntando Heather.

–Para mí también –contestó Kiloran poniéndose en pie–. Pero como no salga de aquí a tomar un poco de aire fresco, creo que me moriré. Voy a pasear por el jardín, si no te importa, Adam.

Adam levantó entonces la cabeza y observó su rostro de cansancio. Ella se apartó un mechón de cabellos del rostro y él contempló sus finísimas muñecas. Eran tan delicadas como los tobillos. Ella era delicada. Tan delicada, que parecía que iba a romperse. Adam miró el reloj. Eran casi las dos. Habían trabajado sin hacer un solo descanso.

–Claro –contestó Adam restregándose los ojos y bostezando–. Voy contigo. Podemos dar una vuelta, y así me enseñas el jardín, Kiloran –añadió con voz profunda.

–¿Es una orden? –sonrió ella.

–Mmm –murmuró él. Era la primera vez que Kiloran le sonreía. Hubiera debido hacerlo más a menudo. O mejor no, si quería conservar la cordura–. Vamos.

Kiloran lo guio, y nada más salir Adam quedó deslumbrado por la luz. Se sentía como si hubiera entrado en un exótico paraíso donde las flores brillaran, de todos los colores, y el césped solo quedara interrumpido por preciosos arbustos y árboles. Aquel infinito jardín parecía producir en las personas un sentido de la permanencia, de intemporalidad. Adam se sintió embargado por ese sentimiento, y no pudo menos que envidiar a Kiloran.

–Es precioso.

–Sí –confirmó ella mirando a su alrededor–. Lo es.

–Jamás había visto flores como estas.

–Es probable. Son bastante raras.

–¿Quién las ha plantado?

–Mi tatara–tatara–abuelo. Vivió en la India de joven, y cuando volvió a casa se trajo todos los bulbos, los árboles y las flores que pudo. Tenemos invernaderos, construidos especialmente para esas plantas. Algunas murieron, pero otras florecieron. Las utilizamos para dar aroma a los jabones, ya lo sabes –continuó Kiloran–. Pero es algo más que un negocio. Es una forma de vida, nuestra vida. La forma en que han vivido siempre los Lacey. ¿Comprendes ahora por qué es tan importante que no lo perdamos?

Adam echó a caminar hacia una fuente, a la sombra de unos árboles. La luz del sol se reflejaba a trozos en la superficie del agua. Kiloran tenía algo que él jamás tendría, comprendió: un sentido de la continuidad. Ella podía mirar generaciones atrás, y podía mirar al futuro. Y a lo largo de todo ese tiempo la mansión permanecería intacta, sólida. Como símbolo del pasado, del presente y del futuro.

Adam observó a Kiloran acercarse. La luz le quedaba a la espalda, le confería un halo de oro a sus cabellos y un brillo especial, muy sensual, a su joven cuerpo. Era exquisita, igual que una diosa, con todo el mundo a sus pies. ¿Pero no había sido siempre así?

Aquella preciosa mujer, con la que los dioses habían sido extremadamente generosos, lo tenía todo. ¿Pero qué habría sido de ella, sin todas esas cosas?, ¿habría tenido ese sugerente aire aristocrático?

–¡Dios mío, Kiloran…! ¿acaso no puedes pensar en otra cosa que en tu familia?, ¿no puedes olvidarte ni por un momento de vuestra posición, como propietarios y empresarios?

–¡De eso se trata, precisamente! –contestó ella.

–¿De qué, del estatus?

–¡No, no tiene nada que ver con el estatus! La gente de aquí cuenta con nosotros para conservar su empleo. ¡Siempre lo han hecho! Tú mismo, en una ocasión…

–Dios, cuánta arrogancia y cuánto orgullo. ¿Pretendes ponerme en mi sitio, o simplemente recordarme tu posición?

–Hablas como si fuera una snob.

–¿Y no lo eres?

–¡No! ¡Jamás lo he sido! –negó ella acalorada.

–¿Sabes por qué me encargó tu abuelo esta tarea?

–No –negó Kiloran–. No quiso contármelo.

De modo que Kiloran había estado haciendo preguntas. Adam no tenía intención de contárselo, pero de pronto se le antojó importante hacerlo. ¿Hasta qué punto era relevante para ella su posición social?, se preguntó. Afirmaba no ser una snob. Bien, pues eso tendría que demostrárselo. Por eso comenzó a contar:

–Yo vengo de una familia uniparental.

–Bueno, yo también.

–No es lo mismo. Tu madre era viuda, y la mía no sabía siquiera quién era mi padre. Podría haberlo sido cualquiera.

–Comprendo –asintió Kiloran.

Adam había estado observando su rostro, buscando en él una expresión de sorpresa y condena, pero no vio nada de eso. En su lugar había aceptación y serenidad. Lo cierto era que deseaba esa reacción negativa, deseaba su condena. Quería que lo juzgara y lo encontrara lleno de defectos, porque de ese modo él podría hacer lo mismo con ella. ¿No habría sido la vida mucho más fácil, de haber sido Kiloran como su madre, de haber compartido con ella esos valores superficiales? Pero en lugar de ello, Kiloran lo miraba con sus profundos ojos verdes, amenazando con derretirlo.

–Yo crecí en Barton Street, ¿lo conoces?

–He oído hablar de esa calle, pero nunca he estado allí.

–No, me lo figuro. Durante mi infancia vi pasar por casa infinidad de «tíos» –continuó Adam con fría indiferencia, haciéndole pensar a Kiloran que su corazón era más duro que una piedra.

–Debió de ser terrible.

–¿Terrible? Sí, puedes apostar a que lo fue. Y cuanto mayor me hacía, más intolerable me resultaba. Pero tenía una salida. Era bueno en el colegio, y trabajé duro. Y seguí trabajando duro, en mi empleo de los sábados. Solía trabajar en la panadería del pueblo, ¿la conoces?

–Claro.

Jamás le había contado aquella historia a nadie, pensó de pronto Adam. La había guardado en su corazón durante años. ¿Era el hecho de haber vuelto lo que lo empujaba a sacarla a relucir?, ¿y por qué, precisamente, se lo contaba a ella? Adam continuó:

–Ahorré el dinero de mi salario desde el principio, desde que me puse a trabajar. Sabía que algún día necesitaría cada céntimo para asistir a la Universidad.

–¿Qué ocurrió? –preguntó Kiloran.

–Yo tenía la llave de la panadería, porque tenía que trabajar muchas noches. Una noche mi madre y su amante me la quitaron. Él entró y robó en la tienda. Se llevó todo lo que había, incluyendo el dinero de la caja registradora. Y a la mañana siguiente los dos se habían marchado.

–¿Tu madre también? –preguntó Kiloran incrédula.

–También.

–¿Y qué pasó?

–Que me pillaron. Era de esperar. Me amenazaron con llevarme a la policía, si no devolvía el dinero. ¿Pero cómo conseguir otro empleo para devolver ese dinero, cuando todo el mundo pensaba que era un ladrón? Entonces fue cuando Vaughn me respaldó. ¿Comprendes ahora la deuda que tengo con él? Tu abuelo confió en mí, cuando nadie estaba dispuesto a darme una oportunidad.

–¿Y tu madre? –siguió preguntando Kiloran–, ¿aún sigues viéndola?

–Jamás volví a verla –contestó Adam con increíble sencillez. Al principio no había sentido deseos de hacerlo. Luego, con el tiempo, Adam había acabado por desterrarla de su mente. Era lo mejor, lo más fácil–. Y bien, Kiloran, ¿cómo te hace sentirte la historia?, ¿poderosa, tal vez?

–¿Poderosa?, ¿y por qué iba a sentirme poderosa? Nadie tiene control sobre las circunstancias en las que ha nacido y crecido –declaró Kiloran recordando el comportamiento de su madre, y sus indiscreciones. Eleanor sencillamente ignoraba el escándalo, esperando que pasara. Y no había adoptado un comportamiento adulto hasta casarse por segunda vez–. Además, tal y como tú has dicho, si alguien tiene autoridad en este momento, ese eres tú. ¡Eres tú quien da las órdenes!

–¿De verdad crees que el éxito de las pequeñas empresas como la vuestra es cosa del destino? –preguntó Adam volviendo al presente–. Vosotros no poseéis ni dirigís todo esto por derecho divino. La sociedad es cambiante, el cambio es tan importante como la estabilidad. Y la gente tiene que adaptarse a los nuevos tiempos.

–¿Quieres decir que la empresa no tiene esperanza?, ¿que no hay solución? –preguntó Kiloran.

Adam sacudió la cabeza morena, mientras los ojos atormentados de Kiloran torturaban su conciencia, llenándolo de remordimientos. ¿Por qué le hacía eso?, ¿trataba inconscientemente de castigarla, solo por el hecho de que no podía dejar de desearla?, ¿o quizá porque ella tenía aquello de lo que él carecía? Pero si eso último era cierto, entonces no estaba siendo justo ni sincero con ella.

–No digo que no tenga esperanza. Si lo creyera, no estaría aquí, ¿no crees?

–Gracias.

–Vas a tener que aprender a escuchar la verdad, Kiloran. Y la verdad es que no tengo respuestas para ti. Aún. Puede que la empresa salga a flote, no lo sé. Hasta que no tenga todos los hechos y todos los números sobre mi mesa, no podremos saberlo.

–Pero si yo hubiera mostrado más interés, o hubiera estado más atenta, habría adivinado lo que Eddie pretendía y todo habría sido perfecto, ¿verdad?

–A eso tampoco puedo contestarte –respondió Adam volviendo el rostro hacia ella.

–¿Qué quieres decir?

–No me necesitas a mí para responder a esa pregunta.

–¡Dios! –exclamó Kiloran apartando la vista–, ¿qué he hecho?

Adam observó su desesperación, una desesperación que él mismo había sentido en una ocasión. Los sentimientos como ese eran difíciles de olvidar, así que de pronto, inesperadamente, sintió simpatía y compasión hacia ella.

–Kiloran…

–¿Qué? –preguntó ella girándose de nuevo hacia él.

–Vamos a ver cómo salimos de esta, ¿de acuerdo?

Kiloran asintió, mordiéndose el labio y tratando de ocultar las lágrimas de sus ojos. Por un instante ninguno de los dos se movió. Ella sintió un deseo inesperado arder en su interior. Porque la frustración que le producía su situación se estaba transformando en otro tipo de frustración. Jamás había sentido algo así por un hombre, ni jamás había deseado con tanta fuerza que un hombre la abrazara, reconfortándola.

Adam la contempló. El mensaje de los ojos de Kiloran era inconfundible. Tenía demasiada experiencia con las mujeres como para no saber leerlo correctamente. Ella lo deseaba. Se lo decían sus labios, de pronto suaves, tanto como sus ojos, oscurecidos. No necesitaba bajar la vista hacia sus pechos para saber que tenía los pezones exquisitamente duros, deseosos de las caricias de sus dedos y sus labios. Y estaban completamente solos… nadie los veía.

Kiloran lo deseaba, y por un momento Adam se sintió más que tentado. Tentado de arrojarla sobre el césped y enredar los dedos en sus cabellos. No obstante, se apartó de ella.

–Vamos, será mejor que volvamos al despacho y comamos –dijo él de pronto.

Eran las ocho pasadas cuando finalmente Adam apagó el ordenador, en el despacho, diciendo:

–¿Basta por hoy?

–Más que suficiente –sonrió Kiloran.

–Entonces me voy. Tengo que conducir de vuelta a Londres.

–Es mucho camino después de un día de trabajo tan largo. ¿Quieres… quieres quedarte a dormir? –se aventuró a invitarlo Kiloran, tal y como hubiera hecho con cualquier otra persona, en semejantes circunstancias.

Adam sintió que despertaba a la vida, y por un momento se permitió fantasear. Kiloran no le estaba ofreciendo su cama, pero eso no era obstáculo para que él se lo imaginara. Lo veía perfectamente, en su mente. La tumbaría en una enorme cama, le quitaría el vestido verde lentamente y contemplaría su cuerpo perfecto, cubierto solo de encaje y seda. Y, al principio, no le quitaría la ropa interior. Dejaría que sus ojos festejaran aquella visión antes de que sus manos y sus labios…

–No me parece buena idea –contestó Adam al fin.

–No, supongo que no –convino Kiloran sin preguntarle siquiera por qué.

Capítulo 6

HE ORGANIZADO una reunión de accionistas –le anunció Adam a Kiloran al verla entrar en su despacho, cargada de archivos.

–¿Para cuándo?

–Para el domingo de la semana que viene. Según parece era el único momento en que todos podían, avisándolos con tan poca antelación. He dispuesto que utilicemos mis nuevas oficinas de Londres –explicó Adam inclinándose en el respaldo de la silla–. ¿Te parece bien, Kiloran?

¿Qué podía contestar, que prefería montar a caballo a ver a todos aquellos accionistas irritados, echándole la culpa? ¿Y por qué Adam la miraba de ese modo?, ¿acaso no había sido amable con él durante toda la semana?

–Sí, el domingo está bien.

–Creo que ya estamos en el buen camino –informó Adam, que tenía por fin todos los datos sobre su mesa. El final estaba cerca, aunque él sabía que la echaría de menos–. ¿Quieres oír mis recomendaciones?

–Sí, será lo mejor –respondió Kiloran tomando asiento junto a él, con una pierna peligrosamente cerca.

–Se trata exactamente de lo que sospechaba –continuó Adam apartando la pierna disimuladamente–: te has quedado ligeramente atrás. Necesitas revisar tus gastos, y no me refiero solo a la producción.

–Entonces, ¿a qué?

–Por ejemplo, contratar a un publicista en régimen de colaboración es mucho más caro que utilizar los servicios de una agencia de publicidad moderna, incluso de las caras.

–Pero eso elevaría mucho los costes –protestó Kiloran.

–Sí, pero tenéis tanto trabajo, que a la larga saldría más barato.

–Bien, ¿algo más?

–Podrías vender parte de tus acciones –sugirió Adam, esperando que ella se opusiera rotundamente–, y devolver así los fondos perdidos a la empresa.

–Está bien –accedió Kiloran.

–¿Sabes?, has hecho muchas cosas muy buenas… –continuó, atónito ante su rápida aceptación.

–Gracias.

–No, lo digo en serio. La forma en que te has abierto al mercado, diversificando la producción con líneas nuevas como la aromaterapia y las velas de olor…

–¿Algo más? –preguntó Kiloran, para quien aquel elogio significaba más de lo que hubiera debido.

–Bueno, sí. Tu forma de vida, tendrás que reducir gastos, si quieres que Lacey salga adelante.

–¿Reducir gastos?, ¿qué significa eso?

–Simplemente que los beneficios de la empresa son la base de un estilo de vida excesivamente indulgente.

–¿Indulgente? –repitió Kiloran indignada.

–Sí. Vives sola, en una enorme mansión…

–Si estás pensando en que venda la mansión, estás muy equivocado, Adam. El abuelo jamás lo consentiría…

–Déjame terminar –la interrumpió Adam–. Yo no he hablado de vender. Sé cuánto significa esa casa para ti, pero podrías utilizar todo ese espacio de otro modo. Podrías ganar dinero, alquilando las salas más grandes para conferencias.

–¿Hacer de la casa un negocio?, ¿te refieres a eso? –preguntó ella horrorizada.

–Mucha gente se ve obligada a hacerlo. ¿O acaso te consideras demasiado especial como para intentarlo?

–¿Es eso lo que crees? –preguntó a su vez Kiloran, dolida.

–Bueno, no pareces muy dispuesta.

–¿Y qué esperabas?, ¿que aceptara jubilosa la sugerencia? –continuó Kiloran–. Además, eso requeriría mucha organización previa.

–Pero se puede hacer –afirmó Adam–. Y mientras tanto, en cuanto al problema de liquidez económica… –Adam hizo una pausa, previendo su reacción a la última sugerencia que estaba a punto de hacerle– podrías vender uno de vuestros cuadros. Ese grabado de John Augustus que cuelga de la sala de juntas, por ejemplo, vale una fortuna.

–No sabía que conocieras a John Augustus –comentó Kiloran.

–¿Te sorprende que reconozca sus cuadros?

–Hablas en serio, ¿verdad?

–¡Por el amor de Dios, Kiloran! –exclamó Adam impaciente–. Tienes miles de cuadros colgando de las paredes de la mansión. ¿No puedes deshacerte ni tan siquiera de uno de ellos?

–¡Hablas como si se tratara de un simple póster comprado en una tienda de recuerdos! –protestó Kiloran–. ¿No te das cuenta de que…?

–Si vas a empezar a contarme que perteneció a tu familia desde el principio de los tiempos y que es muy especial para ti, no te molestes –replicó Adam–. No soy tan estúpido como para no darme cuenta, pero me has pedido una solución, y yo te ofrezco la más sencilla y menos dolorosa.

–¿La menos dolorosa? –preguntó Kiloran. Podía vender sus acciones de la empresa, pero aquel grabado formaba parte de su pasado, de su vida. Simbolizaba algo terriblemente importante para ella, aunque Adam Black lo despreciara, con un solo gesto–. ¿La menos dolorosa? –repitió, incrédula.

–¿Se te ocurre alguna idea mejor? Si es así, por favor, dímela –rogó Adam, bajando el tono de voz–. Escucha, Kiloran. Si vendes ese grabado entrarás en la reunión de accionistas con la cabeza alta. Con fondos en el banco, y el problema resuelto. Te harán miles de preguntas, pero tendrás todas las respuestas. Y acabas con el problema. Así de simple.

—¿Simple?, ¿de verdad no hay otra solución?

—Dímela tú —afirmó Adam.

Kiloran sintió deseos de decirle que la solución era desgarradora, que era como si le arrancaran la vida. Pero Adam no era más que un observador imparcial, después de todo. ¿Cómo pedirle que sintiera pasión por un objeto inanimado que jamás había formado parte de su vida? En realidad, Adam posiblemente no sintiera pasión por nada.

—Sí, supongo que no tengo elección —declaró finalmente Kiloran.

—Por supuesto, siempre hay elección —sacudió él la cabeza, perdiendo la paciencia—. Puedes hacer caso omiso de mis consejos, y dejar que la empresa se hunda. Si crees que ese grabado lo merece, ¡adelante!

—Está bien, lo venderé. Pero antes tengo que pedirle permiso a mi abuelo.

—Bien —suspiró Adam, preguntándose si no había sido demasiado duro con ella—. Y la última noticia es que mi trabajo aquí ha terminado. No tendrás que volver a verme, después de la reunión de accionistas —sonrió Adam—. Y ya sé cuánto te alegra la noticia, Kiloran.

—Es la mejor noticia que he recibido en toda la semana —mintió Kiloran, convencida de que Lacey se convertiría en el lugar más aburrido del mundo, sin Adam Black.

Capítulo 7

LA REUNIÓN de accionistas tuvo lugar en las nuevas oficinas de Adam, en pleno centro de la ciudad. Uno de los lugares más bulliciosos y caros de Londres, por supuesto. Kiloran encontró el edificio con facilidad. El ascensor la subió a lo alto de la torre y, una vez allí, se guio por el murmullo de voces que salía de una sala con la puerta abierta. Al entrar, diez rostros se volvieron para mirarla. Ocho de hombre, y dos de mujer. Pero el que más llamó su atención fue el de Adam.

Hacía poco más de una semana que no lo veía, y enseguida se le aceleró el corazón. Él alzó la cabeza y se alegró de verla. Era imposible que no lo hiciera, no lo sorprendía.

–Kiloran –saludó Adam–. Bien, ya estamos todos.

–Esperando –añadió la mujer que estaba a su lado, con una sonrisa ligeramente venenosa.

Jacqueline era tía de Kiloran, y se parecía en muchas cosas a su madre: rubia, guapa, y con la cara tan pintada que parecía una máscara.

–Hola, tía Jacqueline –saludó Kiloran.

–Estás un poco pálida, cariño –comentó Jacqueline sonriente, ofreciéndole una mejilla–. ¿Has estado a dieta?

–No deliberadamente –sonrió Kiloran, que apenas había comido, pensando en Adam.

–Entra, siéntate –sugirió Adam señalando el único asiento vacío, exactamente frente a él.

Fue entonces cuando Kiloran vio a la persona que se había sentado al otro lado de Adam: su prima Julia. Morena y muy, muy guapa, Julia era una mujer del estilo de Madonna. Llevaba un vestido caro, de color escarlata, y el pelo negro le caía a ambos lados de la cara. Y miraba a Adam como un gato mira un tazón de leche: como si hubiera decidido comérselo entero. Pero era natural, al fin y al cabo.

–Hola, Jules.

–Hola, Kiloran –contestó Julia apartando la vista por un momento de Adam. No se habían visto desde hacía casi un año, en la última fiesta de cumpleaños de Julia, que siempre resultaba espectacular. Kiloran sospechaba que Julia la invitaba solo para que admirara su glamurosa vida londinense–. Estas oficinas son increíbles, ¿verdad? Lacey parece una casa de muñecas, en comparación.

–Sí, son impresionantes –admitió Kiloran.

–¿Quieres café? –ofreció Julia tomando la cafetera de plata frente a ella–. ¿Y tú, Adam? No te vendría mal, a juzgar por tus ojeras.

Adam sacudió la cabeza sin dejar de observar a Kiloran, que tomaba asiento y se retiraba el pelo de la cara. Ella también tenía ojeras. Según parecía, ambos habían pasado varias noches sin dormir.

–No, gracias –contestó al fin Adam–. Ahora que ha llegado Kiloran, no tiene sentido que prolonguemos más la espera. Creo que deberíamos ir al grano –añadió, haciendo una pausa y elevando la voz para que todos callaran–. Lo primero que quiero decir es que la situación no es tan terrible como podría parecer…

–¿En serio? –preguntó la tía Jacqueline, incrédula–. ¿Quieres decir que han devuelto el dinero?

–No, por desgracia –sonrió Adam con paciencia–, pero tenemos un plan alternativo.

–¿De verdad? –volvió a preguntar Jacqueline.

–Le he hecho unas cuantas recomendaciones a Kiloran, y ella ha accedido a llevarlas a cabo –continuó Adam mirándola inquisitivo. Kiloran asintió casi imperceptiblemente, dándole a entender que todo estaba arreglado. Todos los allí reunidos la miraron con curiosidad–. Uno de mis consejos era que alquilara algunas de las salas más grandes de la mansión de Lacey como salas de conferencias.

En torno a la mesa se escucharon murmullos. Adam hizo una pausa y luego continuó:

–Kiloran y su abuelo han accedido también a vender un grabado de Augustus John que, según ya saben todos ustedes, es exclusivamente de su propiedad. Los beneficios de esa venta irán a parar directamente a la cuenta corriente de la empresa –anunció Adam mirando a su alrededor, esperando la reacción de los allí reunidos–. No creo que nadie pueda poner objeciones a ninguno de los dos planes, teniendo en cuenta que Kiloran y su abuelo han accedido, y son ellos quienes saldrán perjudicados.

—¡Cielos! —exclamó Jacqueline soltando una risita—. ¡Vais a vivir en una casa llena de invitados! ¿Qué dice tu madre de eso?

—Ella comprende que no queda otra alternativa —respondió Kiloran, que la había llamado por teléfono para pedirle autorización.

—¿Y no te ha ofrecido el dinero de su actual marido? —continuó preguntando Jacqueline, curiosa.

Adam hizo una mueca. ¿Qué filosofía practicaban las Lacey con respecto a los hombres?, ¿acaso los veían simplemente como un talonario de cheques? Una sonrisa, un pestañeo, y todo quedaba arreglado. Pero si era así, ¿por qué Kiloran no lo había intentado? Sin duda no le costaría ningún esfuerzo ganarse a un papá adinerado.

—Esa no era una opción —negó Kiloran, observando la expresión de desagrado de Adam—. Celebraré conferencias en las salas de la mansión, tal y como se hace frecuentemente hoy en día en las casas de campo señoriales.

—A mí me parece una idea maravillosa —observó Julia, que entreabrió los labios provocativamente al ver que Adam le dirigía la vista—. Nunca me gustó ese viejo grabado, ¡es tan oscuro!

Kiloran observó decepcionada la reacción de su prima. ¿Viejo grabado? Ella lo adoraba. Era sutil y erótico al mismo tiempo. Representaba a una mujer secándose tras el baño. Las líneas del dibujo eran escuetas y precisas, pero el pintor había sabido reflejar el brillo de la piel mojada. Y llevaba colgado de esa pared más tiempo del que Kiloran podía recordar, antes incluso de que naciera su abuelo. ¿Qué tenía de malo el hecho de tratar de salvaguardar el pasado? Kiloran alzó la vista. Adam la observaba. Sorprendentemente, su semblante reflejaba comprensión.

–Creo que ninguno de nosotros puede menospreciar el sacrificio que supone desprenderse de algo tan querido –observó Adam–. Bien, ¿votamos, entonces?

El resto de la reunión fue una mera formalidad. La votación se llevó a cabo y, tras ella, la reunión terminó y todos se dirigieron a las mesas a tomar un refresco. Kiloran estaba realmente incómoda; no deseaba más que marcharse cuanto antes, pero no quería ser descortés. Los accionistas esperaban tomarse la revancha con ella, dirigiéndole sus reproches. Ella trató de charlar con ánimo, sin fijarse en Adam.

Pero era imposible no notar su presencia, sus risas, o no mirarlo. Kiloran notó además que Julia trataba de atesorar toda su atención, y que él gustosamente se dejaba. Pero tampoco eso la sorprendía. Julia podía hacer volver la cabeza a cualquier hombre, y asentía complaciente y amable a todo lo que él decía. Para muchos hombres, era una cualidad irresistible.

Julia era una de esas mujeres que piensan que los hombres deben ser siempre alabados, amablemente atendidos y escuchados, y sutilmente utilizados. Un punto de vista anticuado, según el cual los hombres siempre tenían razón, y sus bromas siempre eran graciosas. Había estado comprometida tres veces, para cambiar de opinión en el último momento en las tres ocasiones, dejando a los pobres varones con el corazón partido. Solo ese hecho demostraba que el comportamiento de su prima tenía éxito.

Y era evidente que Adam estaba de acuerdo, a juzgar por la forma en que respondía. Kiloran los observó sin querer. Él inclinó la cabeza hacia ella, mientras su prima se ponía de puntillas para susurrarle algo al oído. Acto seguido él se echó a reír. Kiloran dejó su copa. De ningún modo estaba dispuesta a seguir observando a la pareja, mientras Julia ponía en marcha su ataque, con Adam como víctima voluntaria. Respiró hondo y se acercó a ambos.

—Adam, me marcho.

Adam pensó que Kiloran estaba pálida y tensa, y se preguntó si para ella la reunión habría sido como un juicio. Quizá lo considerara una pérdida de tiempo, a pesar de ser necesaria su presencia. De todos modos el asunto se había resuelto sin altercados, así que ¿a qué venía aquella cara? Había sido incapaz de dejar de pensar en ella, y de pronto comprendía que no quería volver a perderla de vista. Cuando habló, su voz sonó ronca:

—Pero no puedes marcharte tan pronto, Kiloran. Quédate a tomar otra copa.

—No, de verdad —se excusó Kiloran—. Gracias,

pero tengo que volver. Tengo muchas cosas que hacer.

—Entonces adiós, Kiloran —contestó Adam alargando un brazo para estrecharle la mano.

—Adiós, Adam, y gracias —se despidió ella preguntándose si habría llegado a conocerlo mejor, en otras circunstancias.

Kiloran se despidió de Julia y de Jacqueline y tomó el metro sin dejar de pensar en Adam. Pero debía dejar de soñar con fantasías románticas, no tenía sentido. Y, durante las primeras semanas, eso fue lo que intentó. Se puso en contacto con el director de una casa de subastas, y se deshizo del grabado. Se trataba de algo más que sacar adelante la empresa: Kiloran quería demostrarle a Adam que podía hacerlo. Luego, comenzó el papeleo para alquilar las salas de la mansión. Los permisos eran innumerables: regulaciones arquitectónicas, sanitarias y de seguridad. Una vez terminada la burocracia, dos funcionarias visitaron la mansión y le notificaron que era necesario hacer ciertas reformas: arreglar la enorme cocina, e instalar más baños. Podía comenzar de inmediato a hacer publicidad, de modo que llamó a un fotógrafo que tomó instantáneas de la casa y de los jardines. Nada más comenzar las reformas, Kiloran convenció a su abuelo de que era el momento de visitar a su madre en Australia. Vaughn llevaba tiempo deseando hacerlo, y vivir en una casa en obras no resultaba agradable.

La policía seguía sin pistas del paradero de Eddie Peterhouse, pero eso había dejado de tener importancia para ella. Lacey estaba a salvo, con todos sus empleados. Había seguido los consejos de Adam, pero no había dejado de pensar en él. Ni siquiera había dejado de soñar con él cada noche, a pesar de llegar a la cama exhausta.

Junto con la primera brisa del otoño, llegó una carta. Era la invitación a la fiesta de cumpleaños de Julia. Kiloran la dejó olvidada en la mesa, sin abrir. Hasta que recibió una llamada telefónica de su prima.

—Bueno, ¿vas a venir?

—¡Vaya! He estado tan ocupada, que lo había olvidado. ¿Cuándo es?

—El sábado —contestó Julia.

—¿El sábado?, ¿este sábado? —insistió Kiloran. Había trabajado sin descanso, desde que Adam se había marchado. Quizá una fiesta fuera lo que necesitara—. Sí, iré, Jules.

—Bien… a propósito… —continuó Julia haciendo una pausa— he invitado a Adam.

—¿Sí? —preguntó Kiloran tratando de no darle importancia, a pesar de sentir que el corazón se le aceleraba.

—Sí —suspiró Julia, mientras Kiloran se preguntaba si ellos dos saldrían juntos—, pero ojalá no me hubiera molestado. Ahora ya es tarde.

—¿Qué quieres decir?

—Traté de conquistarlo pero, por primera vez en la vida, he encontrado a un hombre que no ha mordido el anzuelo. ¡Y no solo eso, ni siquiera estaba interesado! Ha sido una lección de humildad, te lo aseguro.

–Así que ahora tienes el corazón roto, ¿no es eso? –preguntó Kiloran.

–¡Qué va! –exclamó Julia riendo–. Bueno, durante cinco minutos, quizá. Pero he encontrado a otro hombre mucho mejor. ¡Es alto, rico, y guapo! No es Adam Black, pero quizá sea mejor. Me gustan los hombres que se dejan domar, y él desde luego no es de esos. ¡Ni hablar! A ti sí que te gusta, ¿verdad, Kiloran?

–Mi punto de vista acerca de Adam es exactamente el mismo que el tuyo –contestó Kiloran.

–Entonces, ¿vendrás el sábado?

–Sí, por supuesto.

Kiloran colgó el teléfono apesadumbrada. No quería volver a ver a Adam, pero tampoco podía echarse atrás, una vez aceptada la invitación. Julia podía contárselo a Adam, y no quería que él creyera que había cambiado de opinión por su causa. Iría a la fiesta, pero se marcharía pronto. Y nadie se daría cuenta.

Kiloran se vistió con especial cuidado para la fiesta, utilizando la ropa como un arma. Se vistió de color escarlata. A propósito. El resultado era brillante, espectacular. El color del vestido contrastaba con el rubio de su pelo y con la palidez extrema de su piel; no era especialmente escotado, pero se le pegaba al cuerpo como una segunda piel. La falda se arremolinaba ligeramente al caminar, con los tacones altos. Kiloran se hizo un moño alto y se lo sujetó con horquillas del mismo color que el vestido, dejando caer unos cuantos mechones alrededor del rostro. Con los ojos verdes y los labios pintados de rojo parecía una muñeca, pero no le importaba.

Decidió llevarse el coche para ir a la fiesta. De ese modo tendría libertad y no necesitaría quedarse a pasar la noche en Londres, dependiendo del horario del tren. Pero en cuanto llegó a Londres comprendió que había sido un error. El tráfico era tan denso, que llegó dos horas tarde a casa de Julia. Incluso estuvo a punto de girar en redondo y volver. Adam probablemente se hubiera marchado, a esas alturas.

La música estaba tan alta, que Kiloran tuvo que llamar varias veces al timbre. Le abrió la puerta una chica a la que jamás había visto, con una copa en la mano.

–¡Hola!, ¿tú quién eres?

–Kiloran... soy prima de Julia.

–Está dentro, en alguna parte –respondió vagamente la chica–. Pasa.

Había gente por todas partes. Kiloran buscó a Julia, pero no la vio. De hecho no reconoció absolutamente a nadie, lo cual aumentó su sensación de aislamiento. Se dirigió a la cocina, donde se sirvió una copa de vino, y volvió a uno de los salones. El primero rebosaba de parejas bailando, muy pegaditas. El segundo estaba bastante lleno, pero quedaba sitio al menos para estar de pie. En sus esfuerzos por encontrar a Julia, Kiloran siguió abriéndose paso entre la gente. Y de pronto se quedó helada. Ahí estaba él.

Era difícil verlo, porque estaba rodeado de elegantes y guapas mujeres, todas atentas a él, atraídas como un metal a un imán. Pero su presencia era inconfundible, con aquel cuerpo alto y atlético, de anchos hombros, el cabello negro y los ojos grises. Antes de que él pudiera dirigirlos en su dirección, Kiloran desapareció, volviendo a la cocina y saliendo, a través de ella, al balcón.

El aire parecía sorprendentemente puro y fragante. Se escuchaba levemente el tráfico de la ciudad. Kiloran dio un sorbo de vino y casi se atragantó al sentir, más que oír, la presencia de alguien detrás de ella. Se dio la vuelta y vio a una figura alta, oscura e inmóvil, de ojos indescifrables, observándola.

La había visto, por supuesto, a pesar del humo, de los decorados de la fiesta y del pesado y mareante perfume de mujer. Adam había visto su cabello rubio y su vestido escarlata inmediatamente. Y había sonreído, al verla desaparecer apresuradamente. ¿Esperaba Kiloran que la siguiera?

—Hola, Kiloran.

—Hola.

Adam sintió que el corazón se le aceleraba al acercarse. El color del vestido era ardiente como el fuego, y sin embargo Kiloran conservaba ese aire frío, altanero e inalcanzable, tan particular. Había tratado de no pensar en ella, y no obstante no había hecho otra cosa. Kiloran representaba un peligro inexplicable que Adam no podía siquiera comprender. ¿Sería porque las circunstancias le habían hecho confesar cosas de su pasado que hubiera sido mejor callar, y que jamás había contado a nadie? Más que la historia que le había contado, lo que preocupaba a Adam era el hecho de haberle hecho esa confesión precisamente a ella.

Sin embargo, con el tiempo, Adam había llegado a la conclusión de que era mejor enfrentarse al peligro que representaba Kiloran que tratar de evitarlo. Ni siquiera se había dado cuenta de cuánto había esperado ese momento, hasta ese instante. Kiloran sintió el corazón palpitar al ver la expresión de los ojos de Adam: sensual, voraz, llena de promesas.

—Tienes un aspecto… espectacular —comentó él.

—Es una fiesta —contestó ella.

—He oído decir que las cosas te van muy bien —continuó Adam dejando la copa sobre la mesa.

—Sí, eso creo —sonrió Kiloran—. Hemos vendido el grabado.

—Me lo figuro. Bien hecho. Debió de ser un gran disgusto.

Kiloran alzó la vista hacia él esperando ver una expresión de sarcasmo pero, para su sorpresa, encontró en él comprensión. Aquella noche Adam estaba muy diferente. En el despacho solo había podido atisbar retazos de su sensualidad, pero en la fiesta se mostraba en todo su esplendor.

—¿Me has echado de menos? —bromeó él.

—¿Tú qué crees?

–Que sí... quizá

–Eres increíble, Adam –murmuró Kiloran.

–Eso me dicen siempre.

–No era eso lo que quería decir, y tú lo sabes.

–Bueno, no es para tanto, ¿no te parece, Kiloran? –contestó Adam contemplando sus ojos verdes brillantes, como el fuego, y sus labios escarlata, como una invitación. Cuánto la había deseado, y cuánto la deseaba en ese momento, en el que su apetito crecía irresistiblemente–. Sencillamente yo sí te he echado de menos, y pensé que quizá el sentimiento fuera mutuo.

–¿Tú... me has echado de menos?

–Mmm... –murmuró Adam fantaseando con quitarle aquellas horquillas escarlata, una a una–. No lo esperaba, pero así ha sido.

–¿Debo tomármelo como un halago?

–Solo si quieres. Es la verdad. Ni más, ni menos.

Ni más, ni menos. Aquello parecía presagiar algo nefasto. El instinto le decía que lo mejor era huir. Cuanto antes. Pero la emoción la embargaba, y le resultaba imposible moverse.

–Bueno, pues aquí estoy.

–Sí –contestó Adam dejando que sus ojos vagaran por su figura. Cuando volvió a hablar, lo hizo en un tono de voz tan bajo, que Kiloran apenas lo oyó–: Mira... ¿lo ves? –susurró señalando con un dedo su brazo, a escasos milímetros de distancia, para dibujar con él toda la línea hasta la muñeca–. La noche es cálida, y sin embargo estás temblando.

Y tus ojos expresan un mensaje muy complicado, con ese brillo. Un mensaje solo para mí. Por un lado parece como si desearas que me alejara, y por el otro parecen querer decir que es conmigo con quien deseas estar. ¿Qué va a ser, Kiloran?

—Lo primero –suspiró ella.

—No.

—Oh, sí –lo contradijo ella–. Estuve a punto de no venir cuando me enteré de que asistirías a la fiesta.

—¿Sí? A mí me ocurrió exactamente al contrario –confesó Adam más excitado aún que antes, ante aquella respuesta–. He venido porque sabía que estarías aquí, porque quería volver a verte. Pensé que estarías guapísima, y así es. Mucho.

—Podías haberme llamado si tanto querías verme.

—Me gustan las sorpresas –dijo él en voz baja–. Quería ver la cara que ponías cuando me vieras, y no he quedado en absoluto desilusionado.

¿Significaba eso que se había delatado a sí misma, que su expresión la había traicionado? Adam la contemplaba de arriba abajo con ojos de depredador. Seguía teniendo ese aire de dominio de la situación, pero aquella noche su máscara parecía haberse desvanecido, en parte.

—Basta.

—¿Por qué, si es lo que quieres? –preguntó Adam en voz baja, quitándole la copa de la mano, sin encontrar ninguna resistencia.

—No, no es lo que quiero –susurró ella.

—No te creo –la contradijo Adam, que debía de

haber leído la mentira en sus labios–. Ha sido duro, durante tantas horas de trabajo, pero ahora no estamos trabajando. Yo ya no estoy en Lacey, y somos libres para hacer lo que queramos. Hemos tenido que luchar, reprimirnos, pero yo no quiero seguir haciéndolo. Sé lo que quiero, cariño.

–Basta –repitió Kiloran en un susurro al que él no hizo el menor caso, mientras la tomaba por la cintura y la atraía hacia sí.

–Dilo una vez más… con convicción –murmuró él.

¿Decirlo? Apenas podía respirar. Adam tiró de ella estrechándola con fuerza e inclinando la cabeza para mirarla con ojos llenos de deseo, tal y como Kiloran había soñado. Pero la realidad superaba con creces al sueño. Los sueños eran fríos, poco reconfortantes; no eran más que ilusiones, mientras que la realidad latía llena de vida y de promesas. ¿Pero no era el deseo en sí mismo un error?, ¿no debía haber algo más que eso?

–No… –protestó Kiloran, cuyas palabras quedaron interrumpidas al primer dulce contacto de un beso. Kiloran dijo entonces su nombre, asintiendo–. Adam…

–Lo sé –suspiró él tomando su rostro entre las manos para besarla más profundamente.

Adam le hizo abrir la boca con la punta de la lengua, presionándose contra ella hasta que Kiloran no pudo resistirlo. Cuando por fin sus labios se abrieron, probando aquella dulce humedad, él gimió. Ella sintió como si entrara en otro mundo, un mundo en el que las sensaciones lo gobernaban todo. Sus sentidos estaban alerta, su cuerpo parecía despertar a la vida, y la sangre le hervía.

Kiloran se dejó llevar. Sencillamente no pudo hacer otra cosa, mientras cerraba los ojos. En algún momento había alzado los brazos hasta sus anchos hombros, palpando los músculos bajo la camisa de seda. Adam había bajado uno de los brazos desde su rostro hasta el trasero, abrazándolo y estrechándolo contra él. Estaban fuertemente enlazados, y la piel le ardía al contacto. Kiloran gimió involuntariamente al sentir el poder de su masculinidad presionándose desvergonzadamente contra ella.

El beso continuó y continuó, hasta que Adam se apartó y miró aquellos enormes ojos verdes y el suave, oscuro y floreciente capullo de su boca.

—Quizá sea mejor parar —dijo él con voz trémula. Kiloran respiraba agitadamente. Alzó el rostro confusa, deseando que él siguiera besándola—. Ven conmigo, Kiloran.

Kiloran tardó un par de segundos en comprender exactamente qué le estaba proponiendo, pero cuando por fin lo hizo, fue suficiente para aniquilar totalmente el deseo. ¡Y lo decía así, sin más! Aquel frío y duro solterón empedernido, temeroso de cualquier compromiso, pensaba que bastaba con un beso para llevársela a la cama. Si ese beso la había arrastrado lejos, había llegado la hora de volver a la realidad.

—¿Y no crees que lo menos que puedes hacer por una mujer es invitarla primero a cenar?

–¿Tienes hambre? –preguntó Adam con ojos brillantes, comprendiendo que se enfrentaba de nuevo a la Kiloran intocable, y excitándose aún más.

–¡Desde luego tienes valor!, ¿no crees, Adam?

–Ningún hombre te había besado antes en una fiesta, ¿es eso, Kiloran?

–¡No se trata de eso! ¡Se necesita un poco más de tiempo y de atención para llevarse a una mujer a la cama!

–Tú me deseas, Kiloran –respondió Adam con voz trémula–. Si lo niegas, tendré que llamarte mentirosa.

–¡También me gustaría tener un collar de diamantes, pero no por eso voy a robarlo en la primera joyería que encuentre! –exclamó Kiloran, confirmando indirectamente que era verdad. Adam se echó a reír, y ella se recogió nerviosamente un mechón de pelo de la cara, dispuesta a darse media vuelta antes de que él descubriera aún más cosas. Más cosas, incluso, de las que ella sabía, porque era imposible que un solo beso la hiciera sentirse así, como si jamás hubiera sentido nada en la vida–. Adiós, Adam.

–¿Adónde vas?

–A casa, a Lacey –contestó Kiloran con convicción, sabiendo que él no podía ofrecerle nada más que su cuerpo–. Y no me sigas, por favor.

–No te seguiré –murmuró Adam. Los ojos de Kiloran contradecían sus palabras, pero él prefirió callar porque sabía que a las mujeres no les gustaba que les señalaran su debilidad–. Esta noche no. Bastante he negociado en la vida, como para saber que se debe esperar el momento oportuno. Y no es ahora. Pero sé esperar, siempre se me ha dado bien. Volveré cuando tú estés preparada, Kiloran.

Capítulo 8

KILORAN condujo de vuelta a casa en un fuerte estado de excitación e indignación, mientras las últimas palabras de Adam resonaban incesantemente en sus oídos. De modo que esperaría a que ella estuviera preparada, como si fuera un simple paquete que él tuviera que abrir. Como si pudiera entrar en su vida cuando quisiera, y encontrarla esperándolo, con los brazos abiertos.

Sin embargo, el recuerdo del beso le quemaba los labios igual que si él la hubiera marcado, como si la hubiera hecho suya, con ese simple acto de posesión. Kiloran luchó contra ese sentimiento durante todo el trayecto, repitiéndose una y otra vez que podía controlar la situación. Adam había despertado su cuerpo, pero eso no significaba que fuera a acostarse con él. De hecho, cuando volviera, si es que volvía, le indicaría la salida.

Pero Adam no volvió. Y, sin embargo, en lugar de sentir que poco a poco se apagaba el fuego, su ausencia solo sirvió para avivar las llamas que él había sabido prender. Le resultaba difícil pensar en otra cosa que no fuera él.

Por eso se volcó en el trabajo. Las obras de reforma de la mansión estaban en marcha. Pasaba horas y horas en el despacho, pero procuraba salir y aceptar cualquier invitación. Hasta que una tarde, al volver de los establos, se encontró a Adam esperándola. El corazón se le aceleró. Era exactamente igual que en su sueño, hecho realidad.

Frente a la mansión había un coche deportivo, plateado, aparcado. Sobre él, apoyado, una figura vestida de negro. Kiloran se acercó a él con el corazón palpitante, preguntándose si se le notaría la excitación.

—¡Adam, qué sorpresa!

—Te dije que vendría, ¿recuerdas? —contestó él, que la había hecho esperar hasta no poder resistirlo más. Nada más verla sonrió. Iba vestida con ropa de montar: pantalones ajustados, botas de piel y camisa de seda, pegada a los pechos—. Y aquí estoy.

—Ya veo… —contestó Kiloran observándolo. Llevaba vaqueros negros y suéter gris de cachemira, y parecía muy seguro de sí mismo. Su arrogancia y altanería le dio renovada energía—. Y bien, ¿a qué has venido?

—Pensé que te gustaría cenar conmigo.

—Cenar antes del sexo, quieres decir, ¿no?

—¡Kiloran, me escandalizas! —murmuró Adam fingiendo sorpresa.

—Pues no es para tanto —replicó ella—. Y no me

digas que quieres salir a cenar conmigo porque quieres conocerme mejor.

–Sí –afirmó él inesperadamente–, así es. ¿Quién se escandaliza, ahora? ¿Qué ocurre, Kiloran?, ¿crees que soy tan insensible como para llevarte a la cama así, sin más?

–Es lo que sugeriste la otra noche.

–Me dejé llevar por el calor del momento –se defendió Adam.

–¿Y si acepto?, ¿una noche maravillosa, y ahí se acabó todo?

–Me halaga que pienses que será maravillosa, pero no, no soy de esos a los que les gustan las aventuras de una sola noche.

–Pero tampoco eres de los que se comprometen –repuso Kiloran preguntándose por qué había dicho semejante cosa.

–No, si estás oyendo tocar las campanas y la *Marcha Nupcial* –convino Adam.

–¡Deja de retorcer todo lo que digo! –protestó Kiloran–. ¡No te estoy proponiendo el matrimonio!

–Me alegro –rio Adam–. Bueno, ¿qué hay de la cena, Kiloran?

Kiloran pensó en todo lo que una cena de ese tipo implicaba. El trayecto hasta el restaurante más próximo, el jaleo a propósito de las bebidas y el menú, la camarera interrumpiendo su conversación, y el resto de comensales observándolos, cuando lo único que deseaba era estar a solas con él.

–No tengo hambre.

–No, yo tampoco.

Kiloran se lamió los labios secos. Adam la miraba de un modo excesivamente directo. Y ningún otro hombre se había atrevido a hacerlo con semejante expresión de desvergonzada voracidad.

—¿Sabes?, serías incapaz de ganar un premio a la sutilidad.

—No lo pretendo —contestó él frunciendo el ceño—. No es mi estilo ser sutil. Prefiero la sinceridad. Cuando veo lo que quiero, voy a por ello. Y te quiero a ti.

—¿Así de fácil? —preguntó Kiloran soltando una carcajada. Ningún hombre se atrevía a decir cosas como aquella. Puede que las pensaran, pero jamás las decían—. ¿Es así como conquistas a las mujeres?

—Normalmente no me hace falta.

—Te lo ponen fácil, ¿no?

—¿Fácil para ellas, o para mí?

—¡Qué arrogante! —exclamó Kiloran soltando otra carcajada.

—Es la verdad —declaró Adam apoyándose en el coche y sacando las caderas, sugerente.

—Pues yo no estoy interesada en ser una más de la larga lista de víctimas voluntarias.

—Yo no voy por ahí escogiendo víctimas indiscriminadamente, Kiloran.

—¿No?, ¿cuándo tuviste una amante, por última vez?

—Hace algo menos de un año —contestó Adam pensativo, con sinceridad—, en Estados Unidos.

Mucho tiempo, para un hombre cuya misión es seducir a todas las mujeres con las que se cruza… a
pesar de mi reputación. ¿Satisfecha, Kiloran?

Era irónica la elección de esa palabra. Kiloran
jamás la habría utilizado para describirse a sí
misma, en ese momento. Adam la miraba con
ojos grises intrigantes, prometiéndole todo, prometiéndole nada. Aquella situación le resultaba
excesivamente sofisticada, excesivamente calcu-
lada. Carente de emoción. Al menos por parte de
él. Pero no obstante no podía dejar de desearlo.
La única duda era: ¿se atrevería a correr el riesgo?

—No estoy acostumbrada a este tipo de cosas.

—¿Quieres que te mande flores?, ¿es eso?

—Tengo todas las flores que quiero, Adam.

—Así que vas a jugar conmigo, ¿no, cariño?
¿Vas a hacerme esperar otro poco más?, ¿a jugar a
charlar? ¿O vas a venir aquí para que los dos poda-
mos desahogarnos, por fin?

—¿Qué es exactamente lo que me ofreces, Adam?
Con sinceridad.

—¿Con sinceridad? —repitió Adam—. Una relación… si eso es lo que quieres, y yo creo que sí.
Sin ataduras. Ni lazos, ni exigencias. Sin preguntas.

—¿Y qué hay de la fidelidad?

—Eso siempre.

—¿Y si no hubiera ido a la fiesta de Julia?, ¿qué
habría pasado, entonces? ¿Te habría servido cualquier otra? —preguntó Kiloran a pesar de saber la
respuesta.

–No, Kiloran, no me habría servido cualquier otra. Habría sido en otro momento, quizá, pero habría terminado manteniendo esta misma conversación. Contigo.

–Debería echarte de aquí ahora mismo –murmuró Kiloran.

–Pero no vas a hacerlo, ¿verdad?

No, no iba a hacerlo. Pero tampoco iba a caer en sus brazos, como una fruta madura. Por mucho que eso fuera lo que Adam esperara.

–¿Quieres pasar? –sonrió Kiloran cortés, tratando de ponerlo en su lugar–. ¿Quieres tomar un té, después de un trayecto tan largo conduciendo?

–¿Servido por uno de tus innumerables sirvientes? –preguntó él a su vez, siguiéndola.

–No son tantos, Adam –contestó ella abriendo la puerta–. A decir verdad, me hago la comida yo sola, desde que el abuelo se marchó a Australia.

–¿En serio? Estoy impresionado –contestó Adam observando su trasero, mientras Kiloran se agachaba a quitarse las botas.

–¿Té indio? –preguntó ella quitándose la goma que le sujetaba el pelo–. ¿O chino?

Kiloran se dio la vuelta y encontró en él una mirada de ardiente deseo que la sorprendió, e inmediatamente sus ojos reflejaron ese mismo anhelo. Y Adam lo reconoció.

–No quieres té –dijo él con voz ronca, atrayéndola a sus brazos–, igual que no quieres cenar. Esto es lo que quieres, ¿verdad, cariño?

Por supuesto que era eso, pero a pesar de todo la

voz de la sensatez seguía sonando incansable en su conciencia. Debía apartarse de Adam. Él era fuerte, pero no la forzaría. Estaba excitado, pero aun así la dejaría marchar. Sin embargo fue incapaz de apartarse.

–Adam…

–Kiloran –la imitó él, con voz espesa, llamándola mientras inclinaba la boca sobre la suya para besarla y prender la llama anhelante que la había estado consumiendo–. Kiloran… –repitió suspirando, contra su boca–. No puedo esperar más.

Para ser un hombre tan fuerte y poderoso, aquella era una inesperada rendición. Y una rendición así, tan súbita, tenía que resultar arrebatadora. Tras el primer beso aquella declaración supuso una lenta pero firme erupción de las llamas. El cuerpo de Kiloran ardía en aquellos puntos en los que se tocaban.

Ella lo tomó de los hombros, protestando y gimiendo de deseo mientras Adam comenzaba a desabrochar los botones de su camisa. Él se la quitó, y sus pechos quedaron al descubierto, bajo el encaje color crema de la ropa interior.

–¡Oh, Dios! –exclamó él en un murmullo, contemplando esos pechos e inclinando la cabeza para lamer con la lengua la carne bajo el borde de la prenda.

Kiloran jadeó de placer y Adam notó que sus pezones se endurecían. Ella le levantó el suéter y comenzó a acariciar su piel, tan suave como la cachemira. El corazón le latía acelerado, podía sentir el calor embargarla mientras Adam susurraba lentos, eróticos gemidos de placer contra sus pechos.

–Adam…

–¿Estamos solos?

–Completamente.

Adam alzó el rostro hacia ella. No quedaba ni rastro de la fría y altanera Kiloran Lacey. Sus ojos se abrían enormes, brillantes y oscurecidos. Estaba ruborizada, y sus labios parecían una rosa abierta. Adam acarició con un dedo su barbilla y la observó estremecerse, respondiendo instantáneamente. Entonces comprendió que sería suya. En ese momento. Allí mismo. Sobre la enorme mesa de roble de la cocina, que parecía haber estado allí desde el principio de los tiempos.

Pero necesitaba calmarse, necesitaba controlarse y no producir en ella la sensación de que jamás le había hecho el amor a ninguna mujer. Porque así era exactamente como se sentía. Por eso se inclinó resuelto y la tomó en brazos, mientras ella dejaba caer la cabeza.

–¿Qué haces?

–Pareces una doncella a la vieja usanza, así que no estaría mal que representara yo también mi papel –contestó Adam con voz trémula–. ¿Quieres que te lleve arriba y me porte mal contigo?

–¿Mal?

–Muy mal. ¿Te parece bien, Kiloran?

Kiloran estaba deseosa. En aquel momento él era el dueño y señor y ella su esclava, y jamás se había sentido tan deliciosamente débil. La sonrisa de Adam era expectante, pero también peligrosa. Y el brillo de sus ojos indicaba que estaba a punto de perder el control.

Adam la llevó arriba en medio del silencio. Era irónico que él representara el papel dominante y ella el de esclava, pero al mismo tiempo resultaba imposible de resistir. La dominaba con la fuerza de su personalidad y de su formidable sexualidad, y ella disfrutaba de ese sentimiento.

–¿Adónde?

–Allí –señaló ella la segunda puerta del ala oeste.

Adam abrió la puerta con la rodilla y la depositó sobre la cama con dosel. Y luego se quedó mirándola con ojos profundos, de intenso deseo.

–¿Soy tu señor?

–Sí –susurró ella sintiendo aumentar su deseo, al ver que él había adivinado su fantasía.

–Entonces quítame el suéter.

–No –se negó ella, incapaz de ponerse en pie, de puro débil

–Así que vas a desobedecer, ¿no es eso, Kiloran? Vas a obligarme a hacer un striptease para ti.

De pronto los papeles habían cambiado. Kiloran asintió sin decir palabra, observando con irresistible excitación cómo se quitaba el suéter y comenzaba a desabrocharse el cinturón. Adam no apartaba los ojos de ella. Después se quitó los zapatos e inmediatamente comenzó a desabrocharse los vaqueros con seductora lentitud. A pesar de la excitación, Kiloran no pudo evitar sonrojarse, mientras él sonreía.

—¿Te avergüenzo?

—Un poco.

Adam se bajó los vaqueros arrojándolos lejos con impaciencia, hasta quedarse en ropa interior. Sus calzoncillos tipo boxer eran de seda, destacaban su excitación. Luego, se los quitó, sonriendo travieso, y Kiloran lanzó un gemido involuntario. Sin vergüenza alguna, Adam se tumbó junto a ella, desnudo, en la cama, pero sin tocarla. Kiloran se volvió hacia él con un gesto de protesta en los labios. Él tenía los ojos entrecerrados.

—Te toca a ti.

—Pero yo quiero que tú me desnudes…

—La próxima vez —sacudió el la cabeza, haciendo una promesa.

—No, ahora.

Adam se inclinó sobre ella. Aquello era toda una lucha de poder. No podía dejar de preguntarse quién cedería primero, pero el brillo resuelto de los ojos de Kiloran era tan intenso, que tuvo que reconocer que sería él. Para un hombre acostumbrado a ganar, aquello lo excitó más allá de toda sensatez.

—Así que quieres que te desnude, ¿eh? —murmuró Adam.

El dulce contacto de las manos de Adam parecía quemar su piel, mientras le desabrochaba la ropa con seductora lentitud y frustrante precisión. Primero le quitó la camisa y luego el sujetador, que tiró a un lado. Sus dedos permanecieron sobre los pechos, ignorando los suspiros y protestas de Kiloran, e insistiendo en acariciarlos, únicamente.

Adam pasó después a quitarle los pantalones de montar y el tanga, deslizando ambas prendas por sus blancas piernas. Y solo entonces se tumbó sobre ella, interponiéndose al paso de la luz procedente de la ventana. Aquella posición resultaba muy prometedora, pero Adam mantenía el rostro inexpresivo, mirándola.

—Eres la fantasía viviente de cualquier hombre —dijo Adam sin sonreír, inclinándose para besarle los pechos.

De pronto, Kiloran se sintió embargada por un placer tan agudo y profundo, que dejó caer la cabeza sobre la almohada y cerró los ojos, mientras él comenzaba a hacer magia con su cuerpo.

—Adam… —dijo sintiéndose inmensamente vulnerable.

—Dime —contestó él alzando el rostro—. O enséñame.

Ciegamente, Kiloran alzó los brazos hasta él para tirar de su cabeza hacia abajo, deseosa de sus besos. Y cuando por fin él la besó fue exactamente como debía ser: ardiente, voraz y plenamente satisfactorio. Era curioso, sin embargo, que al mismo tiempo incitara en ella más deseos. Más y más, cada vez. Kiloran presintió que, con Adam, jamás tendría suficiente.

Adam bajó una mano hasta su vientre, entre las piernas, encontrando allí el mismo centro de su ser, húmedo y caliente, y escuchándola gritar. Ella se dejaba hacer, bajo sus manos expertas. Era él quien lo daba todo. Pero de pronto el juego de poder parecía haber perdido importancia. Kiloran alargó una mano y tomó su cuerpo masculino, comenzando a acariciarlo y disfrutando de la automática sacudida de placer que sintió él.

—¿Qué tratas de hacer? —jadeó Adam—, ¿matarme? —Kiloran hubiera deseado producir en él el más lento y arrebatador orgasmo, pero él sacudió la cabeza y añadió—: Ahora no.

Adam deseaba unirse a ella, sentir la más básica comunión de todas: la fusión de la carne y de los sentidos. Entonces la penetró, antes de lo que ella esperaba, y Kiloran abrió los ojos inmensamente, sintiendo un delicioso y lento calor embargarla y extenderse por su cuerpo.

—Adam…

—¿Qué? —susurró él comenzando a moverse lentamente, sin apartar los ojos de ella, sonriendo.

Había olvidado cómo era la intimidad con un hombre. Hacía tanto tiempo que no la experimentaba que… pero lo cierto era que jamás había llegado a aquellas cotas antes, ni siquiera con los hombres con los que había mantenido una larga relación. Había pronunciado muchas veces la frase «te quiero» justo en el instante de la penetración, pero de pronto se daba cuenta de que era un mero convencionalismo, de que no la había dicho porque se hubiera sentido morir de no hacerlo.

Quería decirla en ese momento, decírsela a

Adam, pero se reprimió, repitiéndose a sí misma que era imposible que lo quisiera. No lo conocía lo suficiente como para amarlo, se trataba simplemente de sexo, aunque del mejor.

–¡Adam!

–¿Mmm?

¿Se daba cuenta él de que estaba al borde del abismo?, ¿se lo decía su cuerpo, haciéndole a él responder con movimientos largos y profundos, como si le estuviera desgarrando el corazón?

–Adam, es…

Era demasiado tarde, para ella y para él. Adam se sintió maravillosamente, lanzándose a aquella gran ola de placer antes de que todo su mundo explotara, sintiendo su dulce cuerpo, su carne pulsante, y oyendo sus gemidos a los que, sorprendentemente, se unió su propia voz, repitiendo el nombre de ella una y otra vez.

Kiloran observó al hombre que dormía a su lado. El embozo le llegaba a las caderas, dejando desnudo el torso mientras su pecho subía y bajaba al ritmo de la profunda respiración, durmiendo muy relajado. Observó su rostro. Las pestañas formaban dos arcos perfectos, descansando sobre los rasgos esculturales. Los labios estaban entreabiertos, como rogando un beso.

Pero no se inclinó para besarlos. Después de lo que habían compartido aquel parecía un gesto demasiado íntimo. Un mechón de pelo caía sobre su frente. Kiloran deseó apartarlo y enroscárselo en el dedo. Pero tampoco lo hizo.

Sabía las cosas más importantes acerca de él: que era inteligente, dinámico, un luchador. Que conducía un deportivo plateado y que vivía en Londres, y que había experimentado la traición y la pérdida en su juventud, lo cual explicaba quizá que no se hubiera comprometido. Sí, conocía lo más importante de él, pero no los detalles. Como por ejemplo si detestaba que lo despertaran o si tomaba té por las mañanas…

Sus ojos grises se abrieron lentamente, sonriendo, y Adam dibujó con un dedo las curvas de su cuerpo desnudo.

–Ha sido alucinante, Kiloran –comentó él reflexivo. De pronto ella se avergonzó. Era como si la estuviera evaluando. Él alzó su rostro con el dedo–. ¿No te parece?

–Sabes que sí.

–¿Pero lo lamentas?

–¿Y por qué habría de lamentarlo? –preguntó ella tensa.

–Porque pareces un poco… nerviosa, creo.

Lo estaba. Había tomado por amante a un hombre que no podía ser más que eso: su amante. Un hombre apasionado, de mirada dura, que lo prometía todo y no prometía nada. ¿Estaba destinada a que le rompiera el corazón?, ¿no hubiera debido pensarlo mejor, antes de permitir que él borrara todas sus dudas con un beso? Pero la pasión era una emoción caprichosa y extraña, imposible de gobernar, no sujeta a normas. Además, era demasiado tarde.

–¿Lo crees?

–Sabes que es cierto… y ahora borra esa expresión de tu rostro y ven aquí –contestó Adam.

Adam la agarró y atrajo su cabeza hacia sí para besarla. Los cabellos de Kiloran caían revueltos sobre su pecho. De pronto ella recordó que había estado inmediatamente antes en los establos.

–¡Debo de estar espantosa! –comentó apartando la cabeza.

–Estás preciosa.

–¡Mentiroso!

–Yo no miento jamás –aseguró él.

–¿Huelo a caballo?

–Mmm… –murmuró Adam oliendo su cuello– un poco.

–¿Por qué no me lo habías dicho?

–Por si quieres saberlo, me excita.

–Podía haber tomado una ducha –comentó Kiloran con voz trémula, sintiéndose nuevamente deseada, ante la mirada de Adam.

–No había tiempo –dijo él sosteniendo su mirada–. Pero podemos tomar una ahora, si quieres.

–Está bien –accedió Kiloran sintiendo que él volvía a excitarse contra su vientre, y deslizando un brazo por su cintura.

–Y luego puedes demostrarme tus habilidades culinarias. Después, podemos volver a hacer el amor –continuó Adam comenzando a acariciar un

pezón, que despertó de pronto a la vida–. Y coordinar nuestras agendas.

–¿Coordinar nuestras agendas? –repitió Kiloran
dejando de acariciar su espalda.

–Quiero saber cuándo volveré a verte –explicó
Adam.

Capítulo 9

COORDINAR las agendas. No era el modo más romántico de iniciar una relación, aunque sí el más práctico. Sobre todo porque Adam acababa de empezar a trabajar en un nuevo empleo, revisando las cuentas de una empresa de más envergadura que Lacey.

—La semana que viene voy a estar muy ocupado —comentó Adam inclinándose para despedirse—, pero te llamaré por teléfono.

Kiloran se vio de inmediato catapultada hacia la ansiosa y constante espera de esa llamada. Pero Adam no la llamó hasta el miércoles siguiente, que era exactamente el día más indicado para el tipo de relación que iban a mantener, y el que mejor encajaba, también, con el tipo de hombre que era él. De haberla llamado el lunes el comportamiento de Adam habría parecido el de un hombre enamorado, cosa que no era. El martes, lo mismo. El jueves habría parecido demasiado tarde, como si Adam se hubiera acordado de ella en el último momento. Y el viernes habría resultado sencillamente insultante.

—¿Kiloran?

–Hola.

–¿Qué tal estás?

–Bien –mintió ella, que había pasado esos tres días preocupada ante la posibilidad de que él no llamara–. ¿Qué tal el nuevo empleo?

–Bien, pero tengo mucho trabajo.

–Ah.

–¿Vas a venir a verme a Londres, este fin de semana?

–¿No quieres venir tú aquí? –preguntó a su vez Kiloran.

–No puedo, tengo un baile el sábado por la noche. Es un compromiso de trabajo. Me preguntaba si querrías venir.

–Me encantaría –contestó ella tras considerarlo.

–¿Y te quedarás, después?

–Si quieres.

–Sí, quiero –sonrió Adam pensando que Kiloran no se mostraba muy entusiasta–. Te daré mi dirección.

Kiloran condujo nerviosa en dirección a Londres aquel sábado por la noche. El apartamento de Adam estaba en Kensington. Era un dúplex de una casa de época, en una de las calles más elegantes de la ciudad. Adam abrió la puerta con un aspecto arrebatador, con el pelo mojado y la camisa blanca desabrochada. Frunció el ceño, y ella se puso aún más nerviosa. Quizá las otras mujeres llevaran vestido largo al baile, mientras a ella le llegaba a las rodillas.

–¿Voy bien así?

–¿Bien? –repitió Adam tirando de ella, pero resistiéndose a la tentación de acariciar su cuerpo, porque si lo hacía jamás llegarían al baile. El aspecto de Kiloran era exquisitamente frío, como el de la brillante luna. No llevaba un solo cabello fuera de lugar. Le gustaba aquel aire de mujer intocable, en contraste con la pasión que demostraba en la cama–. ¡Oh, sí!, vas muy bien. De hecho, estás tan guapa, que creo que voy a tener que atarte a mi lado toda la noche, para que no te rapten –añadió, sonriendo–. ¡Mmm…! será mejor no echar a perder ese lápiz de labios. Acompáñame, mientras termino de vestirme. Luego, te serviré una copa.

El recibimiento de Adam era sofisticado, muy correcto. En absoluto como a Kiloran le hubiera gustado. Ella hubiera preferido que la arrastrara al piso de arriba y le hiciera el amor hasta arrebatarle el aliento, pero no podía confiar siempre en el sexo, para sentirse segura. Se había enamorado de un hombre sofisticado y correcto, así que no podía quejarse si no se comportaba como el hombre primitivo de las cavernas.

–Estupendo –contestó Kiloran siguiéndolo hasta el salón.

–Solo me falta la corbata –añadió Adam. Kiloran asintió, observándolo marcharse un segundo al dormitorio, donde comenzó a ponerse la corbata. Ella siguió en el salón. Él podía verla reflejada en el espejo, observando la estancia a su alrededor–. ¿Te gusta?

Kiloran volvió la cabeza en dirección a su voz.

La cama era enorme, había flores en la mesilla.
Pero Adam no hablaba del dormitorio, sino del salón, donde había mullidos sofás y una cubitera de
hielo, con una botella de champán.

–Es encantador. Bonito y sosegado.

–¿Verdad? Es alquilado, hasta que me decida a
comprar. Está en venta, pero no sé si será lo suficientemente grande.

¿Lo suficientemente grande, para qué?, se preguntó Kiloran. ¿Para un soltero empedernido, con
visitas ocasionales de mujeres? No podía pasarse
el tiempo pensando en las diferencias que los separaban, sin embargo, porque de ese modo las cosas
jamás funcionarían. Y solo acababan de empezar.
Adam terminó de ponerse la corbata y volvió al salón.

–¿Tomamos una copa de champán? Un coche
vendrá a recogernos a las siete.

–Sí, por favor.

Ambos se comportaban como si acabaran de conocerse, pensó Kiloran. ¿Y por qué no la había besado nada más llegar, aunque estropeara el lápiz de
labios?

–¿Por qué brindamos? –preguntó Adam tras
abrir la botella.

–¿Por el éxito?

–No. Por la belleza –declaró Adam con ojos brillantes–. ¡Por ti, Kiloran!

–Vaya, gracias.

El baile fue muy elegante, tal y como ella esperaba. En el centro de la sala había una escultura de un águila hecha de hielo, rellena de caviar. Kiloran hizo su papel a la perfección. Apenas miró a Adam en toda la noche, y esa novedad lo volvió absolutamente loco.

—¿Kiloran?

—¿Mmm?

—¿Lista para marcharnos?

—Claro.

En la oscura intimidad del interior del coche, Adam la atrajo a sus brazos tal y como había deseado hacerlo durante toda la velada, bebiendo su perfume y disfrutando de la suavidad de su piel.

—¡Dios, qué velada más larga! —exclamó él.

—A mí me ha gustado.

—¿En serio? —preguntó Adam deslizando la mano por debajo del abrigo de Kiloran, para acariciar un pecho, mientras besaba sus cabellos—. Dime qué más cosas te gustan, cariño.

Era una locura el hecho de haber deseado con tanta intensidad que Adam la besara nada más llegar a su casa, en lugar de hablar, y que en ese momento solo deseara que él hablara, en lugar de besarla. ¿Qué quería exactamente de él? Kiloran dejó de pensar. Era mucho más fácil dejarse llevar por el hechizo del beso.

El trabajo, entre semana, los separaba. Adam y Kiloran se encontraban los viernes y se despedían los domingos. Unas veces él iba a Lacey, y otras Kiloran se desplazaba a Londres. Adam quería redescubrir la ciudad que había abandonado ocho años atrás, y ella volvía a verla con nuevos ojos: con los ojos de una mujer enamorada.

Al principio, Kiloran trató de negarlo. Después quiso dar marcha atrás, repitiéndose que el amor no correspondido no tenía sentido. Pero eso era lo que sentía: amor no correspondido, el más desgarrador y el más antiguo sentimiento del mundo.

Un domingo, a última hora, Kiloran volvía a Lacey tras haber pasado el fin de semana en el piso de Adam. Le dolía la cabeza. El fin de semana había sido muy satisfactorio, en cierto sentido, y muy poco satisfactorio, al mismo tiempo. Habían salido a cenar el sábado, habían dormido hasta tarde el domingo, y luego se habían levantado a desayunar, leer el periódico y pasear por el parque. Después habían vuelto a la cama y alguien había llamado por teléfono. Adam charló con alguien de Estados Unidos, y Kiloran aprovechó la interrupción para ir a ducharse, preguntándose si él se daría cuenta.

De pronto Kiloran comenzó a pensar en el fin de aquella relación y se preguntó cuánto tardaría Adam en cansarse de ella y reemplazarla por otra mujer. ¿Pero por qué pensaba en ello, cuando la relación era perfecta? Era tan perfecta como un diamante: brillante, pero fría. Porque así era Adam. Por mucho atractivo que tuviera, temía todo compromiso.

Durante el desayuno, Kiloran había estado contemplando una página del suplemento del periódico a propósito del Caribe.

–¿No es maravilloso? –preguntó alzando la vista de aquella arena blanca y mar azul.

–¿Mmm? –preguntó Adam, que leía la sección de economía.

–Esto, mira.

–Muy bonito.

–¿Has estado alguna vez en el Caribe?

–Sí, una vez. Hace mucho tiempo.

Conseguir que Adam le contara algún detalle de su vida era tan difícil como extraer oro de una mina. Kiloran ignoró su respuesta, que a todas luces sugería que no estaba interesado en hablar de ello, y continuó preguntando:

–¿Cuándo?

–Hace unos cinco años –contestó él bajando el periódico.

–¿Con quién?

–¿Cómo dices?

–Solo te pregunto con quién. ¿Con una mujer? –continuó preguntando ella, poco cauta.

–¿Por qué lo preguntas? –inquirió él a su vez, comenzando a irritarse.

–Por ninguna razón, en particular –se encogió de hombros Kiloran–. Es solo que…

–¿Solo qué?

–Bueno, es interesante saber algo acerca de las otras mujeres con las que has salido, ¿no te parece?

–No, no me parece –negó Adam–. Yo no siento ningún interés por saber cuándo saliste con Johnny, con Dickie o con Harry… o con quien sea. ¿Por qué iba a interesarme?

¿Por qué, verdaderamente?, se preguntó Kiloran. La voz de Adam sonaba fría, falta de emoción. Jamás lo había oído así, durante todo el tiempo que llevaba con él. Pero algo la hizo insistir, aun a sabiendas de que sería peor.

–Sirve para conocer mejor a la otra persona, Adam.

–¿Y no será para meterte donde no te llaman, quizá? –preguntó Adam con toda naturalidad, poniéndose en pie para darle un masaje en los hombros, mientras Kiloran permanecía sentada–. Sé todo lo que quiero saber acerca de ti, señorita Lacey.

–No puedes mantener una relación en ascuas, Adam –objetó Kiloran.

–Te dije desde el principio lo que implicaría esta relación –contestó Adam suspirando y dejando de darle el masaje–. Sabías dónde te metías, y accediste, ¿no? –Kiloran asintió. Parecía que Adam estuviera hablando de negocios. Él bajó entonces la voz–. ¿Te gusta estar conmigo, o no? –ella volvió a asentir. Lo mismo hubiera dado que le preguntara si el sol salía todas las mañanas–. Bien, entonces… no lo eches a perder.

Kiloran no dijo nada. Permaneció tensa, y él lo notó. ¿Por qué las mujeres no podían nunca conformarse con dejar las cosas tal y como estaban? ¿Por qué, si la barca surcaba los mares a la deriva en perfecta calma, tenía que empeñarse en hundirla? Bien, pues que la hundiera, si quería.

–Voy a darme una ducha –dijo Adam.

Y eso había sido todo. Kiloran se sintió como una estúpida, se sintió frustrada. En ese momento deseó haber mantenido la boca cerrada, pero después, en el trayecto de vuelta a casa, se preguntó nuevamente por qué tenía que seguir la relación como estaba. Las relaciones debían crecer… crecer o morir. Quizá fuera eso lo que deseaba Adam, una muerte natural.

Adam la llamó por teléfono al jueves siguiente para decirle que tenía que marcharse a Roma ese fin de semana.

–Y no volveré hasta el sábado por la noche.

–¡Pero ibas a venir a verme! –protestó Kiloran sabiendo que cometía un error, incapaz de contenerse.

–Lo sé, pero no voy a tener tiempo. Dejemos las cosas como están, ¿quieres, Kiloran?

–Bien –accedió ella, obligada a aceptar lo que le ofrecía, porque no iba a ofrecerle nada más. Según parecía, su opinión no contaba–. De acuerdo.

–Escucha, iré el fin de semana que viene, ¿te parece?

Kiloran se sintió como si le ofreciera un premio de consolación. Había creído que podría sobrellevar la relación que él le proponía, confiada en la idea de que gozaría estando a su lado. Pero lentamente comenzaba a comprender que jamás sería suficiente. Y si ya le resultaba insatisfactorio, ¿qué no le resultaría, en el futuro?

Adam reaccionó como reaccionaba siempre que las emociones echaban a perder el hechizo de una relación: sumergiéndose en el trabajo. Consiguió incluso dos nuevos tratos, que le valieron un brindis por su éxito en la nueva oficina. El éxito resultaba tan embriagador como el poder. Dos altas ejecutivas le propusieron incluso tomar una copa, después del trabajo. Pero Adam no se sintió en absoluto tentado. Estaba cansado y no podía dejar de pensar en Kiloran, en sus cabellos dorados, en sus ojos verdes y en su cuerpo, que lo habían llevado a un clímax absolutamente inconcebible.

Roma estaba abarrotada de gente, y el hombre con el que tenía que hacer el trato era un completo incompetente. Para cuando llegó a Inglaterra el sábado por la noche, tenía un fuerte dolor de cabeza. Y para empeorar las cosas aún más, estaba lloviendo. Nada más subir al coche, en el aeropuerto, Adam pensó en volver a Londres, a su apartamento y a su cama vacía. Y después pensó en Kiloran y en cómo respondía su cuerpo. ¿No había sido excesivamente duro con ella? Podía ir a verla, darle una sorpresa, y entregarle el perfume que le había comprado de regalo en Roma. Y pasar el resto del fin de semana en sus brazos.

Adam torció a la izquierda al salir del aeropuerto, en lugar de a la derecha. Pero aquel trayecto en coche fue el peor de su vida. La carretera, estrecha, estaba inundada de barro, y los arbustos de separación parecían cerrarse a su paso. De pronto vio un coche en dirección contraria, oculto antes tras la curva. Adam lo iluminó con los faros y por un segundo vio al conductor, con una mano al volante y la otra sujetando un móvil. El coche se acercaba. Adam pisó el freno e hizo sonar el claxon. Redujo la velocidad, pero fue demasiado tarde. El coche contrario no dejaba de acercarse.

Como a cámara lenta, Adam vio un rostro asustado a través del parabrisas y escuchó un fuerte y doloroso golpe. Luego, de pronto, nada.

Capítulo 10

EL TELÉFONO sonó a media noche, despertando a Kiloran de un profundo sueño.
—¿Sí?

—¿Kiloran Lacey? —preguntó una voz de hombre, que no reconoció.

—Sí, soy yo. ¿Quién llama, por favor?

—La policía —contestó la voz haciendo una pausa—. ¿Es usted amiga de Adam Black?

—Sí, soy su… sí —contestó Kiloran alerta—. Es amigo mío. ¿Le ha ocurrido algo?

—Sí, me temo que ha tenido un accidente de tráfico. Está gravemente herido —Kiloran gimió desesperada, aferrándose al auricular como si su vida dependiera de ello—. El suyo es el último número de teléfono que él tenía marcado en su móvil, y…

—¡Adam! —gritó Kiloran—, ¿dónde está?

—En el hospital. El Tremaine Hospital. Está cerca de su casa… ¿lo conoce?

—Sí.

—¿Se encuentra usted bien como para conducir, o quiere que le mande un coche patrulla?

—No, no… puedo conducir, gracias.

Kiloran colgó el teléfono y saltó de la cama, comenzando a vestirse a toda velocidad. ¿Estaría muy grave? Se esforzó por conducir despacio, con precaución, aparcó y corrió al hospital como si se la llevara el diablo. En recepción, preguntó por Adam Black.

–¿Cuándo fue ingresado?

–¡No lo sé!

–Un momento –contestó la enfermera que la atendió, comenzando a leer una lista–. Está en la Unidad de Cuidados Intensivos.

Kiloran corrió a las escaleras, subiéndolas de dos en dos, y atravesó todo el ala del hospital hasta el final. Una enfermera de uniforme blanco alzó la vista al verla.

–¿Puedo ayudarla?

–He venido a ver a Adam Black.

–¿Es usted un familiar?

–No, soy su novia. Él no tiene familia.

–Comprendo –contestó la enfermera poniéndose en pie–. Espere un momento, por favor –añadió marchándose un segundo, que a Kiloran se le hizo una eternidad–. Me llamo Sandy, soy la enfermera de Adam. ¿Quiere sentarse un momento, para que le cuente lo ocurrido?

Otro momento, otra eternidad. Kiloran se esforzó por calmarse. Adam tenía una contusión, estaba en coma. No parecía tener traumatismos internos, solo una herida en la cabeza. Y la buena noticia era que no se había roto ningún hueso.

–¿Puedo verlo? –preguntó Kiloran tratando de sonreír.

—Sí, la llevaré a su cama.

Seguir a la enfermera por la silenciosa e higiénica Unidad de Cuidados Intensivos fue como una pesadilla. Al final del pasillo, tras un cristal, estaba Adam. Tumbado, inmóvil, como muerto. Kiloran se tapó la boca asustada.

—¿Qué puedo hacer para ayudarlo?

—Hable con él. Acaríciele la mano. Recuérdele las cosas que han hecho juntos. Trate de hacerlo despertar.

Kiloran se acercó a la cama temerosa. ¿Qué recuerdos podían hacerlo despertar? El sexo o los restaurantes caros no eran hechos lo suficientemente significativos y profundos como para conseguirlo. Por supuesto, siempre podía decirle que le encantaba cómo sus labios se suavizaban cuando la besaba. O contarle que cuando conseguía hacerlo reír, era como si hubiera ganado un premio. O que veía en su rostro al niño que había sido, cuando dormía. Pero quizá no fuera el momento de confesarle todo eso. Kiloran se estremeció contemplando su rostro, lleno de heridas. Apenas podía reconocerlo, de tan deformado y pálido como estaba. Además, esas no eran las cosas que él deseaba oír. Ni de ella, ni de ninguna otra mujer.

Kiloran se sentó junto a la cama y comenzó a acariciar su mano. ¿Qué era lo que más le gustaba a Adam de ella? La Kiloran fuerte, la dueña de sí misma. Y así sería como se mostraría. Kiloran respiró hondo y sonrió, diciendo:

–Adam Black, ¡solo quieres llamar la atención! Han tenido que despertarme a media noche para que venga a verte, y ni siquiera tienes la decencia de abrir los ojos y saludarme. Vamos, Adam, despierta –añadió en voz baja–. Por favor, cariño.

Durante casi dos días, Adam permaneció en la cama mientras las enfermeras lo lavaban y observaban. Y durante casi dos días Kiloran permaneció a su lado. Fue al caer la tarde del segundo día cuando él por fin se movió. Kiloran había estado hablando con él en voz baja, manteniendo un desgarrador monólogo.

–Tengo reservadas todas las habitaciones durante los próximos seis meses –explicaba Kiloran–. Y lo más curioso es que el fotógrafo le enseñó las fotos del jardín a un experto, y el botánico dijo que era la colección de flores más extraña que había visto nunca. Y…

Kiloran recordó aquel primer día de trabajo de Adam en Lacey, cuando salieron a pasear por el jardín. Aquel día el sol brillaba, y Adam tenía un aspecto fuerte y saludable. Él le había contado entonces cosas de su madre y de Vaughn. Era extraño que le hubiera hecho esas confidencias en aquel momento, teniendo en cuenta lo poco que mostraba de sí mismo a los demás. Lo cierto era que jamás habían vuelto a repetirse esos momentos de intimidad.

–¡Y ahora resulta que una famosa revista quiere hacer un reportaje sobre el jardín! ¡Imagínate! Sobre todo les gusta la colección de lilas. ¿Te acuerdas de tus favoritas, esas rosas y blancas? ¡Pues quieren ponerlas en la portada!

A través de la espesa niebla en la que parecía habitar desde el principio de los tiempos, Adam escuchó una dulce voz hablando de lilas, y pensó que había muerto y resucitado en el paraíso. Trató de mover los labios, pero no pudo.

–¡Enfermera! –gritó Kiloran poniéndose en pie–. ¡Enfermera! ¡Oh, Adam, Adam! –exclamó inclinándose sobre él–. Cariño, ¿me oyes? –insistió Kiloran. Tenía los párpados pegados, pero Adam se esforzó por abrir los ojos una milésima de centímetro, aunque la luz lo deslumbró–. ¡Enfermera, está tratando de abrir los ojos! ¡Lo juro!

–Apártate un momento, Kiloran –rogó la enfermera acercándose a la cama. ¿Enfermera?, ¿Kiloran? ¿Qué clase de nombre era ese?, se preguntó Adam–. Vamos, señor Black, intente abrir los ojos –continuó la segunda voz, mucho menos dulce, y más autoritaria–. Vamos, señor Black, abra los ojos.

Adam hizo un esfuerzo y obedeció, pero la enfermera de ruda voz lo deslumbró con una linterna. De haber podido gritar lo habría hecho, pero las cuerdas vocales no le funcionaban.

–Sí, ha recuperado la conciencia.

–¡Oh, gracias a Dios! ¡Gracias a Dios! –exclamó la voz dulce, conmovida.

El sonido resultaba tan embriagador y lastimero, que Adam abrió los ojos. Y vio un bello rostro de ojos verdes como el océano y cabellos rubios, mirándolo. Era todo tan confuso, que Adam se dejó llevar de nuevo por la bruma del sueño.

Capítulo 11

Y BIEN, ¿qué tal te encuentras, esta mañana?
–¿Dónde está Kiloran? –preguntó Adam abriendo los ojos.

–Ha ido a aparcar el coche delante de la puerta, yo he venido a ayudarte a vestirte –contestó la enfermera.

–¡Puedo vestirme solo!

–Aún no, estás muy débil. Aunque no lo parezcas.

–¿Y por qué no viene Kiloran a ayudarme? –exigió saber Adam, observando a la enfermera remangarse.

–Bueno, es que está un poco perpleja porque no la has reconocido. Pero ya le he dicho que es perfectamente normal, dadas las circunstancias.

–¿Quieres decir que la conocía de antes?

–Sí, Adam –contestó Kiloran entrando en la habitación–. Me conoces, solo que no te acuerdas. Toma, póntelo –añadió metiéndole el suéter por la cabeza, mientras Adam se preguntaba hasta qué punto la conocía.

Las miradas de ambos se encontraron. Los ojos de él estaban llenos de confusión y de algo más…

algo como deseo, al rozarle la piel. Adam parecía recordar algo, Kiloran lo hubiera jurado. Hasta ese momento, su mente había estado completamente en blanco. Parecía no acordarse de nada, excepto de su propio nombre. No sabía por qué conducía en dirección a casa de Kiloran, cuando sufrió el accidente. No tenía ni idea de qué relación mantenían. Aunque quizá eso último se debiera a lo superficial que era, más que a la amnesia, reflexionó Kiloran.

Kiloran se llevaba a Adam a su casa de Lacey. Los médicos habían asegurado que bastaba con el descanso para que se recuperara. Y ella estaba deseosa de cuidarlo.

—Deja que te ayude —se ofreció Kiloran.

—No, yo puedo...

—No, no puedes. ¿Eres siempre tan cabezota, Adam?

—No, cariño, eres tú la que es cabezo...

—Sí, es cierto —confirmó Kiloran lentamente, mirándolo a los ojos—, soy cabezota.

—¿Me habré acordado, o lo habré adivinado?

—Parece que te acuerdas —sonrió Kiloran—. Pero deja de preocuparte por eso, voy a llevarte a casa.

—Eres más mandona que la enfermera —se quejó Adam preguntándose dónde estaría su casa.

La casa, finalmente, no era en absoluto como Adam la imaginaba. Se trataba de una enorme mansión con grandes terrenos y jardines.

—¿Es aquí donde vivo?

—A veces —respondió Kiloran con deliberada

imprecisión, para no atosigarlo, por recomendación del médico.

–¿Contigo?

–Sí, conmigo. Pero no vivimos juntos, si es eso lo que has pensado –contestó Kiloran. Adam se preguntó por qué–. Tú tienes tu apartamento en Londres, en Kensington –añadió, esperando a ver si él recordaba.

Pero Adam no dio síntomas de recordar. Aceptaba cada cosa que ella iba contándole con conformidad, pero con la mente en blanco. Deseaba abrazarse a él y llamarlo «cariño» como lo había hecho mientras estaba en coma, pero no era el momento. ¿Y si de pronto recordaba, y se asustaba al ver su forma de aferrarse a él? El médico esperaba que la amnesia fuera solo temporal.

–Vamos, estás muy cansado –susurró Kiloran deslizando una mano por su cintura para ayudarlo.

–Estoy bien –protestó él reaccionando automáticamente, y apartándola.

Kiloran ignoró el comentario, porque sabía que estaba débil. Lo agarró con fuerza, a su pesar, y lo entró en casa. Le había pedido a Miriam que preparara té y lo llevara a la biblioteca, donde ardía el fuego de la chimenea. Habían tomado el té allí juntos muchas veces, y esperaba que recordara. Pero Adam miró a su alrededor sin reconocer nada.

–¿Cómo quieres el té, Adam?

–Con limón, por favor –contestó él automáticamente, observando la sonrisa de Kiloran–. ¿Qué ocurre?

—Siempre tomas el té con limón.

—Así que me voy acordando de lo más importante, ¿no?

—Bueno, al menos no has perdido el sentido del humor.

—¿Quieres decir que tengo sentido del humor?

—A veces. Toma un sándwich.

—No tengo hambre.

Adam se bebió el té. Aquella biblioteca era un lugar cómodo, cálido y acogedor. Le habría gustado, de no haber sido porque se sentía como si alguien le hubiera aplastado la cabeza con un cascanueces, sacándole el cerebro. Ni siquiera podía recordar cómo era él, normalmente. Adam dejó la taza y miró a Kiloran. Contemplarla resultaba reparador. Llevaba un vestido de lana color fresa y el pelo suelto, y tenía unas piernas esbeltas y largas. Quizá hubiera estado en coma, pero sus sentidos no estaban muertos. Y aunque no tuviera ganas de comer, su cuerpo parecía muy despierto. Era una suerte, porque eso significaba que una importante parte de sí mismo seguía viva y sana.

—Kiloran…

Kiloran había visto cómo Adam la observaba. Jamás la había mirado así, excepto quizá alguna vez, después de hacer el amor. Y jamás tan abiertamente. Sus ojos se habían oscurecido, y aquello le recordó de pronto que hacía mucho tiempo que no hacían el amor.

—¿Qué?

–¿Cómo me describirías?, ¿cómo soy normalmente?

–Alto, moreno…

–No, no me refiero a mi aspecto… ¡demonios, Kiloran, puedo mirarme al espejo! Ya me figuro que normalmente no tengo la cara hinchada y morada. Me refiero a mi forma de ser. Si somos amantes, tienes que conocerme mejor que nadie.

Era irónico que él le hiciera esa pregunta. Pero no podía contestarle lo que sospechaba: que nadie lo conocía de verdad, porque él jamás se mostraba abiertamente ante los demás. Decirle algo así habría sonado a crítica, y no tenía derecho a criticarlo. Además lo amaba, a pesar de todo, y no podía tratar de cambiarlo.

–¿Que qué tipo de persona eres? –musitó Kiloran–. Bueno, trabajas con ahínco. Eres disciplinado, sabes concentrarte. Y has alcanzado mucho éxito. Eres uno de los cinco primeros inversores bancarios del mundo, probablemente. La gente te respeta y…

–A juzgar por lo que dices, se diría que soy una máquina –comentó Adam con cierta amargura.

–No, no eres una máquina, Adam, te lo aseguro –contestó Kiloran, respirando hondo. No era fácil decir lo que tenía que decir. Y menos a esa distancia y a un hombre que, aunque era su amante, no se acordaba de nada–. Eres una persona generosa, un amante entregado. El mejor amante que he tenido nunca –confesó Kiloran. Curiosamente, aquel testimonio parecía carecer de algo, pensó Adam. Pero estaba demasiado confuso y cansado como para adivinarlo. Kiloran se puso en pie–. Estás agotado, necesitas descansar…

–No soy un inválido…

–Sí, Adam, en este momento sí lo eres –lo contradijo Kiloran con firmeza, acercándose a él–. Y si quieres recuperarte, tendrás que hacer exactamente lo que te diga. Órdenes del doctor.

–¿Y si me niego?

–Entonces contrataré a una enfermera. Una como Sandy.

Adam retrocedió y la miró. Resultaba terriblemente atractivo que una mujer con una belleza tan etérea como la de Kiloran se comportara con él como una madre. Sin embargo algo no encajaba. El velo que nublaba su memoria parecía comenzar a retirarse poco a poco.

–No estoy acostumbrado a que me den órdenes, ¿verdad?

–No, es cierto.

–¿Es que soy un tirano, Kiloran?

–Yo jamás saldría con un tirano, Adam –contestó ella seca–. Por atractivo que fuera.

–Así que me encuentras atractivo, ¿eh?

–No estás mal, cuando no tienes la cara hinchada.

–¿Y no soy un tirano? –volvió a preguntar Adam, echándose a reír.

–En una escala del uno al diez, te daría un humilde tres –contestó Kiloran respirando hondo, comprendiendo que él le exigía sinceridad–. Eres dueño de ti mismo, Adam. Eso es todo. Vives la vida exactamente como te conviene.

—¿Y no lo hace todo el mundo?

—No tanto como tú, quizá —contestó Kiloran. Adam deseó seguir preguntando, pero estaba tan cansado que le dolían hasta los huesos, y cerró los ojos—. Ahora sí que te vas a la cama —afirmó ella.

Adam abrió los ojos y sonrió, y entonces Kiloran rogó en silencio para que Adam volviera con ella. Lo rogó repetidas veces, hasta que cayó en la cuenta de que aquel nuevo Adam era infinitamente más dulce y manejable, y resultaba mucho más fácil convivir con él. ¿Qué ocurriría si él volvía a ser el de siempre, y se daba cuenta de que no podía soportarlo?

Durante los días siguientes Adam fue recuperándose. Dormía durante horas y horas, en la cama con dosel de Kiloran. Al llevarlo allí la primera vez, ella había esperado que reconociera la habitación. Pero no había sido así. Sin embargo sí había comentado:

—¿No quieres unirte a mí, Kiloran?

Kiloran lo había tapado sin mirarlo. No quería que él viera su tristeza. Hubiera dado cualquier cosa por tumbarse en la cama junto a él y abrazarlo. No esperaba sexo, solo cariño e intimidad. Pero era incapaz de imaginar una escena así entre los dos, metiéndose en la cama sin hacer el amor. No era esa la relación que mantenían. Adam adoraba el sexo. Ella también, por supuesto. Pero a veces echaba en falta un poco de intimidad.

Entre ellos no había esa familiaridad, fruto de la relajación que había entre las personas que estaban juntas. Siempre se interponía alguna reserva, alguna barrera. La interponía ella, con sus ansias de verlo bajar la guardia, o él, atento siempre a no entregarse del todo. Su relación era satisfactoria, a pesar de que jamás habían hablado del futuro. Con Adam, invariablemente, se hablaba del presente. Y a pesar de que Kiloran apreciaba lo que tenía, anhelaba más: el compromiso que él jamás estaría dispuesto a aceptar.

–No, yo voy a dormir en la habitación de al lado, por ahora. Creo que necesitas estar solo –había contestado Kiloran.

Y así había sido.

En cuestión de un par de semanas, Adam comenzó a mostrar síntomas de verdadera mejoría. Al menos, físicamente. Kiloran lo sacaba al jardín a sentarse y a comer.

–Mmm, ¿quién ha preparado esto?

–Yo –contestó Kiloran.

–Pero… si no sabías cocinar –recordó Adam.

–Sí, cierto. Antes no sabía cocinar.

–¿Y ahora sí?

–Sí, y la verdad es que me gusta.

–¿Y eso?, ¿a qué ha venido ese cambio?

Kiloran sabía que Adam no estaba interesado en sus habilidades como cocinera. Lo importante era que estaba recuperando la memoria. Ella esperaba impaciente el momento, al tiempo que lo temía.

–Tú me has cambiado.

–¿Yo? –continuó preguntando Adam–, ¿acaso me quejé alguna vez?

–No, pero no te gustaba el hecho de que tuviera sirvientas que lo hicieran todo por mí.

Adam asintió, tratando de asimilar y dar sentido a aquella respuesta. Así que Kiloran buscaba su aprobación. Lo que no terminaba de comprender era por qué.

–Kiloran, ¿cómo nos conocimos?

Capítulo 12

¿CÓMO nos conocimos? –repitió Adam.

El médico le había advertido que ocurriría, solo la sorprendía que hubiera tardado tanto. Había dicho que la mente de Adam trataría de ir rellenando los vacíos que la falta de memoria había creado y, en caso de no poder hacerlo solo, preguntaría.

Pero el gran desafío sería contarle la verdad. Porque enfrentarse a la verdad sería doloroso. Kiloran se daba cuenta de que, al contarle aquella historia en particular, dejaría entrever inadvertidamente sus propios sentimientos, junto con muchas otras cosas más. Eso, si es que pretendía ser sincera. Y podría asustar a Adam.

–Nos conocimos cuando mi abuelo te llamó para ayudarnos a levantar el negocio.

–¿Cuánto tiempo hace de eso? –continuó preguntando Adam.

–Hace casi nueve meses, aunque en realidad nos conocíamos desde mucho antes.

–¿Cómo es eso?

–Trabajaste aquí, cuando tenías dieciocho años –explicó Kiloran lentamente–. Te criaste cerca de aquí.

–¿Y mi madre?, ¿y mi padre?

Aquel sí que era un terrible dilema. Adam le había confiado la verdad, pero Kiloran no estaba segura de que él estuviese preparado para conocerla, teniendo en cuenta que era algo que jamás confesaba a nadie. El médico había insistido en que debía ser sincera, y había argumentado que el pasado y la vida siempre resultaban dolorosos. Protegerse de ellos no servía de nada, solo impedía crecer.

–No conociste a tu padre, Adam –comenzó a explicar Kiloran–. Y no has vuelto a ver a tu madre desde aquel verano, cuando trabajaste aquí.

El tenue velo que nublaba su memoria pareció descorrerse suavemente, acariciado por el viento. Adam recordó de pronto una mañana, hacía mucho tiempo. Estaba en una cocina. En el fregadero había platos sin fregar, y sobre la mesa una nota. Su madre no iba a volver. Se había marchado. Se había marchado llevándose algo consigo: su reputación, sus esperanzas y sus sueños. A menos que hiciera algo para remediarlo. Adam se estremeció y miró a Kiloran con ojos dolidos.

–Lo recuerdo. Recuerdo la casa, y el sentimiento de vacío –comentó Adam haciendo una pausa–. Mi madre se marchó.

–¿De qué más te acuerdas, Adam? –preguntó Kiloran acercándose para tocar su brazo.

Adam sacudió la cabeza. Aquello era como nadar en aguas turbulentas. A veces una luz brillaba en la superficie, pero de pronto la espesa niebla volvía a cubrirlo todo. Adam contempló aquellos ojos verdes y dejó que los suyos vagaran hasta los labios de ella, rojos como fresas.

Y de pronto dejó de desear conocer el pasado. Solo quería el presente, con sus asociaciones infinitamente más agradables. ¿Para qué elegir el dolor, cuando aquella belleza lo tocaba, recordándole cuán gozoso podía ser el placer?

—Bésame, Kiloran.

—No, ahora no. Es demasiado pronto —sacudió ella la cabeza.

—Bésame —repitió él con más autoridad, como en otros tiempos. Kiloran acercó la cara y, por un arrebatador instante, las miradas inquisitivas de ambos se encontraron. Jamás se había sentido ella tan cerca de él—. Ahora —murmuró Adam.

Kiloran acercó los labios. El suave roce acabó por transformarse en un tímido beso. Luego, ella sintió su aliento cálido y entreabrió los labios, fundiéndose finalmente con él en un tentativo beso, como el de los adolescentes que acaban de conocerse. Era como si nunca antes lo hubiera besado de verdad, pensó Kiloran contenta, sintiendo que se le aceleraba la respiración.

Adam alzó curioso una mano para tocar su cuello, como si nunca antes hubiera tocado su piel. Y en cierto sentido era así. Sus sentidos habían tenido que morir, en estado de coma, para renacer a la vida con renovado vigor. El deseo pulsaba en sus venas, pero por primera vez en la vida no sentía una necesidad imperiosa de consumirlo de inmediato. Quería que aquello durara toda la noche.

—Vamos a la cama —dijo él, apartándose.

—Aún no estás bien —sacudió ella la cabeza, con el corazón palpitante.

—¿Quién lo dice?

—Bueno, no sé qué diría el doctor, pero…

—¡Al diablo con el doctor! —exclamó Adam apartando la silla de la mesa y tomándola de la mano.

—Adam, no debemos.

—Kiloran, no podemos no hacerlo —objetó él.

Ella sintió que se ruborizaba, porque las palabras que él había pronunciado parecían la promesa largamente esperada. Pero no lo eran, simplemente eran la afirmación de un hecho.

—Está bien, vamos a la cama —convino Kiloran.

Kiloran se avergonzó cuando él la tomó de la mano y la llevó, escaleras arriba, hacia el dormitorio. La puerta se cerró tras ellos, y entonces Adam la tomó en brazos e inclinó la cabeza.

—¿Qué es lo que más te gusta que te haga?

—Bésame —murmuró Kiloran.

Adam no necesitó que lo animara. Gimió y acercó los labios, besándola largamente como si bebiera el elixir de la juventud. Y solo cuando ella estaba exhausta le bajó la cremallera del vestido, dejando que cayera al suelo. Adam suspiró al verla desnuda, delante de él, con solo la ropa interior, verde, de encaje. Sus pechos parecían rebosar la diminuta prenda, y sus piernas no terminaban nunca.

Debía de haberla visto así muchas veces, y sin embargo tenía la sensación de que era la primera vez. Jamás había apreciado de ese modo la caída sedosa de aquellos cabellos rubios por los hombros.

—¡Dios mío!, eres increíble. ¡Increíble!

—No, soy real —contestó Kiloran comenzando a desabrocharle la camisa—. Pero tú aún estás vestido, mientras yo estoy desnuda.

—Tú también llevas demasiadas cosas, Kiloran —rio Adam suspirando, mientras ella lo acariciaba.

Kiloran le bajó la cremallera de los pantalones y tomó su cuerpo masculino entre las manos. Él deslizó una mano entre las piernas de ella y comenzó a mover los dedos. Ella abrió inmensamente los ojos.

—¿Te gusta? —susurró él.

—Es evidente que no has perdido la memoria del todo —jadeó ella—. Sabes muy bien que sí.

—Quizá sea el instinto —contestó él, con voz ronca.

Kiloran echó la cabeza atrás y gimió una vez más, expectante y excitada. A pesar de ello sentía una ligera aprensión. El sexo siempre había sido maravilloso entre ellos dos, pero no recordaba haberse sentido nunca tan indefensa frente a él. Era como si le fuera imposible ocultarle sus sentimientos. ¿Qué ocurriría, si comenzaba a gritar que lo amaba, al llegar al clímax?

—Ven aquí, y deja de preocuparte —murmuró él arrastrándola a la cama, a su lado—. Soy yo quien debería preocuparse. ¿Qué pasará, si resulta que el accidente me ha afectado, y no lo consigo?

–No lo creo –repuso Kiloran, mientras ambos observaban su cuerpo masculino, muy excitado.

Aquella vez fue diferente, y Adam se dio cuenta. Aquella vez fue como una prueba, pero no solo una prueba física para él. Se trataba de algo más, de algo que lo dejaba perplejo. Adam notaba que Kiloran no se entregaba por completo, y estaba seguro de que no se debía a su falta de experiencia. Sucedía algo más.

Pero en lugar de analizar la situación, Adam se dedicó a acariciar sus pechos, cosa que resultaba mucho más fácil. Kiloran suspiró, abrazándolo y acariciando su espalda. Él recorrió todo su cuerpo con las manos, tratando de familiarizarse con él pero descubriendo, sin embargo, nuevos paisajes. Y ella respondió instantáneamente, excitándose y humedeciéndose contra sus dedos.

–Tómame –susurró ella cuando el placer se hizo insoportable–. Tómame –aquel inesperado y anticuado ruego fue como fuego para sus venas. Adam se tumbó sobre ella y la penetró–. ¡Oh, Adam!

Adam comenzó a moverse, y ella gritó su nombre una vez más, mientras se estremecía. Por un segundo él se detuvo, entonces. La experiencia resultaba increíble, pero notaba que no era así como lo habían hecho otras veces. Adam apartó sus cabellos de la cara para mirarla a los ojos y dijo:

–Dime.

Jamás debía confesarle a un hombre que lo amaba. Nunca, a menos que él pronunciara antes esas mismas palabras, recordó Kiloran. Ella apretó los labios y sacudió la cabeza, contestando:

—Es maravilloso.

¿Por qué la respuesta lo defraudaba?, se preguntó Adam. ¿Por qué lo hacía sentirse extrañamente vacío? Kiloran comenzó a mover las caderas bajo él, sacudiéndolas con el ritmo de una experta y haciéndolo girar y girar…

—¡Kiloran! —gritó él su nombre mientras ella gemía y gemía, hasta que los dos llegaron al clímax.

Después permanecieron tumbados en la cama, abrazados el uno al otro, sin decir una palabra, aunque cada uno por diferentes razones. Adam observó la luna alzarse en el cielo nocturno, reflejando una luz plateada sobre la cama. ¿Podría vivir el resto de su vida así, en el presente, sin conocimiento alguno del pasado?, se preguntó, suspirando.

Kiloran se giró. Los suspiros eran síntoma de anhelo, de deseo, reflexionó. Y jamás había oído suspirar a Adam.

—Adam…

—¿Mmm? —preguntó él volviéndose hacia ella.

—¿Cómo te sientes?

—¿Cómo crees que me siento? —preguntó él a su vez, estrechándola y disfrutando del contacto de su piel, mientras pensaba que no podía haber nada mejor en la vida—. De maravilla.

—No me refería al sexo.

Adam tampoco se refería al sexo, pero la respuesta de Kiloran le hizo darse cuenta de que ella estaba a la defensiva. Quizá se sintiera insegura. ¿La hacía él sentirse así?

–¿Acaso necesitas un informe completo de mi estado de salud ahora mismo, cariño?

–No, en realidad no. Es que he pensado que quizá, después de lo que hemos hecho…

–¿Te refieres a hacer el amor?

–¡Adam, no te burles!

–¿Que no me burle de qué?

–Has estado en coma, en el hospital. Acabamos de hacer el amor, y probablemente era demasiado pronto.

–No lo creo, cariño –contestó él tomando su mano y llevándosela al pecho y más abajo–. El cuerpo se recupera rápidamente del trauma, según parece.

–¿Y la mente?

–Sigue en blanco –contestó él, mirando al techo.

–¿Y no te importa?

–¿Qué quieres decir con eso de que no me importa? –rio Adam observando su ansiedad–. Dime, Kiloran, ¿qué puedo hacer? No puedo forzar mi mente, la memoria volverá cuando vuelva, cuando esté listo.

Una vez más, ambos volvieron a quedar en silencio. Adam se sentía perfectamente en paz, pero tenía la sensación de que ese estado no era frecuente en él. ¿Qué ocurriría si destapaba todo su pasado de repente, y descubría que estaba lleno de fantasmas?, ¿volvería entonces a sentir esa paz?

Sin embargo, ningún hombre podía vivir sin su pasado, por mucho que ese pasado lo persiguiera.

De pronto Adam recordó la conversación que había mantenido con Kiloran durante la cena, recordó la cocina de su infancia, sucia, y la nota sobre la mesa, y dijo:

—Kiloran, me gustaría volver.

—¿Adónde?

—Al lugar en el que crecí. Quiero volver.

Capítulo 13

KILORAN esperó un par de días antes de llevar a Adam a la casa de su infancia. Aún seguía débil, y el trauma podía ser demasiado brusco para él. Lo cierto era que ella también tenía motivos para retrasar el momento. ¿Qué ocurriría si lo llevaba y recuperaba bruscamente la memoria? Se había acostumbrado a aquel nuevo Adam, y no podía evitar preguntarse si soportaría de nuevo la inseguridad emocional de su antigua relación.

Por fin, una mañana de primavera y cielo despejado, lo llevó. Primavera, la época del renacer. Pero nacer era doloroso, nadie podía negarlo. Ni nadie podía negar que suponía un cambio. Nada permanecía siempre igual. Kiloran miró a Adam de reojo. Él se había recuperado bastante, al menos físicamente. Volvía a ser el mismo hombre del que se había enamorado. Aunque quizá eso no fuera del todo cierto. Adam había cambiado, sus ojos ya no tenían esa expresión tensa de antes. Ni brillaban salvajes, como los de un tiburón. Pero los recuerdos podían devolverle esa expresión, y el frío y ambicioso Adam Black podía surgir una vez más, como una crisálida, del coma.

–¿Listo? –preguntó Kiloran.

–Quizá debamos volver a la cama un rato –sugirió él.

Kiloran cerró los ojos, tentada. Si había un aspecto de la vida de Adam en el que se había recuperado plenamente, era la cama.

–¡Pero si acabamos de levantarnos!

–El médico dijo que debía descansar.

–Creo que tu idea de descanso y la del médico no coinciden. ¿Vamos caminando, o en coche?

–Caminando.

–¿No te cansarás demasiado?

–Kiloran –suspiró Adam–, estoy bien. No terminaré de ponerme bien si no me dejas hacer nada.

–Solo trataba de ayudar.

–Lo sé, cariño, pero ya es hora de que me dejes hacer las cosas por mí mismo. Estoy en buena forma, puedo caminar. Y lo demás tengo que hacerlo por mí mismo.

Kiloran asintió y volvió a entrar en casa, pretextando que necesitaba una chaqueta. Adam aún no había recuperado la memoria, y sin embargo comenzaba a excluirla. No obstante, lo importante en ese momento no era ella, sino él. Tenía que recuperar su vida. Y no lo haría si no recuperaba primero la memoria, reflexionó con tristeza. No podía mantener una relación con un hombre incompleto, y menos aún con él. Habría sido una relación superficial, con solo una parte de él. Cierto, Adam se mostraba más dulce y más amable que antes, pero no podía seguir así eternamente, solo por ella. Necesitaba saber quién era él en realidad, y ella necesitaba saber si seguiría deseándola cuando lo descubriera.

–¿Vamos? –preguntó Kiloran echando a andar, en silencio.

–Estás muy callada –observó Adam, al poco rato.

–Mmm –asintió ella observando sus ojos, que comenzaban a mostrarse distantes. ¿Sería producto de su imaginación, o se convertiría ella también en un recuerdo para él?–. ¿Te acuerdas del camino?

Adam caminaba con seguridad, recordando automáticamente el trayecto, según parecía. Un trayecto que no había vuelto a recorrer en años. Pero los senderos familiares, los más frecuentados, se grababan profundamente en la mente. Pasaron por delante de la parada del autobús y él se detuvo.

–Yo tomé el autobús aquí –comentó lentamente–. Cuando fui a Londres. El día en que abandoné Lacey.

–Cuéntame.

–Era un día gris –continuó Adam metiéndose las manos en los bolsillos de los vaqueros–. Tenía dinero, dinero que había ganado trabajando en Lacey.

Aquel día se había sentido ligero, liberado de una gran carga. Pero también vacío. ¿Por qué? En el autobús había una chica. Una chica vestida como para ir a un baile. Y le había ofrecido compartir su cesta de fruta, durante el viaje. Adam se había quedado con ella un mes. Dos, quizá. Y durante una temporada ese vacío se había llenado, en parte. Pero luego él se había marchado. Siempre necesitaba moverse, ponerse en camino. Como un tiburón: no parar.

–¿Y? –preguntó Kiloran observándolo expectante.

La expresión inocente de Kiloran le produjo remordimientos. No debía herirla, comprendió Adam. Porque podía hacerlo. Y mucho, se dijo recordando a aquella chica.

–Fui a Londres, a probar fortuna. Igual que Dick Whittington.

–Pero sin gato, ¿no?

–Sí, sin gato –rio Adam.

–Aquí hay una tienda –comentó Kiloran. La tienda del pueblo. ¡Cuánto había cambiado! Había pasado de vender los productos frescos de las granjas de los alrededores a convertirse en el típico supermercado. Y luego, en una segunda transformación, había vuelto a los productos locales–. «Verduras naturales, cultivadas orgánicamente, y huevos frescos» –leyó Kiloran–. ¡La de vueltas que da el mundo!

Todo parecía tremendamente significativo, aquella mañana. Y así debía ser, quizá. Al tratar de descubrir Adam su pasado, ella también volvía la vista atrás. Kiloran se había marchado de Lacey igual que él, y había vuelto. Y sin embargo jamás se había planteado si quería quedarse. Nunca había pensado en el futuro, pero de pronto comprendía que las personas tomaban parte activa en su destino. ¿Quería pasar el resto de su vida en Lacey? En el fondo sabía que sí.

Adam continuó caminando, dejando atrás las tiendas e internándose en la zona residencial. Las casas eran bajas, con jardín. Adam recordó la envidia que había sentido de la gente que vivía allí. Siempre había luz en las casas, las familias se sentaban juntas a cenar. En Navidad se veían los árboles decorados por las ventanas. Y él, mientras tanto, siempre estaba fuera, en la calle, muerto de frío.

Pero enseguida las casas comenzaron a apretarse unas a otras, y aquí y allá comenzó a surgir cierto olor a basura. Grupos de niños dejaban de charlar al verlos pasar, alzando la vista para observarlos, sin ninguna inocencia. Adam miró a uno abierta y directamente. Él había sido como ellos. Kiloran y él giraron en la esquina y enseguida Adam se detuvo frente a un estrecho porche.

La casa había cambiado. La puerta estaba recién pintada, y había una jardinera con plantas en el poyete de la ventana. Estaban casi secas, pero vivas. Y crecían, procurando esperanza.

–Es aquí –dijo Adam con voz ronca–. Justo aquí –añadió observando la estrecha calle con los ojos de un adulto, por primera vez, y comprendiendo el otro punto de vista de la misma historia, el punto de vista de su madre.

¿Cómo se había sentido ella, viviendo en aquella casa y en aquella calle? Quizá se hubiera apresurado a juzgarla y condenarla, aunque era natural, después de lo que había hecho. ¿Pero qué había de la lucha por la supervivencia que había librado su madre, por mantenerlo y darle de comer?

Adam trató de imaginarse a Kiloran en esa situación. Sola, embarazada, sin ninguna habilidad laboral en concreto y sin ningún subsidio. En aquel entonces ser madre soltera debía de ser una pesadilla. Su madre no podía esperar más que pobreza y condena, por parte de la sociedad. ¿Podía culparla, por utilizar lo único que tenía, su juventud y su belleza, para buscar a un hombre que la amara y mantuviera? ¿Podía culparla, cuando a causa de sus circunstancias no había encontrado más que a un sinvergüenza? Él mismo había sido, justamente, el causante de esas circunstancias, por mucho que no fuera culpa suya. Había nacido. Quizá su madre no hubiera sido una buena madre, pero seguramente le había sido imposible hacerlo mejor. Adam miró a Kiloran, que seguía observando la casa.

—Es diminuta, ¿verdad, Kiloran?

—Sí, lo es —contestó ella ruborizándose, con voz anhelante—, pero eso no importa. Lo importante es lo que hay dentro, lo que hace de ella un hogar.

Adam la observó. Ella también sentía anhelos. Quizá hubiera sido rica, pero su vida no había sido un camino de rosas. El comportamiento de su madre no siempre había sido intachable, y para una niña como ella debía de haber sido profundamente turbador. De pronto Adam se dio cuenta de que lo importante no era su origen, sino la persona en la que se había convertido. ¿Pero qué tipo de persona era?, ¿le gustaría su forma de ser?, ¿y a ella? Tantas preguntas le producían angustia. Súbitamente, Adam sintió una fuerte necesidad de marcharse.

–Vamos.

–¿No vas a llamar a la puerta? –preguntó Kiloran.

–¿Para qué?

–Quizá conozcan a tu madre…

–Kiloran, mira a tu alrededor –sacudió la cabeza Adam–. Estas casas son para gente que viene y va, y siempre será así.

–¿Te has acordado de algo más? –suspiró ella. Adam sacudió la cabeza. Caminaron lentamente, volviendo por otro camino. Al llegar a la panadería él se detuvo, observando la tarta de bodas de cartón del escaparate, que llevaba años allí. Fue entonces cuando las puertas de su memoria se abrieron y volvió a recordarlo todo–. Adam… –lo llamó ella alzando una mano para tocar su mejilla pálida, observando sus rasgos tensos–. ¡Adam!, ¿qué ocurre?

Adam sacudió la cabeza, absorto aún en una especie de limbo en el que el pasado y el presente se entrecruzaban como en un caleidoscopio. Cuando por fin él asintió, como si por fin se sintiera completo, los ojos de ambos se encontraron y ella supo lo ocurrido, sin necesidad de preguntar. Era como si alguien hubiera accionado un interruptor.

–¿Recuerdas? –preguntó Kiloran.

–Sí, recuerdo. Esa es la razón por la que fui a

trabajar a Lacey, porque mi madre me dejó deudas. Mi reputación no valía nada.

–Adam…

–Estoy bien –contestó él, negándose a aceptar su compasión.

–Adam –insistió ella, sintiéndose excluida–, háblame.

–No hay nada que decir.

Kiloran esperó unos segundos, observando a los novios polvorientos de la tarta. Aquel pastel de bodas era toda una burla de la institución del matrimonio.

–¿Qué quieres hacer ahora?

–Me gustaría volver a Lacey, y quiero hacerte el amor –respondió él.

Kiloran lo comprendió. Adam necesitaba olvidar el dolor, necesitaba sentir el placer de los sentidos, para dejarlo todo atrás. Pero aunque su cuerpo respondía instantáneamente, Kiloran estaba alerta. Adam había cambiado, volvía a ser el distante depredador. No quedaba en él la más mínima indefensión o vulnerabilidad.

Durante el trayecto de vuelta a casa ninguno de los dos habló. Adam estaba sumido en sus pensamientos, y no era de extrañar. ¿Qué derecho tenía ella a distraerlo, charlando acerca de tonterías? Su expresión de dureza bastaba para comprender que no debía hacerle preguntas. Adam hablaría y se explicaría cuando estuviera listo para hacerlo.

Sin embargo, Kiloran estaba aterrada y deseosa al mismo tiempo. Al llegar a Lacey él la tomó de la mano y le hizo subir las escaleras hasta el dormitorio, y después comenzó a quitarle la ropa tan lenta y seductoramente, que ella llegó al clímax nada más tocarla. Adam esbozó una oscura expresión de triunfo, y gritó cuando la penetró.

Él le hizo el amor como nunca, refinando hasta extremos inconcebibles su habilidad. Kiloran perdió la cuenta de las veces que gritó su nombre, jadeando. Aquella fue la experiencia más perturbadora de toda su vida, y sin embargo, cuando terminó, sintió que faltaba algo.

–Ha sido… –Kiloran tragó– increíble. Pero cariño, no deberías cansarte tanto…

–No, Kiloran –la interrumpió él rodando por la cama para ponerse encima de ella una vez más, con expresión casi seria–. Tu labor como enfermera ha terminado, lo digo en serio. Te doy permiso para abandonar.

–¿Qué ha ocurrido, Adam?, ¿por qué me miras de ese modo?

–¿De qué modo te miro?

¿Cómo decirle que su expresión había dejado de ser la del amante generoso, dulce y complaciente? No podía hacerlo, cuando la miraba con aquel brillo irónico y falto de interés en los ojos, tan propio del Adam de antaño. Él la excluía de su vida una vez más, y lo hacía deliberadamente.

–¿Qué has recordado?

–Todo –afirmó él.

Kiloran se sentó en la cama. Sabía que las cosas no volverían a ser como antes. Era imposible. Pero por doloroso que fuera, no volvería a aceptar una relación con Adam en los mismos términos de antes. Él no podía ofrecerle nada más, pero no le bastaba. A ella no. Porque no podía vivir atemorizada, pensando en cuándo acabaría todo, o reprimiendo sus sentimientos y callando, por miedo a asustarlo. Ninguna relación podía sobrevivir, en medio del miedo.

—¿Quieres hablar de ello?

—¿Qué quieres que te diga?, ¿que recuerdo por qué vine a Lacey?, ¿que recuerdo lo bien que se portó tu abuelo? Sé que he vivido en América, y me acuerdo de mi nuevo empleo. Sé que tengo un apartamento de alquiler en Kensington…

—¿Y nosotros?

—¿Nosotros?

—Sí, nosotros.

—Sé que hemos mantenido una relación, y sé que ha sido muy agradable —afirmó Adam.

—Comprendo —asintió Kiloran decepcionada, ante aquella descripción.

—¿Nos vestimos y nos servimos una copa? —sugirió él, preguntándose si realmente lo comprendía.

De haberse tratado de otra persona, Kiloran habría pensado que necesitaba el alcohol para reunir coraje. Pero Adam no necesitaba el alcohol. Por duro que fuera. Tenía la sensación de que aquel era el final, lo había presentido desde el principio. Pero si era así, lo afrontaría con calma y dignidad.

—Sí, me encantaría tomar una copa —aceptó Kiloran, con la esperanza de reunir un coraje que ella sí necesitaba. Ambos se vistieron en silencio. Ella era consciente de que Adam no la miraba, como otras veces. Parecía preocupado, miraba el reloj–. ¿Qué quieres tomar? –preguntó ella al llegar al piso de abajo.

–Un whisky escocés, por favor.

Kiloran sirvió el whisky y una copa de vino para ella. Luego, se sentó en el sofá y esperó. Pero no tuvo que esperar mucho. Adam frunció el ceño, mirándola con sus ojos grises, y comenzó:

–Kiloran, tengo que volver.

–¿Adónde?

–A Londres.

–Pero no volverás al trabajo inmediatamente, ¿no? –preguntó ella alarmada.

–No, inmediatamente no. Tengo que ver a un neurólogo, necesito que me haga una revisión.

–¿Y después?

–Aún no lo he decidido –afirmó Adam.

Kiloran deseó preguntarle cuándo volvería a verlo, pero se reprimió. Si él no decía nada, ella no preguntaría. No rogaría, no pediría algo que debía ofrecerse por propia voluntad, con generosidad.

–¿Cuándo te marchas?

–Si me doy prisa, puedo tomar el último tren –contestó él mirando el reloj una vez más.

–¿Quieres que te lleve?

–No, gracias –sacudió él la cabeza–. Eres muy amable, Kiloran, pero ya he abusado demasiado de ti.

–Entonces será mejor que te des prisa –sugirió Kiloran dejando la copa en la mesa, sin probarla–. Puedo llevarte a la estación, al menos.

Kiloran esperó mientras Adam subía al piso de arriba a hacer el equipaje. Ella se había encargado de recoger alguna ropa de su apartamento, y había hablado con su abogado para que revisara la correspondencia, por si surgía algo importante. Había deseado preguntarle muchas cosas, durante aquella convalecencia, pero no lo había hecho. No le había parecido el momento oportuno de hacerlo. Seguía sin saber por qué él se dirigía a su casa, la noche del accidente. Podía preguntárselo en ese momento, pero de pronto no deseaba hacerlo. ¿Qué sentido tenía? Adam bajó las escaleras con una maleta en la mano.

–¿Listo? –preguntó Kiloran.

–Kiloran… –comenzó él a decir, pensando en cuánto le debía.

–No digas nada, Adam, por favor… no es necesario.

–Quiero darte las gracias por….

–¡Calla! –repitió ella, enfadada–. ¡Por favor! No necesito que me des las gracias, me ha encantado hacerlo. Lo habría hecho por cualquiera.

Adam asintió. De pronto ella parecía estar a miles de kilómetros de distancia. Podía tomarla en sus brazos y besarla, pero eso no habría servido sino para posponer las cosas. No podía seguir viviendo una vida en la que faltaban piezas, y así era como se sentía: como si le faltara algo.

Las despedidas siempre eran difíciles, se dijo Kiloran. Esperaba que el tren no llevara retraso, para no tener que estar mucho rato con él, en la estación, luchando por controlar las lágrimas. El tren de Londres llegó justo a la hora, pero eso tampoco la consoló.

—Adiós, Adam.

—Un segundo —dijo él estrechándola y besándola más largamente de lo que ninguno de los dos esperaba. El beso fue amargo y bello al mismo tiempo, un verdadero beso de despedida. Y cuando Adam levantó reacio la cabeza al fin, al oír el silbato, sus ojos parecían llenos de remordimiento—. Te llamaré, ¿de acuerdo?

Hubiera querido preguntarle cuándo, pero no quería cargar más responsabilidades a su espalda. No quería jugar a hacerse la celosa, o la mujer inconsolable. De hecho, no quería jugar a ninguna cosa. Las relaciones entre hombre y mujer no eran una cuestión de juego, y si era necesario tomárselo así, es que no merecía la pena.

Quizá debiera ponérselo fácil, decirle que no tenía ninguna obligación con ella, que comprendía el paso que daba. ¿Le demostraría así que aún le quedaba orgullo?, ¿lograría con ello superarlo más fácilmente?, ¿y no era eso pensar en ella misma, en lugar de pensar en él?

Kiloran abrió la boca para decir algo, pero ninguna frase le pareció adecuada. Cuando sonó el silbato una segunda vez, se sintió triste y aliviada al mismo tiempo. Adam se marchaba, solo que en aquella ocasión no era una despedida como otra cualquiera.

–Adiós, Adam –dijo una última vez, en susurros.

Adam la estrechó con fuerza una vez más y subió al tren, despidiéndose con la mano, por la ventanilla, con ojos extrañamente sombríos. Y ella permaneció quieta, sin moverse, hasta mucho después de que el tren hubiera desaparecido.

Capítulo 14

KILORAN pasó aquella velada vagando por la casa como un alma en pena, incapaz de concentrarse en nada. Cuando sonó el teléfono su corazón dio un vuelco.

—¿Sí?

—Kiloran...

—¡Oh, Adam! —respiró ella aliviada, comprendiendo entonces que no esperaba volver a oír su voz nunca más—. ¿Te encuentras bien?

¿Bien? Adam miró a su alrededor en el lujoso apartamento. No se sentía como si estuviera en casa, sino como en un hotel. Cierto, no era de su propiedad, pero lo había alquilado. No había nada personal en aquella casa, ni fotos, ni nada. No había momentos de su vida retratados. ¿Pero a quién hubiera podido retratar, aparte de a su madre, que ni siquiera sabía si estaba viva o muerta? Ninguna mujer había significado lo suficiente en su vida como para merecer un marco de plata.

—Estoy bien —contestó al fin Adam, con voz pesada.

—Pues no lo parece.

—Estoy cansado.

–Seguro que no tienes nada de comer –comentó ella automáticamente.

–Kiloran, sé cuidar de mí mismo –le recordó él, en voz baja.

–Bueno, me alegro de que hayas llegado a casa sano y salvo –respondió ella, a la defensiva.

–Sí –afirmó él. Parecía que no había nada más que decir, pensó Adam con infinita tristeza–. Volveré a llamarte.

–No te sientas en la obligación de hacerlo, Adam. Hazlo solo cuando estés listo –se apresuró ella a contestar.

–Sí. Cuídate, Kiloran.

–Y tú.

Pero en esa ocasión Kiloran dudó muy seriamente de sus palabras. Quizá Adam hablara en serio y quisiera verdaderamente volver a llamarla, pero no creía que lo hiciera al día siguiente. Ni al otro. No lo haría hasta que no estuviera preparado, y para entonces podía haber decidido romper con ella. Porque no podían volver a su relación de antes, y él no le había prometido ningún futuro.

A pesar de todo, Kiloran sintió que renacía en ella la energía y la resolución. Aquella noche durmió sorprendentemente bien, y despertó a la mañana siguiente como nueva. Aunque con el corazón roto, por supuesto. La tensión por la recuperación física de Adam, tanto como por la de su memoria, había sido más fuerte de lo que había creído. Además, no podía pasarse la vida lamentándose, cuando no había sido más que un sueño imposible. Necesitaba seguir adelante, y eso fue lo que hizo, lentamente. Se lo debía a sí misma.

Tenía muchas cosas de las que ocuparse, para facilitarle la tarea. Kiloran comenzó a hacer reservas de habitaciones y salones de Lacey. Su abuelo llamó desde Australia.

–Una importante cadena de tiendas se ha puesto en contacto con nosotros para pedirnos que diseñemos un jabón exclusivamente para ellos –lo informó Kiloran.

–Estoy impresionado, Kiloran –contestó su abuelo–. Estás haciendo un gran trabajo.

–Gracias a Adam, por supuesto.

–Ah, sí –suspiró su abuelo–. El chico enigmático.

Kiloran no le contó nada acerca del accidente. Su abuelo no tenía ni idea de que ellos dos habían mantenido una relación, y no tenía sentido contárselo, cuando cada día parecía más evidente que había terminado. Kiloran trató de mantenerse ocupada para evitar vivir pendiente del teléfono. Incluso salió a cenar un par de noches, aunque no prestó demasiada atención a sus acompañantes. Cada día que pasaba le resultaba más fácil ir a un pub a charlar con gente, y repetirse a sí misma que lo pasaba bien.

La primavera dio paso al verano, y Kiloran siguió sin noticias de Adam. Un día llamaron por teléfono, y ella tuvo el extraño presentimiento de que se trataba de él. Era domingo por la mañana, y la paz reinaba en la casa. Kiloran tomaba café en la terraza.

–¿Kiloran?

–¡Adam! –exclamó ella con el corazón palpitante, tratando de mostrar solo la alegría justa al oír su voz.

No quería asustarlo o hacerle creer que no podría soportar aquello que tuviera que decirle. Además, no solo él había tomado una decisión. Kiloran había reflexionado largamente, y no estaba dispuesta a aceptar una relación como la anterior. Si tenía que rechazarlo, lo haría.

–¿Qué tal estás? –preguntó Adam pensando que su voz sonaba extrañamente fría.

–Yo muy bien, pero ¿y tú?

–Mejor, mucho mejor. ¿Puedo ir a verte?

¡Como si necesitara preguntarlo! Pero lo había hecho, y en un tono de voz muy formal. Quizá eso significara algo, se dijo Kiloran.

–Claro, ¿cuándo?

–¿Estás ocupada esta mañana?

–¿Ahora? –volvió a preguntar Kiloran, mientras su corazón amenazaba con salírsele del pecho–. Estoy desayunando tostadas, pero… ¿desde dónde llamas?

–Estoy entrando en tu propiedad; te llamo desde el coche.

–¡Vaya, gracias por avisar con tanta antelación!

–Te veré dentro de dos minutos.

Kiloran corrió al vestidor a lavarse la cara y peinarse mientras pensaba en lo imperturbable que parecía Adam. Se miró al espejo y contempló su rostro, de expresión vulnerable. Interiormente también se sentía muy vulnerable. Se ajustó la bata. No llevaba nada debajo. Oyó el ruido del motor y se dirigió lentamente hacia la puerta. Abrió justo cuando él se disponía a llamar, y sus miradas se encontraron. Ambos la sostuvieron durante largos instantes.

Por fin el recuerdo del hombre que yacía desesperadamente enfermo en la cama desapareció, definitivamente. Aquel hombre no se parecía nada a él. Adam había vuelto, estaba perfectamente recobrado, y su aspecto era viril y sexy. Parecía el mismo de siempre, y sin embargo había cambiado, aunque quizá se debiera a que había sido suyo, y en ese momento volvía a ser inalcanzable. Deseaba besarlo desesperadamente, pero jamás se habría atrevido.

–Hola, Adam –dijo ella en voz baja, serena.

Adam había esperado sentirse fuera de lugar al llegar a Lacey, y esa espera había dado por fin su fruto. Kiloran parecía la más lujuriosa pieza de fruta exótica que jamás hubiera visto, con aquella bata y el cabello suelto, dorado, al sol. Podía adivinar las curvas de sus pechos y caderas, la suave ondulación de su cintura, a través de la fina tela. Había apoyado la cabeza en aquel vientre muchas veces, en un acto más íntimo que el del sexo. Pero todo aquello parecía haber ocurrido en otra vida.

–Hola, Kiloran.

–Tienes buen aspecto. Quiero decir, pareces perfectamente recobrado.

—Me siento recobrado —confirmó él—. ¿No vas a invitarme a entrar?

—¡Claro! —exclamó ella abriendo la puerta de par en par.

El hecho de que él tuviera que pedir permiso era de lo más significativo; la distancia entre ellos parecía inmensa. Ni siquiera la había tocado, pensó Kiloran. Y la expresión fría y remota de su rostro demostraba que no había sentido inclinación alguna a hacerlo.

—¿Adónde quieres que vayamos a sentarnos? —preguntó ella.

Adam se preguntó cómo reaccionaría, si le dijera que al dormitorio. No era esa la razón por la que estaba allí, pero tampoco podía apartar la idea de su mente.

—Fuera se está bien, ¿no te parece?

—Sí, ¿quieres que haga café y lo lleve a la terraza?

Pero Adam no estaba dispuesto a pasar por todo el ritual social, ni tampoco sentía particular deseo de tomar café. Por eso negó con la cabeza y contestó:

—No, a menos que quieras tú.

—Yo tampoco. ¿Qué has estado haciendo?

—He ido al médico —sonrió Adam—. Estoy perfectamente.

—Estupendo.

—Y he hecho algunos cambios, en el sentido profesional —añadió él, mirándola—. Estoy dando clases —continuó, esperando a ver su reacción.

–¿Dando clases? –repitió ella, abriendo enormemente los ojos–, ¿como profesor?

–No, exactamente. He colaborado en la creación de una escuela de negocios para chicos de escasos recursos; se trata de una escuela fundada por grandes bancos. Me pidieron ayuda para diseñar el currículum de estudios, y he descubierto que me gusta –sonrió Adam–. Parece que se me da bien, eso de trabajar con chicos de gran talento y con… ¿cómo lo diría?… con problemas. No es de extrañar.

–No –sonrió Kiloran.

–No pareces sorprendida –observó Adam.

–Es que no me sorprende –contestó ella con calma–. Sabía que necesitabas cambiar, y me alegro de que no hayas elegido otro nuevo camino para hacer dinero.

–¿Y cómo lo sabías, Kiloran?

–No hacía falta que tuvieras un accidente para darse cuenta de que trabajabas demasiado duro por cosas que, en definitiva, ni querías ni te hacían feliz –suspiró Kiloran–. Era evidente, Adam, aunque tú prefirieras no darte cuenta.

–Y sin embargo no me dijiste nada.

–¿Decírtelo?, ¿a ti? –repitió Kiloran lanzando una carcajada–. De haberlo intentado, de haber intentado decirte cualquier cosa, te habrías…

–Así que sí era una tirano, después de todo.

–Sí, supongo. Un poco. De todos modos, aunque te lo hubiera dicho, no me habrías escuchado.

–¡Vaya! –exclamó Adam–. Eres la persona perfecta para cualquiera que necesite aumentar su autoestima.

–Tú no necesitas aumentar tu autoestima, Adam.

–No, supongo que no.

–Adam…

–¿Qué? –preguntó él tratando de no pensar en que probablemente Kiloran no llevaba nada bajo aquel camisón.

Kiloran notó cómo sus ojos se oscurecían, e interpretó correctamente lo que se le pasaba a Adam por la cabeza. Sin embargo eso no era importante. Lo que tenía que preguntarle, en cambio, sí lo era. Muchas cosas dependían de la forma en que Adam respondiera a esa pregunta concreta.

–¿Encontraste a tu madre?

–No recuerdo haber mencionado que fuera a buscarla –dijo él notando por primera vez lo perceptiva que era Kiloran.

–No lo mencionaste, pero yo sabía que lo pensabas.

–Me conoces muy bien, Kiloran.

–Simplemente era el paso siguiente, el paso inevitable. Y, para ser sinceros, no estaba segura de que fueras a darlo.

–Al principio no quería –admitió él–, y, en cierto modo, todo habría sido más sencillo, de no haberlo dado.

–¿Acaso no la encontraste?

–Sí, y no. No fue fácil, pero al final le seguí la pista hasta Gales. Vivió allí, en una comuna. Y tuvo otro hijo –añadió, haciendo una pausa–. Tengo una hermanastra, Kiloran.

Kiloran creyó oír algo especial en su voz: orgullo quizá, cierto sentido de la posesión. Después de todo, por fin tenía una familia. Lo único que jamás había tenido, a pesar de todo su dinero y poder.

–¿La conoces?

–Sí, es una mujer muy inteligente –murmuró Adam, sonriendo al fin–. Sí, la conozco… a ella y a su hijo, mi sobrino. En realidad… –continuó Adam, mientras la expresión de su rostro se dulcificaba– mi sobrino es mi viva imagen, cuando yo tenía su edad. Es un pillo –añadió, indulgente.

–Así que por fin has encontrado tus raíces, Adam, tu familia, ¿no?

–Mi hermana es madre soltera, vive en un apartamento en Cardiff. Sí, lo sé –añadió, observando el rostro de Kiloran–, la historia se repite. Pero yo quiero que todo sea diferente para ella, y estoy en posición de remediarlo.

–¿Y tu madre? –preguntó Kiloran.

–Murió hace siete años –contestó Adam tras una pausa, serio–. No importa, Kiloran. Estoy triste, sí, pero no es solo eso. Es… arrepentimiento. Lamento no haber tenido el coraje suficiente como para ir a buscarla antes, a tiempo.

Y todo por haber mantenido aquella actitud de defensa, durante tantos años, negándose a sí mismo sus propios sentimientos. Kiloran había sido quien había echado abajo aquella muralla, obligándolo a mirar dentro de sí. Quizá no hubiera sido necesario el accidente, para hacerlo. Quizá lo hubiera hecho de todos modos, aunque le hubiera llevado más tiempo. O quizá Kiloran no lo hubiera logrado, de otro modo.

–La vida es demasiado corta como para desperdiciarla lamentándose –observó ella.

–Sí, lo sé.

Kiloran contuvo el aliento. La pregunta que necesitaba dirigirle a continuación la alarmaba, por lo egoísta que era. ¿Por qué volvía a verla? Pero igualmente importante era otra pregunta: ¿qué quería ella? Sin embargo, conocía la respuesta de la última, no necesitaba siquiera reflexionar. Deseaba mantener una relación amorosa con un hombre, una relación igualitaria y generosa por ambas partes. Y si no podía tenerla, entonces no quería nada de él. Quizá no encontrara jamás ese amor en ningún otro hombre, pero a pesar de ello no estaba dispuesta a conformarse con menos.

–Oh, Adam, ¿por qué has venido hoy aquí?

¿Acaso había creído que iba a ser fácil?, se preguntó Adam. Nada por lo que mereciera la pena luchar lo era, se repitió en silencio.

–Porque te he echado de menos –respondió él con voz ronca–. ¿Acaso no lo sabías?

El rostro impasible de Kiloran no demostró en absoluto el placer que su respuesta le produjo. La Kiloran de antes habría dado un salto de alegría, pero la nueva Kiloran que tenía ante sí se lo tomó con calma, como un halago, no como un pasaporte hacia el futuro.

–Es bonito eso que has dicho.

–¿Bonito? –repitió él poniéndose en pie–. ¿Es eso todo lo que tienes que decir?

–¿Y qué quieres que diga, Adam?, ¿que mi pecho revienta de gratitud?

–¡Pues no estaría mal, si demostraras un poco de alegría!

–¿A qué has venido, Adam?, ¿a contarme lo que has hecho?, ¿a enseñarme lo bien que estás?, ¿a retomar las cosas donde las dejamos…?

–No.

–¿No?

–No, no quiero retomar las cosas donde las dejamos. Me gustaría volver a empezar –declaró Adam. Kiloran se quedó mirándolo–. Volver a empezar. Contigo. Pero esta vez como debe ser. Si a ti te parece bien.

–¿Por qué?

–Porque te quiero –confesó Adam sin poder evitarlo, pronunciando unas palabras tan viejas como el tiempo, pero nuevas para él. Ella permaneció inmóvil, deseosa de creerlo, pero sin atreverse. Adam deseaba tocarla, pero por alguna razón le parecía importante no hacerlo. Aún no–. Los hombres nos pasamos la vida luchando contra el amor, huyendo. Sobre todo los hombres como yo. Pero yo estoy ya cansado y harto de huir. No sé por qué, pero cuando te conocí esa carrera dejó de importarme. Te quiero, Kiloran. Eres bella, inteligente, amable y cariñosa. Me haces sentirme fuerte y débil al mismo tiempo. Me tienes hechizado, no puedo dejar de pensar en ti, y eso me ocurre desde el mismo instante en que te conocí.

—¡Oh, Adam! —sonrió suavemente Kiloran.

—¿Te he dicho alguna vez cuánto te admiro por haber transformado este lugar en lo que es? —continuó Adam.

—¿Vas a pasarte el día diciéndome piropos? —preguntó Kiloran sin dejar de observar la sinceridad de sus ojos, deseando estrecharlo en sus brazos.

—Si es necesario…

—Se me ocurre algo mejor que hacer.

—¿Como por ejemplo? —preguntó Adam, fingiendo inocencia.

—¿No te parece que ya es hora de que me beses?

—¡Oh, cariño! —rio Adam, medio jadeando—, no he pensado en otra cosa.

Adam la atrajo a sus brazos, y al rozar sus labios sintió como si por fin volviera a casa. Aquel beso fue tan lento y tentador, que Kiloran sintió que las lágrimas se agolpaban en sus ojos.

—Yo también te quiero, así que llévame a la cama, ¿quieres? Ahora —añadió Kiloran con voz ronca—. No digas ni una palabra más, demuéstramelo.

Epílogo

¡NO QUIERO volver a ver una pelota de cricket en cinco años! –exclamó Kiloran secándose el sudor de la frente y dejándose caer en el sofá.

–Pues tiras bien, para ser una mujer –contestó Adam. Un cojín cruzó el salón volando y fue a darle en la cabeza–. ¡Ouch! ¡Tienes buena puntería!

–Es peligroso pelearse conmigo, Black.

–Jamás me atrevería –comentó él–. Jamie te adora, ¿lo sabías?

–Bueno, yo también lo quiero –contestó Kiloran–. Aunque me saque de mis casillas. Tu sobrino es un chico adorable.

–Sí –afirmó Adam, pensativo.

Jamie y su madre habían pasado el fin de semana en Lacey. Todo había resultado perfecto, a juicio de Adam, con aquella extraña y extensa familia nueva.

–El abuelo también lo quiere mucho –recalcó Kiloran–. Le encanta leerle los cuentos que me leía a mí, cuando era pequeña.

–Mmm –confirmó Adam, notando el tono de

voz anhelante de Kiloran, y pensando en el anciano. Vaughn había envejecido mucho durante el último año. La arena del reloj de su vida parecía pronta a terminarse. Adam dejó el periódico en el suelo y se preguntó si realmente había pasado tanto tiempo–. Ha pasado un año, ¿sabes, cariño?

–Sí, lo sé. ¡Imagínate, un año! –suspiró Kiloran.

Un año de felicidad, de vivir juntos, amándose. Adam conservaba su apartamento de Londres, pero apenas lo utilizaba. Y cuando lo hacía, Kiloran siempre iba con él. La escuela de negocios había despertado un gran interés en la prensa, y Adam había sido invitado a dar muchas conferencias en el extranjero. Y Kiloran siempre lo acompañaba. La policía había dado caza por fin a Eddie Peterhouse en Singapur, desde donde el contable pensaba escapar a una isla del océano Índico. Se había gastado casi todo el dinero robado en Lacey, pero Kiloran se lo había tomado con mucha filosofía. Después de todo, solo era dinero.

Además, no necesitaban más dinero. Lacey progresaba como la espuma, quizá por el hecho de que Adam era, oficialmente, su director general y accionista mayoritario. Él había comprado todas las acciones de la tía Jacqueline y de Julia, haciéndoles una generosa oferta.

–Kiloran…

–¿Mmm?

–Ven aquí.

–¿Para qué? –preguntó ella inocentemente, a pesar de observar cómo sus ojos se oscurecían.

–Ven aquí –repitió él.

Kiloran se acercó a él, sentándose en su regazo y suspirando, mientras le acariciaba los cabellos. Él la besó largamente en la boca.

–¡Dios, cómo te quiero! –suspiró él.

Kiloran lo sabía. Adam no dejaba de decírselo. No era de extrañar que, habiendo rechazado el amor durante toda una vida y habiéndolo encontrado al fin, se aferrara a él sin darlo jamás por supuesto.

–¿Quieres que vayamos a la cama? –sugirió Kiloran devolviéndole el beso, en un susurro. Él sacudió la cabeza–. ¿No?

–¡Aún no, mi insaciable y pequeña amante! –contestó Adam apartándole un mechón de cabello de la cara–. Nunca me has preguntado por qué venía hacia aquí desde el aeropuerto la noche en que tuve el accidente.

–No, nunca.

–¿Y por qué no?

–Al principio pensé que simplemente querías sexo… –contestó ella encogiéndose de hombros.

–Bueno, eso siempre cuenta, por supuesto –admitió él, grave.

–¡Eso pensé! –exclamó Kiloran sin sentir inseguridad por ello, como la habría sentido en otro tiempo, cuando su relación era más fría–. Luego, no quise atosigarte, haciéndote preguntas acerca de aquella noche. No creía que eso fuera a hacerte ningún bien.

Kiloran siempre había pensado en él, reflexionó

Adam. Tenía un buen corazón. No era la niña rica, la niña mimada que él había imaginado al principio. Aunque en una ocasión ella le había confesado que era él quien la había hecho cambiar. Quizá hubiera sido así. Quizá eso fuera lo mejor del hecho de mantener una relación amorosa con otra persona: que ambos ayudaban a cambiar y madurar al otro.

—Y bien, ¿por qué venías hacia aquí? –preguntó Kiloran al fin.

—No pareces sentir demasiada curiosidad –comentó Adam.

—Porque ahora me siento segura. Podría soportarlo, si tu motivo fuera terrible.

—Pues no lo era –confesó Adam serio–. Te echaba de menos más de lo que imaginaba… y te había mentido. Huía de ti, de lo que me ocurría, y de pronto, mientras salía del aeropuerto, me di cuenta de lo vacía que estaba mi vida. Me di cuenta de que podría perderte –rio Adam–. Me pregunto qué habría ocurrido, de no haber tenido el accidente. Si las cosas habrían salido tan bien, como ahora.

—Eso jamás lo sabremos –contestó Kiloran–. Me gusta ser romántica, y pensar que todo habría salido bien… pero no tan bien como ahora –añadió, con una sonrisa–. Porque todo ocurre siempre por alguna razón, Adam… estoy convencida.

—¿Quieres casarte conmigo? –preguntó Adam de pronto, comprendiendo que quería comprometerse con ella mientras su abuelo siguiera vivo.

–¡Oh, sí! –susurró Kiloran abrazándose a él fuertemente, como si jamás fuera a dejarlo marchar, hasta que Adam comenzó a soltarse.

–Pero ahora no, mi amor. Primero quiero darte algo.

Un anillo, pensó ella observándolo salir del salón.. Un anillo perfecto, con un diamante. Pero cuando Adam volvió con un gran paquete rectangular, Kiloran parpadeó confusa.

–¡Vaya anillo!

–Ven a abrirlo –sonrió Adam, que tenía preparado el anillo para dárselo más tarde, en la cama.

Antes de terminar de desenvolverlo, Kiloran adivinó exactamente de qué se trataba. Era el grabado de la mujer secándose, comprendió perpleja y nerviosa. Kiloran alzó la vista hacia él, con lágrimas en los ojos, y preguntó:

–¿Por qué, Adam?, ¿por qué lo has comprado?

–Jamás dejé que saliera a subasta –confesó Adam–. Lo compré para mí, o eso pensé, entonces. Me llevó mucho tiempo darme cuenta de que en realidad lo había comprado para ti, Kiloran –añadió tendiéndole una mano, que ella enseguida tomó–. Ven, cariño. Vamos a darle la noticia a tu abuelo.

AMNESIA

JANICE MAYNARD
Terreno privado

Capítulo Uno

Gareth salió de la ducha y se quedó parado delante del espejo. El agua helada no había conseguido calmar sus nervios. Todavía desnudo, empezó a afeitarse.

Cuando hubo terminado, hizo una mueca a su reflejo. El pelo denso y rizado le caía sobre los hombros. Siempre lo había llevado más largo de lo que dictaba la moda, pero se lo había dejado crecer tanto que empezaba a molestarle para trabajar.

De un cajón, sacó una goma y se lo recogió.

De pronto, alguien llamó a su puerta. Ni sus hermanos ni su padre se molestaban nunca en llamar antes de entrar. Y su tío Vicente y sus primos respetaban demasiado su mal humor como para atreverse a interrumpirlo. Los mensajeros siempre llamaban a la casa principal. ¿Quién diablos podía ser?

Ya estaba más que harto de que la prensa del corazón se hubiera cebado con él. Además, el tiempo que había pasado en el Ejército le había enseñado a apreciar la soledad. Con excepción de su familia, prefería no interactuar con la humanidad siempre que fuera posible.

Cuando un hombre tenía dinero, todo el mundo quería algo de él. Y Gareth estaba cansado de eso.

Agarró unos pantalones y se los puso, sin calzoncillos. Eso bastaría para abrir la puerta.

Atravesó la casa, maldiciendo cuando la goma que le sujetaba la coleta se le rompió, dejándole suelto el pelo. ¿Qué importaba? Cuanto más desarreglado estuviera, antes espantaría a quien lo estuviera esperando en el porche.

Cuando abrió la puerta de golpe, se encontró con una mujer pelirroja con rizos salvajes cayéndole sobre los hombros. De pronto, se le despertó la libido. Respiró hondo.

—¿Quién eres y qué quieres? —le espetó él con toda la brusquedad que pudo.

La mujer contuvo el aliento y dio un paso atrás. Gareth se apoyó en el quicio de la puerta, descalzo, con gesto huraño.

La visitante apartó los ojos del pecho de él con gran esfuerzo y lo miró a la cara. Habló despacio.

—Tengo que hablar contigo.

—No eres bienvenida —repuso él, sin poder evitar fijarse en lo sexy que era la intrusa. Tenía la piel clara, la figura esbelta y la espalda tan recta que daba ganas de recorrérsela con la lengua hasta que gritara de…

Gareth se pasó las manos por el pelo, mientras el corazón le latía acelerado. No podía bajar la guardia ni un segundo. Aunque aquellos rizos de fuego y aquellas delicadas mejillas fueran su talón de Aquiles. Al notar su suave perfume, se le endureció el miembro sin poder evitarlo.

¿Cuánto había pasado desde la última vez que había estado con una mujer? ¿Semanas? ¿Meses? Su cuerpo subía de temperatura más y más.

–¿Qué quieres?

Ella parpadeó nerviosa. Sus ojos eran más azules que el cielo de verano. Levantó la barbilla con gesto desafiante y esbozó una sonrisa insegura.

–¿Puedo entrar para que nos sentemos un momento? Me gustaría beber algo. Prometo no robarte mucho tiempo.

Gareth se puso tenso. Una furia salvaje lo invadió. Aquella mujer quería aprovecharse de él, como todas, pensó.

Ignoró la mano que le tendía la desconocida, sin molestarse en ocultar su mal humor.

–Vete al infierno y sal de mis tierras.

La mujer dio dos pasos atrás, tambaleante, con los ojos como platos, la cara blanca.

–Vamos –presionó él, irguiéndose en toda su altura para dar más miedo–. No eres bienvenida.

Ella abrió la boca, quizá para protestar, pero en ese instante dio un mal paso. Se cayó hacia atrás, golpeándose con la cabeza y la cadera en los escalones del porche. Fue rodando, entre sonoros golpes, hasta quedar inmóvil, hecha un ovillo en el suelo.

Gareth corrió a su lado en una fracción de segundo, acercándose con manos temblorosas. Se había portado como un animal, peor que los coyotes que habitaban aquellas montañas.

La mujer estaba inconsciente. Con suavidad, él le recorrió las extremidades con las manos para comprobar si estaban rotas. Había crecido con hermanos

5

y primos varones y estaba acostumbrado a ver piernas y brazos rotos. Sin embargo, no estaba preparado para encontrarse con la protuberancia de un hueso bajo aquella piel blanca y sedosa.

A continuación, la tomó en sus brazos y la llevó dentro de la casa, a su habitación, su santuario privado. La depositó con cuidado en la cama deshecha y se fue a buscar hielo y un botiquín.

El que la desconocida siguiera inconsciente empezó a preocuparle más que el corte profundo que tenía en la pierna. Tomó el teléfono y llamó a su hermano Jaco.

—Te necesito. Es una emergencia. Tráete el maletín.

Diez minutos después, su hermano estaba allí. Ambos hombres tenían los ojos puestos en aquella mujer de pequeña estatura que parecía fuera de lugar en una cama tan grande y tan masculina. Su pelo rojizo brillaba sobre las sábanas grises y la manta azul de cachemira.

Jacob la examinó de la cabeza a los pies.

—Tengo que darle puntos en la pierna —informó su hermano médico—. El golpe que se ha dado en la cabeza ha sido fuerte, pero no parece que vaya a costarle la vida. Sus pupilas parecen estar bien —añadió y frunció el ceño—. ¿Es amiga tuya?

Gareth dio un respingo, sin apartar los ojos de ella.

—No. Solo llevaba aquí un par de minutos cuando se cayó. Dijo que quería hablarme de algo. Supongo que sería una periodista.

6

–¿Y qué pasó? –preguntó Jacob, preocupado.

Gareth se inclinó hacia delante y le apartó unos mechones de pelo de la cara a la desconocida.

–Intenté asustarla para que se fuera. Y funcionó.

Jacob suspiró.

–Algún día, esa forma de ser tan huraña que tienes va a traerte un disgusto. Quizá, hoy. Maldición, Gareth, esta mujer podría demandarnos y sacárnoslo todo. ¿En qué estabas pensando?

Gareth se encogió cuando su hermano hundió la aguja en la piel de la mujer, para coserle el pequeño corte de la pierna. Pero ella no se movió.

–Quería que se fuera –murmuró Gareth, irritado y abatido por sus propios demonios. Deseó que aquella extraña pudiera ser una joven inocente.

Pero lo más probable era que fuera una víbora.

Jacob terminó de coserle y le cubrió la herida con una venda. Le tomó el pulso y le puso una inyección para el dolor.

–Es mejor que comprobemos su identidad –señaló el médico, frunciendo el ceño–. ¿Llevaba bolso o algo?

–Está en la silla, allí.

Mientras su hermano rebuscaba en el bolso de la mujer, Gareth se quedó mirándola. Parecía un ángel en su cama.

Con gesto de preocupación, Jacob levantó en la mano una cartera y una hoja de papel doblada.

–Échale un vistazo a esta foto. Se llama Gracie Darlington.

–A menos que sea un carné falso.

–No saques conclusiones apresuradas. A veces, eres demasiado paranoico. Puede que no haya nada siniestro en todo esto.

–Ya y puede que los cerdos vuelen. No esperes que me deje engatusar solo porque es bonita. Ya tengo experiencia con eso.

–Tu exnovia era muy ambiciosa. Pero eso ocurrió hace mucho tiempo, Gareth. Déjalo estar.

–No, hasta que sepa la verdad.

Jacob meneó la cabeza, disgustado, mientras rompía una ampolla de amoníaco bajo la nariz de Gracie.

Ella se removió en la cama y gimió.

Gareth le tomó la mano.

–Despierta.

Gracie abrió los ojos, parpadeando. Le temblaban los labios.

–¿Sois dos? –preguntó ella, frunciendo el ceño confundida.

–Mientras no veas cuatro, todo está bien –repuso Jacob con una carcajada cortante–. Te has dado un buen golpe. Tienes que descansar y tomar líquidos en abundancia. Estaré por aquí por si empeoras. Mientras tanto, no hagas ningún movimiento brusco.

–¿Dónde estoy? –preguntó ella, arrugando la nariz.

Jacob le dio una palmadita en el brazo.

–Estás en el dormitorio de mi hermano. Pero no te preocupes, Gareth no muerde. Yo soy Jacob, por cierto –se presentó y miró a su hermano–. Renueva los hielos que le he puesto en la pierna y en la cabeza. Dejaré aquí un analgésico para que se lo tome cuando desaparezcan los efectos de la inyección. Volveré a verla por la mañana, si no hay novedad. Llévala a la clínica, allí le haré una radiografía para asegurarnos de que todo esté bien.

Gareth no se molestó en acompañarlo a la puerta.

Cuando se sentó en el borde de la cama, Gracie intentó alejarse de él, a pesar de lo malherida que estaba. Aquel sencillo movimiento le restó el poco color que tenía en el rostro. Estremeciéndose, sacó la cabeza de la cama y vomitó en el suelo.

Entonces, rompió a llorar.

Gareth se quedó paralizado un instante, sin saber qué hacer. Nunca en su vida había sentido la necesidad de consolar a nadie. Era posible que Gracie fuera una embustera y una bruja.

Sin embargo, se quedó perplejo al presenciar una tristeza tan profunda. Aquellas lágrimas eran de corazón, imposibles de fingir.

Gareth se fue al baño a por una toalla húmeda, se la tendió a la mujer y empezó a limpiar el suelo en silencio. Cuando hubo terminado, los sollozos de ella se habían calmado un poco. Tenía los ojos cerrados y el cuerpo inmóvil como una muerta. Tal vez, porque cualquier movimiento le dolía.

Él se había caído de un caballo a los doce años y se había golpeado en la cabeza. Sabía cómo se sentía ella.

Por eso, no se arriesgó a intentar sentarse a su lado de nuevo. Se acercó a las ventanas y las abrió, dejando que el aire fresco de la primavera entrara en la habitación. Corrió las cortinas para que la luz no fuera tan intensa. Quería que ella estuviera lo más cómoda posible.

Después, se quedó de pie junto a la cama, mirándola, y se preguntó cómo el día se había torcido tanto en tan poco tiempo. Aclarándose la garganta, la cubrió con el edredón, hasta la barbilla.

–Tenemos que hablar. Pero esperaré a que hayas descansado. Es casi hora de cenar. Prepararé algo sencillo y suave y te lo traeré cuando esté listo –ofreció él y titubeó, esperando una respuesta.

Gracie trató de recuperar la compostura, segura de que en cualquier momento podría poner sus neuronas en orden. Parecía estar inmersa en una pesadilla. Un hombre ceñudo la atendía con patente reticencia.

Era muy alto. Tenía un rostro muy masculino, atractivo, aunque no era guapo en el sentido estricto de la palabra. Nariz rota, mandíbula que parecía tallada en granito y ojos negros como la noche, tanto que no se le diferenciaban las pupilas.

Su pelo también era moreno y le daba un toque salvaje que delataba su desprecio de las convenciones sociales. Espesos e indomables mechones le caían sobre la cara de vez en cuando y, al mirarlos, Gracie tuvo la tentación de acariciárselos para ver si eran tan suaves como parecían.

Tenía el pecho bronceado y musculoso, con tres pequeñas cicatrices en las costillas. Observándolas, ella frunció el ceño, deseando poder tocárselas. Lo cierto era que estaba impresionada por lo magnífico que era aquel hombre.

Al fin, él salió de la habitación y cerró la puerta.

Gracie cayó en un sueño ligero e inquieto, salpicado de despertares llenos de dolor y soledad. La penumbra de la noche pintaba la habitación cuando su anfitrión regresó.

Llevaba una bandeja que dejó a los pies de la cama, sobre un baúl de madera. En vez de encender la lámpara del techo, prendió la pequeña luz de la mesilla de noche.

Luego, se acercó a Gracie.

–Tienes que incorporarte y comer algo.

El estómago le rugió al olor de la comida.

El hombre la ayudó a sentarse. La piel le ardió en todas partes donde él la tocó para incorporarla.

Cuando estuvo lista, él le colocó la bandeja sobre el regazo. Gracie contuvo el aliento al mover la pierna. No se había dado cuenta hasta entonces de que se había herido en más sitios aparte de la cabeza.

Entonces, su anfitrión respondió lo que ella no había llegado a preguntarle.

–Jacob te ha puesto seis o siete puntos. Te golpeaste con una piedra afilada cuando te…

El hombre se interrumpió con gesto de disgusto. Acercó una silla a la cama y se sentó, observándola mientras ella comía. Si no hubiera estado muerta de hambre, su intenso escrutinio la habría puesto nerviosa. Pero debían de haber pasado horas desde que había comido por última vez.

En la bandeja, había sopa de pollo con zanahorias

y apio. Gracie tomó un pedazo de pan caliente y lo devoró con gusto.

Ni ella ni su acompañante dijeron una palabra hasta que se hubo terminado el plato.

Después de quitarle la bandeja de encima, él se sentó de nuevo, cruzándose de brazos.

Llevaba unos vaqueros gastados y una camisa granate tejida a mano. Y estaba descalzo. Todo en él emanaba confianza y superioridad.

Gracie luchó contra el pánico, tratando de retrasar el momento de la verdad.

–Tengo que ir al baño –dijo ella, comprendiendo que iba a necesitar su ayuda para ponerse en pie. La pierna herida le dolía demasiado. Sin embargo, tras un momento, fue capaz de cojear sola hasta el cuarto de baño.

Era una habitación enorme con una ducha de piedra y cristal. De pronto, ella se imaginó a aquel hombre viril y misterioso desnudo bajo el chorro de agua. Al pensarlo, le temblaron las rodillas. A pesar de su malestar, no podía ignorar el poderoso atractivo de su anfitrión. Después de usar el baño y lavarse, cometió el error de mirarse al espejo. Su imagen la dejó perpleja. Estaba más blanca que la leche y tenía todo el pelo enredado.

Entonces, rebuscó en los cajones, hasta encontrar un peine. Cuando intentaba peinarse, se lastimó en la herida de la cabeza y gritó de dolor.

Al instante, él estaba a su lado, sin ni siquiera haberse molestado en llamar a la puerta.

–¿Qué ocurre? –preguntó Gareth–. ¿Te encuentras mal? –añadió y, al momento, se dio cuenta de lo que ella había estado intentando hacer–. Olvídate de tu pelo –murmuró, tomándola en brazos para llevarla a la cama.

Cuando estuvo acomodada sobre el colchón de nuevo, con un paquete de hielos en la pierna, él le tendió dos pastillas analgésicas e insistió en que se las tomara con un poco de leche. Gracie se sentía como una niña, aunque todo su cuerpo estaba reaccionando ante aquel extraño como una mujer.

–No te vayas –soltó ella cuando vio que el hombre se dirigía a la puerta, sonrojándose–. No quiero estar sola.

Él regresó a su silla, dándole la vuelta para sentarse a horcajadas, con los brazos cruzados sobre el respaldo. Su expresión era difícil de descifrar.

–Estás a salvo aquí –susurró él–. Y Jacob dice que te recuperarás pronto.

Su voz le resultó a Gracie más suave que una caricia. Sin embargo, al momento, percibió en él cierta mirada de desconfianza y sospecha. ¿Qué diablos podía un hombre así temer de ella?

–¿Tu hermano vive contigo?

–Jacob tiene una casa en la finca –respondió él, frunciendo el ceño–. ¿Por qué has venido?

Sintiéndose de nuevo sin energías, Gracie apartó la vista hacia la ventana.

–No lo sé.

–Mírame.

Ella obedeció con reticencia, desorientada y avergonzada.

13

–Eso no tiene sentido –señaló él.

Gracie se mordió el labio, tratando de contener las lágrimas.

–Pareces enfadado. ¿Conmigo?

Durante una milésima de segundo, algo parecido al miedo le asomó a los ojos, mientras se aferraba con fuerza al respaldo de la silla. Pero, al instante, desapareció.

–Nada de eso. Pronto vas a irte.

Estaba mintiendo. Gracie lo sabía con certeza. Y eso la indignaba. Para él era un problema tenerla en su casa. Un problema grande, pensó y se destapó, llena de pánico y agitación.

–Me voy.

Frunciendo el ceño, él volvió a taparla.

–No seas ridícula. No estás en forma para ir a ninguna parte esta noche. Puedes quedarte en mi cama. Pero mañana te irás.

El dolor que Gracie sentía en la cabeza era demasiado intenso. Además, la inundaba una inexplicable aprensión.

–Por favor –musitó ella, aferrándose a las sábanas, mientras se esforzaba en controlar un ataque de nervios.

–¿Por favor qué?

–Por favor, dime quién soy.

Capítulo Dos

Gareth afiló la mirada, disfrazando su sorpresa. Ya estaba. El primer acto de la farsa que aquella mujer quería que él se tragara. Porque no podía hablar en serio… ¿o sí?

—¿Tienes amnesia? ¡No me digas! ¿Ya es la hora de la teleserie? —se burló él, encogiéndose de hombros—. De acuerdo. Te seguiré el juego. Yo soy Gareth. Tú te llamas Gracie Darlington. Eres de Savanah. Jacob y yo lo hemos visto en tu permiso de conducir.

A ella comenzó a temblarle el labio inferior, hasta que se lo mordió, haciendo un esfuerzo palpable por mantener la compostura. Debía de ser una actriz consumada, observó él. Sin embargo, la mirada de puro terror de sus ojos parecía casi imposible de fingir.

—¿Cómo he llegado aquí? —preguntó ella—. ¿Tengo un coche fuera?

Gareth negó con la cabeza.

—Que yo sepa, subiste por la montaña. Toda una hazaña, por otra parte. No hay senderos en la falda. Tienes los brazos y las piernas llenos de arañazos.

—¿Tengo teléfono móvil?

Gareth ladeó la cabeza, observándola.

—Iré a ver —repuso él y se fue a buscar el bolso que

Jacob había examinado antes. En un bolsillo con cremallera, encontró un teléfono. Se lo lanzó a la cama, a su lado. Por suerte, la batería parecía en plena carga. Gracie activó la pantalla táctil.

–Bueno, al menos, recuerdas cómo se hace eso –señaló él.

Gracie se encogió ante su sarcasmo, aunque no levantó la vista. Se concentró para buscar en la lista de nombres de su agenda.

Cuando al fin levantó la cabeza, tenía los ojos empañados.

–Ninguno de estos nombres significa nada para mí –susurró ella, mientras una lágrima le rodaba por la mejilla–. ¿Por qué no recuerdo nada?

Gareth le tomó el teléfono de las manos con un gesto de compasión forzada.

–Te golpeaste la cabeza al caer de mi porche. Jacob es médico. Dice que vas a ponerte bien –explicó él. Sin embargo, Jacob se había ido antes de que saliera a la luz lo de la amnesia. Maldición.

Sin estar seguro de qué buscaba, Gareth revisó la agenda del móvil. Entonces, cayó en la cuenta de algo. Había un papá.

Apretó el botón de llamada y esperó. Un hombre respondió al otro lado de la línea.

–Soy Gareth Wolff. Su hija se ha caído y se ha lastimado. La ha visto un médico y dice que no es grave. Pero sufre una pérdida momentánea de memoria. Sería de gran ayuda que la tranquilizara. Le pasaré el teléfono.

Sin esperar respuesta, le tendió el aparato a Gracie.

Ella se incorporó, apoyando la espalda en el cabecero.

–¿Hola?

Gareth se sentó en la cama, lo bastante cerca como para advertir el tono de sorpresa del hombre al otro lado del auricular y para escuchar fragmentos de conversación.

–Maldición, pequeña. No pensé que fueras capaz de eso. ¿Has fingido un accidente en la finca de los Wolff? ¿Y ahora dices que tienes amnesia? Estupendo, lo tienes justo donde queríamos. Todos estarán aterrorizados pensando que vamos a demandarlos. Una idea excelente, hija. Tu tenacidad es admirable. Muy bien, pequeña, muy bien.

Gracie interrumpió la euforia del otro hombre.

–Padre… no me siento bien. ¿Puedes venir a buscarme y llevarme a casa?

–Está ahí contigo, ¿verdad? –aventuró Darlington, soltando una carcajada–. Y tú sigues fingiendo. Espléndido. Yo haré mi parte de la farsa. Lo siento Gracie, tengo que irme a Europa dentro de media hora. Estaré allí una semana. Y la casa está hecha una ruina, he aprovechado para hacer obras mientras estoy fuera. Tendrías que quedarte en un hotel, si vuelves.

–Esto no es gracioso –protestó ella–. Lo digo en serio. No puedo quedarme aquí. No soy bienvenida. Soy una extraña.

–Eso es, haz que se sientan más culpables –insistió Darlington–. Te deben su hospitalidad. Coquetea un poco con Gareth. Gánate su confianza haciendo de damisela en apuros y todo eso. Consigue que acepte nuestra propuesta. Hablaremos la semana que viene. Ahora, tengo que irme.

—No, espera —rogó ella con desesperación—. Al menos, dime si tengo marido, novio o alguien que me esté esperando.

Su padre rio con tanta fuerza que Gracie tuvo que apartarse el teléfono de la oreja.

—Claro que no. Sigue así. Me encanta tu plan. Me gustaría poder verle la cara. Adiós.

Entonces, el otro hombre colgó. Gracie se quedó mirando el teléfono, destrozada. ¿Qué clase de padre tenía? ¿Cómo podía haber alguien tan cruel? ¿Acaso no le importaba nada que estuviera herida? Una mezcla de humillación, vergüenza y sensación de abandono se apoderó de ella.

—¿Lo has oído todo? —le preguntó ella, haciendo una mueca.

Gareth se puso en pie y se acercó a la ventana, dándole la espalda.

—He oído lo suficiente.

A ella le tembló la voz.

—No puede venir a buscarme ahora porque va a irse del país durante una semana. Pero, si me organizas el viaje, estoy segura de que él te devolverá el dinero.

Gareth Wolff se giró hacia ella con desconfianza y un poco de lástima.

—Tu padre cree que estás fingiendo tener amnesia.

Gracie se sonrojó.

—Toda la conversación me ha resultado muy confusa. Al parecer, vine a verte por una razón. Pero no sé cuál. Aunque él parece saberlo.

–¿No tienes ni idea?

–Lo siento –repuso ella, meneando la cabeza–. Me iré en cuanto pueda.

–No vas a ir a ninguna parte por el momento –le espetó él con la mandíbula tensa–. Si de veras has perdido la memoria, tendré que informar a Jacob. La familia Wolff no acostumbra a echar a la calle a las personas heridas. Además, Gracie, no pienso darle a tu desalmado padre ningún motivo para que nos demande.

–No vamos a demandarte –aseguró ella en voz baja–. No creo en esas cosas.

–¿Cómo lo sabes? –replicó él–. Tal vez, la mujer que eres en realidad haría eso.

Gracie se deslizó debajo de las sábanas, sintiendo un doloroso martilleo en la cabeza.

–Por favor, déjame sola.

–Lo siento, Gracie. Si vamos a jugar el juego de la amnesia, no me queda más remedio que avisar a Jacob. Te llevaré a su casa.

Solo de pensar en levantarse, Gracie se sintió mareada.

–¿No puede venir él? No es tan tarde, ¿verdad?

–No es porque sea tarde. Jacob tiene un completo equipo médico en casa. Allí, podrá hacerte un escáner de la cabeza y una radiografía de la pierna.

–Seguro que no es necesario –se negó ella–. Solo quiero descansar. Mañana podrás deshacerte de mí.

Gareth se dirigió a la puerta.

–Estás en el territorio de los Wolff. Y las decisiones no las tomas tú –le espetó, mirándola con gesto sombrío–. Iré a por las llaves y los zapatos. No te muevas.

Gracie cerró los ojos y respiró hondo, casi convencida de que estaba sumergida en una lúgubre pesadilla. Pronto, despertaría y comprobaría que todo aquello había sido fruto de su imaginación. Gareth Wolff, pensó y susurró su nombre entre dientes, tratando de encontrarle un significado. ¿Por qué había ido a verlo? ¿Qué quería su padre? ¿Y cómo había ido desde Georgia a Virginia? ¿Tenía equipaje en alguna parte? ¿Alguna habitación en un hotel? ¿Vehículo? ¿Tal vez, un ordenador portátil? En su bolso, no tenía más que el teléfono, algunas galletitas y pañuelos de papel.

Entonces, frunció el ceño, petrificada. ¿Cómo podía saber lo que era un ordenador portátil y no recordar su propio nombre?

Gareth volvió a entrar en la habitación y la miró con expresión velada.

–He hablado con Jacob. Nos espera. Vamos.

Gracie gritó conmocionada cuando él la levantó en sus brazos, con mantas y todo.

–¿Te he lastimado? –preguntó él, quedándose inmóvil–. Lo siento –rezongó al instante.

Gracie negó con la cabeza, temblando por el ancho pasillo.

–Me has asustado. Eso es todo –afirmó ella. Por nada del mundo pensaba admitir que estar entre sus brazos era excitante y la consolaba al mismo tiempo.

Su aroma y el latido de su corazón la reconfortaban y le daban una ilusoria sensación de seguridad.

Todo en la casa denotaba un alto estatus y la riqueza de su ocupante. Suelos de madera reluciente, alfombras exquisitas, lámparas de araña de cuerno de alce bañando el pasillo de una cálida luz…

Pero Gareth caminaba demasiado deprisa para que ella pudiera hacer una inspección a fondo. En cuestión de minutos, estaban fuera de la casa. El aire fresco de la noche de primavera los envolvió cargado de dulces fragancias.

¿Cómo sabía ella que era primavera? Aquellos pequeños fragmentos de información instintiva le dieron la esperanza de poder recuperar sus recuerdos. Era posible que no hubiera perdido la memoria para siempre, que fuera solo algo momentáneo.

Gareth la llevaba con cuidado, pero de manera impersonal. Él no tenía la culpa de que Gracie tuviera las hormonas desbocadas. Aquel hombre olía a madera y a champú masculino y, a pesar de sus ocasionales muestras de animosidad, se sentía a salvo en sus brazos. Tal vez, él no quería que se quedara en su casa, pero ella sabía que no la haría daño… al menos, físicamente. El peligro oculto de estar con él podía ser más amenazante.

Por supuesto, lo que sentía entre sus brazos podía ser una respuesta intuitiva a algo parecido al síndrome de Estocolmo, que hacía que la víctima se sintiera vinculada al secuestrador. Aunque Gareth no le había hecho nada malo. Más bien, al contrario. Lo que sucedía era que, por el momento, él era la única realidad tangible que había en el caos de su cabeza. Él y su hermano Jacob.

Sin duda, lo que le hacía sentir afinidad por aquellos dos Wolff debía de ser su necesidad de buscar protección de lo desconocido, caviló Gracie.

Gareth tenía el jeep aparcado en un gran garaje en la parte trasera de la casa. El edificio, lo bastante grande como para albergar una flota de vehículos, había sido diseñado para fundirse con el paisaje, igual que la casa.

Él la dejó en el asiento del pasajero y dio la vuelta al coche para ponerse tras el volante. Había mucha niebla. Gracie tembló al mirar a su alrededor, más por la sensación de aislamiento que por el frío. Aquello parecía un escenario sacado de una película de terror.

—¿Dónde estamos? —preguntó ella, apretándose la manta contra el pecho.

—En la Montaña Wolff —repuso él.

—Espero que no sea un sitio tan siniestro como su nombre —comentó ella, tras aclararse la garganta.

Él soltó una breve carcajada y, al momento, se puso serio de nuevo. Gracie intuyó que su anfitrión no quería darle ninguna muestra de debilidad.

—Este es mi hogar. Crecí aquí con mis dos hermanos y tres primos. Estoy seguro de que lo sabes —aventuró él con cara de pocos amigos—. Mi familia no tiene secretos.

Gracie quiso pedirle más detalles, más explicaciones. Pero, al parecer, su pregunta inocente había tocado un punto sensible. Así que prefirió mantenerse callada, aferrándose al reposabrazos mientras el coche serpenteaba por el abrupto camino.

Por suerte, el viaje fue corto. De pronto, una casa apareció en medio de la niebla. Era más moderna de que la de Gareth, toda de acero y cristal.

Jacob los recibió en la puerta y los hizo pasar. Gareth la depositó en el suelo.

–¿Alguna novedad? –preguntó el médico con preocupación.

–No recuerda detalles de su vida. Pero parece que la amnesia no le ha afectado la memoria funcional. Sabe usar el móvil, aunque no conoce los nombres de su agenda… o eso dice.

Gracie se sonrojó. Estaba avergonzada y cansada. Lo único que le faltaba era que Gareth se burlara de ella.

Jacob señaló hacia un salón que parecía sacado de una revista de diseño de interiores.

–Ponte cómodo, hermano. Hay un partido en el canal cincuenta y dos. Y tienes cerveza en la nevera.

–Debería acompañarte –dijo Gareth, frunciendo el ceño.

–No hace falta. Confía en mí. La chica estará en buenas manos –aseguró Jacob, poniéndole la mano en el hombro. Luego, se volvió hacia Gracie con una amable sonrisa–. Vamos a examinarte, señorita. Prometo no torturarte demasiado.

A diferencia de Gareth, Jacob la dejó caminar sola. Ella salió de entre las mantas y lo siguió por el pasillo. Todo era de color blanco y negro: las paredes, el suelo, las obras de arte… Una decoración muy sofística, pero también fría y estéril. Al parecer, Jacob Wolff había planificado su casa para que emulara su entorno de trabajo.

Al entrar en la clínica, miró a su alrededor maravillada. Nunca había visto tantos equipos médicos fuera de un hospital, pensó, mientras Jacob preparaba el escáner de tomografías.

—Tengo varios pacientes famosos que quieren recibir atención médica sin exponerse a los *paparazzi*.

—¿Estrellas de cine?

—Políticos, estrellas de cine, empresarios multimillonarios… —repuso él, encogiéndose de hombros mientras ajustaba la máquina. Entonces, la miró y debió de ver algo en su cara que lo hizo reaccionar con fiereza—. Ser rico no significa que no tengas derecho a la privacidad. Tengo la suerte de proporcionar a mis clientes anonimato y atención especializada al mismo tiempo.

—Yo no he dicho nada —se defendió ella, levantando las manos en gesto de rendición.

—Pero lo has pensado. Siéntate. No tienes nada que temer. Será un momento.

Gracie se sentó en la cámara de tomografías. Él le puso sujeciones de goma a ambos lado de la cabeza y se la inmovilizó dentro de un semicírculo de metal. La cámara rotó unas cuantas veces alrededor de ella y se detuvo.

—Ahora, te voy a mostrar el interior de tu cabeza. Espero que no veamos nada malo.

—Siempre que encuentres un cerebro dentro…

Jacob rio, pero no dijo nada. Unas imágenes en

24

3D salieron en una pantalla. Gracie esperó con el corazón acelerado, mientras él examinaba los resultados con ocasionales murmullos ininteligibles.

–¿Y bien? –quiso saber ella, impaciente.

–No veo nada alarmante. No hay fracturas. Tienes hinchazón, claro, a causa del golpe, pero está dentro de los parámetros normales.

Gracie se mordió el labio, un poco decepcionada. Si no había nada que explicara su amnesia, Gareth pensaría que era una mentirosa.

–La ausencia de fracturas no desmiente tu actual situación –señaló Jacob, como si le hubiera leído el pensamiento–. La amnesia temporal es más común de lo que crees. Y lo más probable es que se resuelva por sí sola.

–¿Cuándo? –gritó poniéndose en pie–. ¿Cómo voy a dormir esta noche sin saber quién diablos soy?

Jacob se recostó en el asiento, poniéndose las manos detrás de la cabeza.

–Sabes quién eres –afirmó él con tono amable–. Eres Gracie Darlington. Puede que tardes un poco en aceptarlo, pero lo harás.

Gracie guardó silencio mientras el médico terminaba su examen. La radiografía de la pierna demostró que no había, tampoco, nada roto.

Tras medirle la temperatura, la tensión y algunos otros marcadores, Jacob le dio una palmadita en la espalda.

–Sobrevivirás.

Cuando salieron de la clínica, encontraron a Gareth, que se levantó del sofá de golpe.

–Siéntate aquí –ordenó Gareth a Gracie–. Quiero hablar con mi hermano.

A pesar de que hablaban en voz baja, ella oyó todo lo que decían.

–Bueno… ¿crees que tiene amnesia de verdad?

–No es una ciencia exacta, Gareth. Los síntomas encajan, pero no puedo asegurarte nada. Mi opinión profesional es que es muy probable que no esté mintiendo. Esa es la buena noticia. La mala noticia es que la amnesia puede jugar malas pasadas. Es posible que tarde horas o semanas en recuperar la memoria –explicó Jacob e hizo una pausa–. Podría tardar meses. No hay manera de saberlo.

–Maldición.

Entonces, los dos hombres entraron de nuevo en el salón.

–Llévala a casa y acuéstala –sugirió Jacob a su hermano–. Verás las cosas de otra manera por la mañana.

Capítulo Tres

Gareth se puso tenso al imaginarse cumpliendo el consejo de su hermano. Se imaginó a Gracie entre las sábanas de su cama. Él nunca había llevado a una mujer a la Montaña Wolff. Cuando su instinto sexual se lo demandaba, solía buscar compañías pasajeras fuera de allí.

Pero su último encuentro había sido hacía una eternidad. Y estaba hambriento. Sin embargo, no era su estilo aprovecharse de una damisela en apuros. Aunque también era cierto que nunca había sentido una respuesta tan instantánea ante una mujer.

La deseaba con desesperación, desde el momento en que la había visto por primera vez. Si hubieran estado en un bar cualquiera en la ciudad, la habría invitado a acostarse con él. Pero estaban en Montaña Wolff, su territorio sagrado, y allí las reglas eran diferentes.

–¿No sería mejor que me quedara aquí, Jacob? Por si surge una emergencia… –balbuceó ella.

–Nada de eso –mandó Gareth.

Jacob y Gracie se quedaron mirándolo.

–Jacob es demasiado blando –dijo él a modo de explicación y la miró– Quiero tenerte vigilada.

–Perro ladrador, poco mordedor –comentó Jacob,

frunciendo el ceño–. Te cuidará bien, Gracie. Pero no te preocupes, iré a verte por la mañana –la consoló y le rodeó los hombros con un brazo–. Intenta no preocuparte. Todo va a ir bien. Te lo aseguro.

Gareth la condujo de vuelta al jeep, aunque la dejó ir por su propio pie. Le gustaba demasiado llevarla en brazos. Y era mejor mantener las distancias.

Hicieron el camino de regreso en silencio. La temperatura había bajado y, por el rabillo del ojo, vio cómo Gracie se tapaba con las mantas hasta la barbilla. Cuando llegaron a casa, comprendió que iba a tener que ser hospitalario a la fuerza. Ella parecía a punto de desmayarse de agotamiento.

La guió hasta uno de los dormitorios de invitados. Ella se quedaría poco tiempo, se dijo a sí mismo para tranquilizarse. De lo contrario, no iba a ser capaz de seguir controlando la atracción que lo embargaba.

–El baño está allí –señaló él y posó los ojos en la ropa que llevaba su huésped. Seguía vestida con la sencilla blusa de algodón y vaqueros–. Te buscaré algo que ponerte para dormir.

Cuando Gareth regresó dos minutos después, Gracie seguía parada en el mismo sitio, con expresión angustiada. Sin querer, él se enterneció. Si la amnesia era verdad, debía de estar muy asustada. Pero, al mismo tiempo, se mostraba llena de valor, determinada a no perder la compostura. De pronto, no pudo evitar sentir admiración por ella.

Cuando la tocó el brazo, la recién llegada se sobresaltó, como si su mente hubiera estado a miles de kilómetros de distancia.

–Siento no poder ofrecerte nada mejor –indicó él, tendiéndole una de sus camiseta–. Encontrarás cosas de aseo en uno de los cajones del baño. Mi prima se ocupó de la decoración y me prometió que no dejaría ningún baño sin un juego completo de jabones, cremas y cepillos de dientes. Sírvete tú misma.

–¿Tú vas a estar en tu cuarto? –preguntó pálida.

–Sí. En cuanto te deje acostada y con la luz apagada –repuso él e hizo una pausa. Por una parte, quería mantener las distancias y no caer en la tentación pero, por otra, quería ser amable con ella–. Estaré aquí a lado. Igual puedes dejar la luz de la mesilla encendida para no sentirte tan rara.

–De acuerdo –dijo Gracie, asintiendo despacio.

Algo en ella le rompía el corazón a Gareth. No parecía estar intentando manipularlo de forma consciente, pensó.

–Buenas noches –se despidió él, tratando de endurecerse el corazón.

Gracie oyó cómo la puerta se cerraba despacio detrás de él. Los ojos se le llenaron de lágrimas. Había estado conteniéndolas hasta entonces, haciendo un gran esfuerzo. No había querido que Gareth fuera testigo de su debilidad. Era duro y sospechaba de ella.

Aun así, le resultaba muy atractivo. Y la fuerza de sus sentimientos la asustaba. Se sentía como la heroína de una novela gótica, a solas con el huraño dueño de una casa misteriosa.

Al mirar el reloj, se dio cuenta de que era muy tarde. Se dirigió al baño. Vería las cosas de otra manera por la mañana. Sin duda, la oscuridad era un fértil terreno para los fantasmas y los monstruos. Además, la falta de memoria disparaba su aprensión.

Gareth no había mentido sobre lo bien equipado que estaba el baño. El suelo tenía azulejos color crema, bordeados de dorado. Un espejo enorme ocupaba toda una pared, devolviéndole a Gracie la imagen de una mujer desconocida, despeinada y sin maquillaje.

Jacob le había cubierto los rasguños con vendas. Despacio, se quitó la ropa y se metió en la ducha, que tenía tres chorros para la espalda y una válvula de vapor. El agua caliente la masajeó, cayéndole por las piernas y los brazos. Apoyándose en la pared, lloró.

Cuando cesaron las lágrimas, tomó una esponja y le puso un poco de jabón. El aroma era delicioso.

Veinte minutos después, se obligó a salir del agua y secarse. La camiseta de Gareth le llegaba a las rodillas y le daba un aspecto de niña abandonada.

A continuación, lavó su ropa interior y la colgó en el toallero antes de volver al dormitorio. En su ausencia, Gareth le había dejado algunas cosas en la mesita de noche. Un par de calcetines de lana, un vaso de agua junto a dos pastillas de analgésico y un ejemplar de *Newsweek*.

Ella se puso los calcetines y, por primera vez en todo el día, le dieron ganas de reírse de lo ridícula que estaba. Incluso con amnesia, sabía que un hombre como Gareth podía elegir a las mujeres que quisiera. Podía ser malhumorado y huraño, pero exudaba virilidad y cualquier fémina entre dieciocho y ochenta años caería rendida a sus pies.

En la cama, le costó dormir. Se revolvió entre las sábanas, aunque el movimiento le causaba dolor en la pierna y la cabeza. Cada vez que cerraba los ojos, recordaba cuando se había despertado y había visto a dos hombres mirándola con desconfianza.

¿Qué hacía ella en Montaña Wolff? ¿Qué había ido a buscar? ¿Estaba su padre metido en negocios sucios? Las preguntas la sofocaban, impidiéndole descansar.

Al fin, cuando el reloj de la mesita marcaba las dos y media de la madrugada, se levantó de la cama y se asomó a la puerta. Pensó que podía explorar la casa. Tal vez, así, encontraría algo que despertara sus recuerdos.

Además, tenía hambre. Con el corazón acelerado, salió al pasillo.

Gareth la oyó salir de la habitación. Siguió el sonido de sus suaves pisadas sobre la moqueta, hasta encontrar a su huésped en la cocina. Se asomó a la puerta, sin que ella lo viera.

Gracie estaba tomándose un vaso de leche y un pedazo de pan con queso. Luego, se levantó y lavó los cacharros en el fregadero para, a continuación, guardarlos en el armario. Él sonrió. ¿Acaso pensaba que así borraría las huellas de sus andanzas nocturnas?

Su sonrisa se desvaneció cuando la vio acercarse al ordenador portátil que había sobre la mesa. Observó cómo ella se sentaba delante de la pantalla y comenzaba a pulsar las teclas con gesto seguro.

Gareth entró y se acercó a ella por detrás. Gracie tenía la cabeza inclinada, concentrada en la pantalla.

–¿Qué diablos crees que estás haciendo? –preguntó él, furioso.

Ella gritó y se volvió hacia él con expresión de culpabilidad.

–No podía dormir.

–¿Y decidiste meter las narices en mis asuntos? –le espetó él. Sin embargo, cuando bajó la vista al ordenador, se quedó boquiabierto. Diablos, odiaba equivocarse.

–Parece ser que no se me ha olvidado cómo se juega al solitario –repuso ella, encogiéndose de hombros.

–Ya veo.

–¿Por qué iba a estar espiando tus cosas? ¿Crees que esa es la clase de mujer que soy?

Gareth se negaba a disculparse por sus sospechas bien fundadas.

–No sé qué clase de mujer eres. Ese es el problema.

–Me iré a mi cuarto –dijo ella, cerrando el ordenador, y se puso en pie, ofendida.

Aunque ella lucía su vieja camiseta como una modelo de pasarela, Gareth estaba seguro de que su pose seductora no era intencional.

Entonces, cuando él iba a salir de allí, más que nada para evitar la tentación, ella lo detuvo.

–Por favor, háblame de tu familia... de este lugar. Tal vez, así podré recordar algo.

32

–Es una buena excusa –señaló él, todavía sospechando que fuera una periodista en busca de una artículo. Su familia había sufrido mucho a manos de la prensa, que había devorado y exprimido la tragedia de los Wolff sin compasión.

–Por favor –insistió ella en voz baja. Unas hondas ojeras se dibujaban en su rostro–. Cuéntame algo, lo que sea. He peinado mi móvil. Y he hecho una búsqueda en Google sobre mí y sobre mi padre. Pero no he averiguado nada, excepto que poseemos una galería de arte.

Gareth sintió compasión por ella.

–Estás en el pico de una montaña en la cordillera Blue Ridge. Mi familia se mudó aquí en los años ochenta. Mi tío y mi padre viven en una casa enorme en lo alto. Mis hermanos y primos también se han establecido aquí.

Ella frunció el ceño.

–Sois ricos.

–Podría decirse así –repuso él con gesto de desconfianza. Era difícil mantener una conversación cuando se sentía distraído por la forma en que se le marcaban los pezones bajo el fino tejido de la camiseta. Tuvo que reprimirse para no tomarla entre sus brazos.

–Si vine a través del bosque, ¿cómo sabía yo cuál era tu casa?

–Tenías una fotografía tomada por satélite en el bolso –contestó él, encogiéndose de hombros–. Mi casa estaba rodeada con un rotulador negro.

Ella se quedó pálida por completo.

–Así que es seguro que el objetivo era conseguir algo de ti.

–Más o menos. Y, por la conversación que tuviste con tu padre, él sabe por qué viniste y cree que estás fingiendo amnesia para lograr tus propósitos.

–Quizá, yo no quiera recordar –opinó ella, torciendo la boca–. Suena como si no fuera buena persona. ¿Por qué no vine en coche sin más?

–Es un camino privado. Los guardas de seguridad no te habrían dejado pasar sin una cita.

–Por eso vine a pie.

–Parece ser.

–Lo siento –se disculpó ella.

–¿Qué?

–Lo que fuera que intentaba hacer. Ojalá pudiera acordarme.

–Cuando llamaste a mi puerta, dijiste que tenías que hablarme sobre algo.

–¿Y qué paso luego?

–Tal vez fui un poco desagradable –reconoció él, sonrojándose.

–¿Me empujaste escaleras abajo? –preguntó ella, de pronto, entrando en pánico.

–Claro que no. Solo te dije que te fueras. De muy malas maneras. Tú diste unos pasos atrás y…

–Me caí.

–Sí –afirmó él, consciente de que se metería en un buen lío si ella quisiera demandarlo. Se frotó la nuca–. Fue un accidente. Además, tú estabas infringiendo la ley. Así que ni se te ocurra demandarnos. Nuestro equipo legal te haría pedazos.

–¿Por qué tenéis un equipo legal?

La conversación estaba yendo demasiado lejos, pensó él.

–Gracie, vete a la cama. Duerme un poco. Quizá, cuando te levantes, lo veas todo más claro.

Ella titubeó y lo miró con interés. Gareth se preguntó si sería consciente de la invitación que le estaba transmitiendo con la mirada. Ya fuera deliberada o no, encendía toda su testosterona.

Entonces, él se dio media vuelta y salió de allí.

Cuando Gracie se despertó, era ya mediodía. Y nada estaba más claro que la noche anterior. Se levantó y dio un traspié al sentir un agudo dolor en la cabeza.

Se apoyó en la pared y respiró hondo unas cuantas veces.

A continuación, se miró al espejo y, en esa ocasión, la mujer que vio reflejada le resultó un poco más familiar. Se lavó los dientes, se puso la ropa del día anterior y se fue a buscar algo de comer. La casa estaba en silencio. En la cocina, encontró una nota.

Hay mucha comida en la nevera. Sírvete tú misma. Estoy trabajando. Iré a verte a media tarde.

Gracie hizo una pelota con el papel y lo tiró a la basura. ¿Cómo que estaba trabajando? ¿Qué quería decir eso? Poco después, cuando se hubo comido un plátano y un sándwich, sonó el timbre de la puerta.

Ella esperó un par de segundos para ver si aparecía Gareth, pero cuando el timbre sonó por segunda vez, se acercó a la puerta a toda prisa.

En el porche, se encontró con una mujer sonriente, que entró sin esperar invitación.

–Soy Annalise –se presentó la otra mujer, tendiéndole la mano tras dejar un montón de paquetes en una silla–. Jacob tenía tu talla y tu peso, así que te hemos comprado algunas ropas. Espero que las encuentres de tu gusto. Al menos, te servirán para toda la semana. Después, ya veremos.

–Bueno, yo…

Annalise empezó a sacar cosas de los paquetes.

–Mi boutique favorita de Charlottesville ha enviado todo lo que le pedí. La encargada en un encanto.

Gracie se estremeció. ¿Qué pasaría si no podía permitirse aquellas ropas? Por la pinta que tenían los paquetes, debían de provenir de una tienda cara…

–Um, Annalise… –comenzó a decir ella, tratando de llamar la atención de la otra mujer–. Solo necesito una muda. Aprecio todas las molestias que te has tomado, pero no puedo quedarme una semana. Y, hasta que recupere la memoria, no sé si podré devolverte el dinero.

Annalise se sentó sobre la alfombra y comenzó a quitarle las etiquetas del precio a las prendas.

–No seas tonta. Gareth paga. Es lo menos que puede hacer –comentó Annalise y, de pronto, pareció pensar en algo y se puso en pie–. Por cierto, Jacob me pidió que le echara un vistazo a tu cabeza. Dice que lo llamemos si lo necesitamos.

Antes de que Gracie pudiera negarse, la recién llegada le estaba apartando los rizos para rozarle la contusión que tenía junto a la sien.

–Hmm –murmuró Annalise–. No está hinchado, pero tienes un moratón muy feo –comentó, le volvió a colocar el pelo y siguió sacando ropas nuevas de los paquetes–. Esa bolsa pequeña contiene pomada antibiótica y más vendas impermeables. Jacob dice que puedes quitarte la que tienes en la pierna después de ducharte y ponerte una nueva.

–¿Annalise?

–¿Qué?

–¿Quién eres tú?

La otra mujer, muy hermosa y con largo cabello negro, se llevó la mano a la cabeza y sonrió.

–Es verdad. Siempre voy a toda velocidad. Soy la prima de Gareth y de Jacob, Annalise Wolff. La más pequeña de la familia. Y la única chica.

–¿También vives aquí?

–Bueno, todavía, no. Pero me mudaré pronto. solo he venido a visitar a mi padre y al tío. Ha sido una suerte para ti, porque ¿imaginas a un hombre comprando un nuevo guardarropa para una mujer? Quién sabe lo que habría elegido mi primo.

Gracie se agachó y recogió del suelo una prenda que aún llevaba la etiqueta.

–¿Un bañador? No es necesario, ¿o sí?

–¿Gareth no te la ha enseñado todavía? –preguntó Annalise, abriendo mucho los ojos.

–¿Enseñarme qué?

–La piscina cubierta.

–No. No me ha hecho un tour por la casa, en realidad. No quiere que yo esté aquí, ya sabes.

–Pero estás –repuso Annalise con una sonrisa–. Y ya era hora de que alguien le enseñara modales a ese oso malhumorado. Gareth es un hombre estupendo, aunque está anclado en el pasado. No es sano para él vivir como un ermitaño.

–¿Qué sucede con su pasado?

De pronto, la otra mujer se mostró cohibida.

–No me corresponde a mí contártelo. Hablo demasiado. Gareth te contará lo que quiera que sepas.

Entonces, Annalise se miró el reloj y soltó un gritito.

–Cielos. Voy a perder mi vuelo si no me voy corriendo.

Gracie le tendió la mano a su benefactora.

–Gracias. Creo que no nos volveremos a ver, pero te estoy muy agradecida.

Annalise le propinó un abrazo con entusiasmo y la besó en la mejilla.

–Nunca digas nunca jamás. Y recuerda… no dejes que Gareth te apabulle. En cuanto a las compras… ha sido un placer.

Capítulo Cuatro

Cuando Annalise se hubo ido, un opresivo silencio se apoderó de la casa de nuevo. Gracie quería explorar, pero le aterraba que la sorprendieran mirando por ahí. Por eso, decidió salir fuera para disfrutar del sol. Era un día precioso y soleado, no demasiado caliente.

De pronto, ardió en deseos de agarrar un pincel y plasmar aquella belleza sobre un lienzo. Se quedó paralizada, recordando…

—Soy competente, papá, conozco la técnica, pero creo que no tengo el talento necesario para ser artista. Por eso, quiero dirigir la galería. Se me daría bien, sabes que yo…

El fragmento de conversación se difuminó en su memoria y apretó los puños, frustrada. Entonces, ¿era pintora? Y, si eso era así, ¿qué conexión tenía con Montaña Wolff?

Al no poder recordar nada más, comenzó a sollozar. Debía tener paciencia, se dijo y caminó por el jardín que rodeaba la casa. Al mirar hacia arriba, soltó una exclamación, admirada. La casa que había en el pico era magnífica, una mezcla de palacio y fortaleza.

Entonces, tomó aliento y miró hacia la casa de Gareth. El día anterior, ella había ido allí para hablar con él. ¿Por qué? ¿Qué había pasado antes de que se cayera? ¿Su objetivo había sido deshonesto, inocente o una mezcla de ambos?

No tenía ni idea. Por mucho que lo intentaba, lo más cercano que recordaba era despertar en la cama de Gareth.

Con un suspiro, Gracie se encaminó de vuelta a la casa. Gareth estaba trabajando. ¿Dónde? ¿Por qué? Por lo que parecía, su fortuna era inmensa. En vez de trabajar, podía estar de crucero por la Riviera o jugando a la ruleta en Montecarlo.

Sin embargo, le costaba imaginárselo como un frívolo playboy. Algunos ricos disfrutaban presumiendo de su dinero. Pero le daba la sensación de que el huraño Gareth no tenía nada que ver con ellos.

Llegó al garaje y se puso de puntillas para mirar por las ventanas. Vio allí el jeep, junto a una Harley Davidson, un Mercedes negro clásico, una furgoneta gris y un pequeño coche eléctrico. Una extraña colección, pensó, intrigada. Todo en Gareth Wolff era misterioso.

Luego, vio que detrás se erguía un tercer edificio, de cuya chimenea de piedra estaba saliendo humo. Sintiéndose un poco como Ricitos de Oro explorando el bosque, se aventuró hacia allá.

La puerta de entrada estaba abierta y Gracie asomó la cabeza.

El interior del edificio era diáfano. En una esquina, había apilados varios troncos y, en otra, baldas con pequeñas figuras de animales y pájaros. Había mesas repletas de toda clase de herramientas. El aire olía a madera y a humo de la chimenea. Una enorme claraboya en el techo llenaba la sala de luz, iluminando fragmentos de polvo en el aire.

Y allí estaba Gareth, de pie, lijando un enorme tablón de madera, muy concentrado. Aunque sabía que era mala idea, ella se acercó. Él levantó la cabeza, sobresaltado, y la miró, muy serio.

–Supongo que a esto te dedicas... –comentó ella, entrelazando las manos detrás de la espalda.

Él dejó la lija, se frotó las manos en los pantalones y salió de detrás de la mesa de trabajo.

Gracie se quedó mirándolo con la boca seca, fijándose en cómo los vaqueros gastados que llevaba le marcaban algunas partes muy masculinas de su anatomía.

–¿Has comido?

Ella asintió.

–¿Y has visto a Annalise?

Gracie asintió de nuevo.

–¿Recuerdas algo?

–No –negó ella, tragando saliva.

Cuando lo vio hacer una mueca de disgusto, se sintió todavía más frustrada y más culpable.

Gareth se apoyó en una columna con las manos en los bolsillos. La camiseta blanca que llevaba le sentaba muy bien.

–¿Por qué no te has cambiado? –quiso saber él, mirándola de arriba abajo–. Pensé que estarías deseando quitarte esa ropa.

–Me cambiaré después. Solo he salido a dar una vuelta por el jardín. Hace muy buen tiempo.

41

—Me alegro de que te encuentres mejor. ¿Te sigue doliendo la cabeza?

—Un poco. Solo me he tomado una pastilla hoy. No quería quedarme todo el día dormida.

Hubo un silencio. Gracie dio unos pasos hacia él.

—¿Qué estás haciendo?

—Una cuna —contestó él, tras una pausa en la que consideró si responder o no.

—¿Para alguien de tu familia?

—No.

—¿Entonces para quién?

—Para un miembro de la familia real británica.

—¿De verdad? —preguntó ella, atónita.

—De verdad —contestó él con una sonrisa, breve pero sincera.

—Cuéntame los detalles, anda.

—Si te lo contara, tendría que matarte —repuso él, sonriendo—. Es información confidencial.

Estaban tan juntos que Gracie podía percibir su olor a jabón... y un masculino aroma a sudor. Deseó recorrerle la piel con la lengua. Entonces, al ver que los ojos de él se oscurecían, se preguntó si estaría leyéndole la mente y dio un paso atrás.

—Tienes mejor humor. ¿Significa eso que ya me crees?

—Admito que fingir amnesia sería ir demasiado lejos. Y estoy dispuesto a darte el beneficio de la duda. Por el momento, al menos.

—Debes de disfrutar mucho con toda esta... paz. Es un buen sitio para crear —comentó ella y tragó saliva. De pronto, se recordó a sí misma extendiendo pintura sobre un lienzo. La fugaz imagen desapareció al instante.

Gareth asintió, observándola con la intensidad de un halcón acechando a su presa.

–Me mantiene ocupado –señaló él con tono indiferente, aunque no logró ocultar cierta tensión.

–¿Por qué lo haces? No creo que sea por el dinero.

–Te equivocas en eso, Gracie.

Ella lo miró, frunciendo el ceño.

–¿Qué? ¿Es que sientes la necesidad de demostrarte a ti mismo que no necesitas el dinero de tu familia?

–Has leído demasiadas novelas –replicó él con tono burlón–. Me gusta disfrutar de mi parte de la fortuna Wolff.

–Por cierto, ¿en qué consiste el negocio de vuestra familia?

–A comienzos del siglo XIX, los Wolff se dedicaban a los ferrocarriles. Luego, fuimos diversificando. A la mayoría de mis antepasados se les daba muy bien hacer dinero.

–¿Y ahora?

–Mi padre y mi tío son muy buenos en los negocios. Tienen inversiones en el transporte marítimo, en fábricas, incluso en la agricultura.

–Pero tú haces muebles.

–Eso es –asintió él.

Gracie puso una mano sobre la plancha de madera de nogal que él había estado lijando. Estaba bastante suave.

–Dime algo –pidió ella, dudando si estaba siendo demasiado entrometida–. ¿Cuánto puede costar una cuna real?

–Setenta y cinco…

A ella se le quedó la boca abierta. No recordaba a qué se dedicaba, pero estaba segura de que ni ella misma podía reunir esa cantidad en un año.

–Hace tiempo, fundé una organización benéfica –explicó él–. Solo trabajo con piezas únicas y, por alguna razón, algunas personas están dispuestas a pagar mucho dinero por ellas. Por eso, me dedico a venderlas y dono el dinero a la fundación.

–¿A qué se dedica?

–No creo que te interese –repuso él con tono cortante y gesto serio–. Ahora tengo que seguir trabajando.

–Dime qué más cosas haces –presionó ella–. Y para quién.

Él soltó un suspiro exagerado.

–Un armario para un jeque árabe. Sillas de Windson para una rica heredera de Boston. Un escritorio para un antiguo presidente…

–Es increíble –comentó ella–. Debes de tener mucho talento. ¿Estudiaste Bellas Artes?

–Estudié Derecho, por deseo de mi padre –contestó con expresión sombría–. Pero, enseguida, descubrí que no tenía madera de abogado. Le demostré a mi padre que no tenía futuro en esas lides y me alisté al Ejército para ir a la guerra de Afganistán.

–Debió de estar muy orgulloso de ti.

–Estaba muerto de miedo –reconoció él–. Y yo lamenté mi acto rebelde desde el principio. Por suerte, no me pasó nada malo. Creo que mi padre se hubiera muerto del disgusto.

Gracie se dio cuenta de que Gareth, de pronto, se había sumergido en el mundo de sus recuerdos, mirando al vacío con gesto angustiado. Esforzándose en buscar otro tema de conversación, ella reparó en una foto que había en la pared.

–¿Quién es? –preguntó Gracie, acercándose.

–Laura Wolff. Mi madre –contestó él con la mandíbula tensa.

Gracie observó que la mujer de la foto se parecía a su hijo, aunque con unos rasgos más delicados y femeninos.

–¿Vive en la casa de lo alto de la colina?

–Está muerta.

–Supongo que no quieres contarme lo que pasó.

–No –repuso él de forma abrupta–. No es asunto tuyo.

–Lo entiendo –aseguró ella en voz baja–. Pero tienes que comprender que, si no hago preguntas… no podré recomponer el mundo que me rodea. Y me aterroriza pensar que nunca llegue a recuperar la memoria –explicó, conteniendo las lágrimas.

Gareth hizo un esfuerzo visible para dejar atrás su mal humor. Y la miró con compasión.

Luego, volvió a su trabajo, tocando la madera con la delicadeza de un amante.

–Solo han pasado veinticuatro horas, Gracie. Necesitas tiempo.

–¿Cuánto? –preguntó ella, llena de impotencia y

frustración–. ¿Un día? ¿Una semana? Debería volver a mi casa, en Georgia. El territorio conocido debería refrescarme la memoria.

Él hizo una pausa y la miró con una mezcla de simpatía y reticencia.

–Mi padre no parecía un hombre demasiado agradable –admitió ella–. Y, cuando pienso en salir de aquí, tengo miedo… porque solo tengo veinticuatro horas en mi archivo de memoria y Montaña Wolff es todo lo que conozco. ¿Suena muy estúpido?

–No. Aunque un poco ingenuo. No sabes nada de este lugar… Has visto mi casa y la de Jacob. Pero nada aquí va a estimular tu memoria.

–Por eso, debería irme –repuso ella, sintiendo que se le encogía el estómago.

Gareth dejó lo que estaba haciendo para acercarse a ella.

–Creo que debes relajarte.

Con una sonrisa tranquilizadora, él le tocó la mejilla con suavidad.

–Por suerte para ti, yo siempre tengo razón.

A Gracie se le aceleró el corazón ante su tentadora caricia. Dando un paso atrás, intentó sonreír. ¿Se notaría mucho que se había sonrojado?, se preguntó.

–Te dejaré seguir trabajando –dijo ella con voz ronca.

Durante unos instantes, sus miradas se entrelazaron en silencio.

Entonces, ella se fue.

Capítulo Cinco

Gareth trepó por la colina que había detrás de su taller. Sin embargo, no podía escapar al problema que lo esperaba abajo, pensó, deteniéndose para tomar aliento.

No pensaba dejarse llevar por su atracción por la pequeña Gracie.

En una ocasión, una mujer hermosa y, en apariencia, inocente, había utilizado sus encantos para manipularlo. Entonces, él no había sido capaz de controlar su testosterona para darse cuenta de que había sido una trampa. Y había pagado un precio muy alto.

Durante una fiesta familiar, su novia había robado una obra de arte muy valiosa, un Manet lo bastante pequeño como para esconderlo en un bolso, valorado en un cuarto de millón de dólares. La pintura había sido recuperada al final. Pero Gareth nunca se había recuperado de aquella traición. Desde entonces, se había convertido en un hombre cínico, antisocial y desconfiado.

Su padre había sido muy duro con él después del desafortunado incidente. Sintiéndose humillado, Gareth había decidido alistarse en el Ejército.

Sumido en sus pensamientos, fijó la vista en el suelo. Notó el suave musgo bajo los pies y el sonido de un arroyo cercano. Estaba exhausto, tanto física como mentalmente. Se había despertado antes de amanecer con una poderosa erección. Su noche había estado poblada de sueños calientes protagonizados por Gracie.

El bosque parecía lleno de vida. Él lo conocía bien... había jugado entre sus árboles desde niño. Durante dieciocho años, había vivido protegido del mundo exterior por el entorno inaccesible y por los guardias de seguridad de su padre.

Perderse en el bosque no era manera de lidiar con lo que sentía por esa mujer. Pero él se sentía en su hogar allí, entre la maleza, igual que en la casa que se había construido en el último año.

Había regresado de su experiencia en el Ejército convertido en un hombre y había aprendido lo solitario que era posible sentirse en medio de la multitud.

Su pasión creativa había sido su manera para curarse y encontrarle un propósito a su vida en la montaña. Gracie podría, con facilidad, destruir la paz que él tanto había tardado en alcanzar.

Apretando la mandíbula, Gareth se giró, dándole la espalda al bucólico paisaje. Bajó a toda prisa, a pesar de que no había un sendero marcado.

Se detuvo en un promontorio desde el que se veía su casa. En la falda de la montaña, el valle se extendía bajo sus pies como un paisaje de ensueño. Allí vivían personas normales, familias con hipotecas que pagar y casas llenas de chiquillos ruidosos. Algunas veces, Gareth los envidiaba.

Cuando subió al porche del taller con pesadas pisadas, el mastín que descansaba fuera levantó la cabeza y suspiró.

Esa tarde, ni lijar ni pulir le sirvió para distraerse. Hora y media después, dejó de lado las herramientas con desagrado. Había estado a punto de cargarse una bonita tabla de cerezo, lo que significaba que era hora de parar. Se sirvió una taza de café y se la llevó al porche.

El perro apenas se había movido. Gareth se terminó el café, dejó la taza en el suelo y se apoyó en la barandilla.

Debido a la inesperada irrupción de Gracie en su vida, había comenzado a cuestionarse su autoimpuesto exilio. Su padre lo había perdonado hacía mucho tiempo. Pero él no había sido capaz de superar el pasado.

¿Sería Gracie un regalo divino o un tentador caballo de Troya?, se preguntó, mirando al cielo.

Ninguna respuesta le llegó de lo alto.

Bajó la cabeza y exhaló, presintiendo la cercanía del desastre. Reconoció lo que había estado intentando ignorar toda la mañana. Un cambio de avecinaba. Podía sentirlo en los huesos, en las entrañas.

El aire estaba cargado de algo nuevo.

Y su nombre era Gracie…

Cuando Gracie se despertó de la siesta, encontró a Jacob Wolff en la cocina, tomándose una cerveza y ojeando su agenda electrónica. Él levantó la vista y sonrió.

–Tienes mucho mejor aspecto. ¿Cómo estás?

Ella se sirvió un vaso de agua.

–Bastante bien. Ya casi no me duele la cabeza.

–¿Y tu memoria?

–Sigue en blanco –afirmó frunciendo el ceño.

Jacob se puso en pie. Llevaba una camisa blanca inmaculada, el pelo perfectamente cortado, con las sienes plateadas. Todo lo contrario de Gareth. Y, aunque era un hombre apuesto y sofisticado, no conseguía despertar su interés sexual ni lo más mínimo.

–¿Puedo preguntarte algo? –dijo ella de forma abrupta.

–Claro –repuso él, dejando la botella en la mesa.

–La casa está inmaculada… y el frigorífico está repleto de comida. Pero no hay nadie aquí excepto Gareth.

–Lo llamamos el ejército silencioso –señaló él, riendo–. Mi padre y mi tío tienen muchos empleados en la casa grande… jardineros, amas de llaves, cocineros, mecánicos. Y mis primos y yo podemos hacer uso de ellos si queremos.

–Pero a Gareth no le gusta la gente.

–Por eso, mi padre ha elaborado un sistema para que los empleados del servicio entren aquí para hacer su trabajo cuando Gareth está fuera.

–Bueno, eso lo explica –dijo ella, sonriendo–. Estaba empezando a creer que era Superman.

–Lo es, en cierta manera. Y es un poco huraño, es verdad. Pero es muy sensible. Quizá, demasiado.

Se sentaron en el sofá y Jacob le tomó el pulso, le midió la tensión y echó un vistazo al golpe de la cabeza.

–La hinchazón ha bajado –murmuró él, tomó una linterna pequeña y le sujetó la barbilla.

Gracie parpadeó mientras la examinaba las pupilas.

–¿Qué pasó con tu madre? Quiero entender a Gareth. He venido aquí por alguna razón. Por algo que tiene que ver con él. Mi padre lo sabe, pero no parece inclinado a comunicarse conmigo. Temo que mis motivos fueran cuestionables. Y no quiero que Gareth se enfade conmigo cuando la verdad salga a la luz. Me iré a mi casa en cuanto pueda pero, mientras, cuanto más sepa de él, más probabilidades tengo de acordarme de por qué vine.

Jacob la miró con gesto escéptico y, de pronto, a Gracie le pareció idéntico a su hermano.

–No hablamos de la familia con desconocidos –indicó él, sin andarse por las ramas–. Estamos hartos de salir en la prensa y de que cuenten historias sensacionalistas sobre nosotros. Podrías ser una periodista.

–Por favor, Jacob. Me ahogo en un mar de ignorancia. Échame un cable. No utilizaré la información, lo prometo. Solo quiero saber cómo murió vuestra madre.

La expresión del médico se tornó grave.

–Bueno, puedo contártelo. Con nada que busques en Internet, podrías encontrarlo tú misma. Mi tía y ella fueron asesinadas cuando éramos todos niños. Gareth era el único lo bastante mayor como para acordarse de ellas con claridad. Las secuestraron, esperaron a obtener el rescate y las mataron. ¿Es lo que querías saber, Gracie? Pues ya lo sabes.

Jacob salió de la habitación como un tornado y de la casa. Gracie se sintió mareada.

Acongojada, Gracie sufrió por aquello que había afectado a dos familias. Además, era obvio que el dolor seguía vivo después de más de veinte años. No era de extrañar que el tío y el padre de Gareth hubieran intentado proteger a los más jóvenes bajo sus alas como una gallina a sus polluelos. Sin duda, aquella experiencia debía de haberlos cambiado para siempre.

Cuando oyó el sonido de la voz de Gareth detrás de ella, Gracie dio un respingo.

—¿Era Jacob ese que se ha ido corriendo?

—Ha venido a ver cómo estaba —explicó ella y se puso en pie, tratando de ocultar su sensación de culpabilidad.

—¿Qué tal tienes la cabeza? ¿Y la pierna?

—Oh —dijo ella, aliviada—. Dice que me estoy recuperando muy bien.

—¿Te gusta nadar?

—Um, sí... supongo.

—Le pedí a Annalise que te comprara un bañador. ¿Puedes cambiarte en diez minutos?

—Claro.

Gareth la estaba esperando en la cocina, con nada más puesto que un bañador ajustado color azul.

A ella se le quedó la boca seca al verlo. Y, de pronto, se sintió desnuda con el pequeño bikini que Annalise le había comprado, aunque por el momento estaba cubierta con una toalla.

—Por aquí —indicó él de forma abrupta y comenzó a andar.

La casa estaba construida en pendiente, con varias escaleras que conducían a distintos niveles. Gareth la llevó hasta una espaciosa y cálida estancia.

En el centro, una tentadora piscina simulaba la forma de un lago. Alrededor, había plantas tropicales y flores. En la distancia, sonaba una música suave, de flautas y cantos de los indios americanos.

Gareth dejó su toalla en una hamaca.

–¿Qué te parece?

Ella miró a su alrededor con la boca abierta.

–Increíble. Nunca había visto nada igual.

–¿Cómo lo sabes?

Ella no supo qué decir hasta que comprendió que él solo estaba bromeando y sonrió.

–Eres malo –dijo ella de buen humor.

–Vamos. Veamos si sabes nadar.

Por suerte, Gareth no la esperó, se tiró al agua y empezó a hacer largos. Ella se acercó a la zona menos profunda y, cuando pensaba que él no la estaba mirando, se quitó la toalla con la que se había cubierto el cuerpo. El bikini de alta costura color lima que llevaba puesto era tan pequeño como, probablemente, caro.

Capítulo Seis

Gareth estuvo a punto de tragarse la lengua cuando vio a Gracie con ese bikini diminuto. Era una mujer delgada, pero con las curvas adecuadas en lugares precisos. Su piel pálida y cremosa era perfecta para su color rojizo de pelo. Intentando camuflar su ávido interés, la contempló mientras ella se metía con cautela en el agua.

Tras un momento, Gracie comenzó a nadar de espaldas. No lo hacía mal, observó él. Por desgracia, no iba a tener que hacer de salvavidas.

Mirando cómo sus apetecibles pechos sobresalían del agua con cada brazada, Gareth sintió una dolorosa erección y recordó que llevaba mucho tiempo sin acostarse con una fémina.

Después de veinte tortuosos minutos de verla nadar, Gareth se acercó. Ella tenía los pezones duros debajo del sujetador.

Intentó no quedarse embobado.

–¿Te gustaría venir a la cascada? –preguntó él con voz ronca.

–Claro –repuso ella.

Él le dio la mano y caminaron juntos dentro de la piscina, hacia la parte honda. Cuando ella dejó de hacer pie, protestó.

–Es demasiado hondo.

–Súbete a mi espalda –ofreció él, sujetándola de la cintura.

Los dos se miraron. Él notó cómo la respiración de ella se aceleraba… se fijó en cómo las gotas le pintaban las pestañas como diamantes.

Despacio, agarrándose a él, Gracie le dio la vuelta hasta posar las manos en sus hombros.

–Agárrate –dijo él y comenzó a nadar hacia lo hondo, hasta que llegaron ante la cascada.

Gareth la dejó sobre el escalón que había en el fondo, para que hiciera pie.

–¿Estás bien así?

–Nunca he estado mejor.

Gracie rio con inocencia cuando el agua de la cascada cayó sobre ella. Al oírla, algo se encendió dentro de él. Deseó poseerla allí mismo. Haciendo un esfuerzo, apartó la vista para controlar sus impulsos.

Su dulzura y su entusiasmo por vivir lo desarmaban.

Él le dio la mano para guiarla fuera de la cascada principal.

–¿Puedo besarte?

Ella se quedó perpleja aunque, instantes después, en sus ojos se dibujó algo más. Excitación. Interés. Cautela.

–¿Gracie?

Hubo una larga pausa. Justo cuando él pensaba que iba a rechazarlo, ella le tendió los brazos.

–De acuerdo.

Gareth sabía que era muy posible que ella quisiera experimentar con él, probar si el beso estimulaba su recuerdo. Según su padre, no tenía novio ni marido. Pero, aun así...

Cuando sus labios se tocaron, ella le rodeó el cuello con las manos y todo pensamiento consciente se evaporó de su mente.

Gracie movió la boca con suavidad y curiosidad. Él intentó ser suave. Pero su sabor lo volvía loco. Sus cuerpos estaban muy pegados, piel con piel. Sus lenguas se enredaron.

Ella posó las manos en los hombros, como si no estuviera segura de si abrazarlo o apartarlo. Mientras, Gareth la besaba con intensidad, sin titubeos.

Gracie Darlington no sabía nada de su pasado. Y Gareth no sabía nada de ella.

Tomando aliento, Gareth apartó la boca y dio un paso atrás.

Gracie salió de la piscina, consciente de que Gareth la seguía con la mirada.

Se secó y se envolvió en la toalla, aliviada por poder cubrirse. De regreso a su dormitorio, contempló cada rincón de la casa por donde pasaba. Era todo muy hermoso. Después de una ducha rápida, se secó el pelo y buscó entre su ropa nueva. Annalise había incluido también algo de maquillaje, así que se puso sombra de ojos, máscara de pestañas y brillo rosado en los labios.

Gracie escogió un vestido color cereza con una cenefa de florecitas blancas en el borde. Su reflejo en el espejo le devolvió la imagen de una mujer relajada y feliz… siempre y cuando nadie se fijara en la expresión de sus ojos.

Cuando entró en el enorme salón, vio que la mesita estaba puesta con deliciosas viandas.

Gareth estaba de pie junto a la chimenea, mirando el fuego. También se había cambiado. Llevaba unos pantalones de algodón oscuros y una sudadera color crema que resaltaba su virilidad.

–Huele muy bien –comentó ella desde la puerta.

–¿Quieres comer conmigo? –invitó él, tendiéndole la mano.

Gareth pretendía que se sentaran en el suelo. Tras un instante de titubeo, se quitó las sandalias y se sentó sobre un cómodo cojín de terciopelo. Él la imitó, en el lado opuesto de una mesa baja.

Comieron en silencio unos minutos. Solomillo de ternera, espárragos con mayonesa y patatas asadas.

Gracie suspiró, tragando un apetitoso bocado.

–A mí no me salen tan bien las patatas –dijo ella y se quedó petrificada–. Me acuerdo –añadió con el corazón acelerado–. Mi cocina es blanca y amarilla. Creo que soy buena cocinera.

Gareth había dejado de comer y la observaba con atención.

Ella cerró los ojos, esforzándose en concentrarse. Poco a poco, una escena se materializó en su cabeza.

–Estaba parada delante el horno, riendo. Había otra mujer.

–Dime cómo es.

Por mucho que Gracie lo intentó, no consiguió visualizar su rostro. Dejó el tenedor, sintiendo un nudo en el estómago.

—No lo entiendo —susurró ella—. La imagen ha desaparecido.

—El cerebro funciona a su manera —comentó él con tono de consuelo—. Ya lo recordarás. Prueba el pastel de cereza. Eso lo cura todo.

—Se nota que tú no tienes problemas de peso.

—Tu cuerpo es perfecto —afirmó él, mirándola a los ojos con ardor—. Cómete el pastel.

Gracie obedeció, sin apenas saborear el exquisito bocado. Él no dejaba de contemplarla. El deseo era una señal de alarma en sus ojos. Y la habitación estaba subiendo de temperatura a cada momento…

Gareth se echó hacia atrás y estiró las piernas.

—Tengo una idea. Tengo que hacer un viaje rápido a Washington D. C. dentro de un par de días. Podrías venir conmigo. Un senador me ha encargado un arcón para guardar las armas y quiere dar una fiesta en Georgetown para presentar su nueva pieza y al artista.

—Me sorprende que quieras ir.

—No quería hacerlo, por eso, le dije que si quería contar con mi presencia, tendría que donar cien mil dólares a mi fundación benéfica. Nunca pensé que aceptaría.

Ella rio al ver su cara de pocos amigos.

—Pobre Gareth. Debe de parecerte un castigo peor que el infierno.

—Pero será un infierno más divertido si me acompañas.

–¿Solo soy un instrumento para impedir que te aburras? –aventuró ella sin disimular su coqueteo.

Gareth afiló la mirada, captando el mensaje.

–Ten cuidado, Gracie. No empieces algo que no puedes terminar.

De pronto, ella bostezó, sin poder controlarse.

–Lo siento –se disculpó Gracie, sonrojándose.

–Di buenas noches, Gracie –ordenó él, se puso en pie y la ayudó a levantarse.

Ella ladeó la cabeza, observándolo con atención.

–Es curioso. Me parece que es lo mismo que solía decirme mi padre.

–Descansa un poco –propuso él y le dio un fugaz beso en la mejilla–. Hablaremos del viaje mañana.

–¿Me tienes miedo? –susurró ella, tocándole la cara y acercándose un poco.

Gareth inclinó la cabeza y la besó con una mezcla de ternura y pasión desenfrenada que hizo que ella se derritiera. Sin embargo, duró demasiado poco.

Decepcionada, se dejó conducir por el pasillo.

–Vete a la cama. Y quédate allí.

Gracie tuvo la sensación de que él trataba de impedir que los dos hicieran una tontería.

Su bonito dormitorio estaba empezando a parecerle una prisión. Se puso un camisón de seda y se lavó los dientes. Jacob le había dicho que podía tomarse un analgésico antes de acostarse, así que eso hizo. La medicación fue mano de santo y se quedó dormida como un tronco.

Capítulo Siete

Gareth se despertó cuando oyó el primer grito y corrió a su habitación. Gracie había dejado encendida la luz de la mesilla. Estaba enredada entre las sábanas, retorciéndose como si estuviera luchando con alguien.

Él se sentó a su lado y apartó las sábanas.

—¡No! —gritó ella.

El terror que impregnaba esa única sílaba le puso a Gareth los pelos de punta. Ella empezó a llorar y a forcejear con él mientras intentaba despertarla.

—No pasa nada, Gracie. Despierta. Todo está bien.

Tuvo que repetírselo varias veces con firmeza, hasta que consiguió arrancarla de los brazos de la pesadilla. Al fin, por suerte, ella abrió los ojos. Tenía las pupilas dilatadas y todo el cuerpo le temblaba.

Gareth le dio unos segundos para comprender dónde se hallaba y la tomó entre sus brazos.

—Shh —la calmó él—. Todo está bien. Era un sueño —añadió, acariciándole el pelo—. Nadie va a hacerte daño.

Ella hundió la cabeza en su pecho. Entonces, de pronto, él se dio cuenta de lo que llevaba puesto. Al tocar la seda de su camisón, se le quedó la boca seca. Maldita Annalise, pensó. Su romántica prima había intentado sacarlo de su cueva muchas veces... En el pasado, se había empeñado en presentarle a amigas y a compañeras de trabajo.

Pero él no necesitaba a una mujer para ser feliz. El sexo... eso era otra historia. De todos modos, un hombre podía resolver sus necesidades con sus propias manos, si era necesario. Hasta que encontrara a una mujer en la que pudiera confiar, no estaba interesado en la compañía femenina.

No obstante, su libido estaba demasiado despierta y no podía dejar de pensar en lo suave que era su invitada, el olor de su pelo, sus pechos casi al descubierto apretados contra su torso.

—Apaga la luz —pidió ella con voz ronca y sensual y se apartó, quitándose el pelo de la cara con manos temblorosas.

Él hizo lo que le pedía.

—Estaba corriendo en la oscuridad —relató ella con labios temblorosos—. Algo me perseguía. Yo sabía que, si encontraba el camino a casa, me salvaría. Pero, cada vez que abría una puerta, no había nada detrás. Tengo mucho miedo de que me odies cuando descubras por qué vine a verte —reconoció ella, sin pensarlo.

Gareth supo, en su interior, que era sincera.

—Te irás a tu casa dentro de unos días. Hasta entonces, tienes que pensar en otra cosa —aconsejó él, sin confesarle que había mandado hacer investigaciones sobre Edward Darlington.

—Es fácil para ti decirlo. No eres tú quien tiene el cerebro en blanco. ¿Estabas dormido?

–Son las dos de la madrugada. Claro que estaba dormido –respondió él. Y teniendo unos sueños muy bonitos.

Gracie tembló y él la acarició el brazo.

–¿Estarás bien?

Ella lo miró con expresión de vulnerabilidad.

–No. ¿Puedes quedarte? Por favor.

Gareth se quedó boquiabierto un momento y, al instante, esbozó una expresión indescifrable. Aunque no pudo ocultar la erección que latía entre ellos.

–Puedo quedarme sentado mientras te duermes –se ofreció él, poniéndose en pie y pasándose la mano por el pelo.

–¿Y si tengo otra pesadilla cuando te hayas ido?

–Los dos sabemos… Tendría que ser un desgraciado para aprovecharme de ti en tu situación. Y te aseguro que, si me quedara a pasar la noche en esta habitación, no dormirías nada.

–¿Y si soy yo quien se aprovecha de ti? –preguntó ella en voz baja–. Eres un hombre fascinante, Gareth Wolff. Pronto, me iré. ¿Tan raro te parece que quiera acostarme contigo?

La erección de él creció de forma visible.

–No te haré ninguna promesa que no piense cumplir. No puedo ofrecerte ternura ni amor. No soy esa clase de hombre. No sería más que una aventura… dos personas satisfaciendo su deseo.

Gracie se incorporó con el cuerpo temblando de ansiedad.

–Lo comprendo. Acepto tus condiciones –afirmó ella y le tendió la mano–. Sigo deseándote.

La noche pareció congelarse en ese segundo. Gareth podría haber sido una estatua, su cuerpo estaba rígido. Entonces, él exhalo. Sus ojos parecían estar librando una reñida batalla interior.

–Ahora vuelvo.

Gareth cumplió su palabra y regresó con un puñado de sobres de plástico, que dejó en la mesilla. A ella se le aceleró el corazón, viendo cómo se quitaba los pantalones sin ceremonia.

Tenía un cuerpo magnífico… desde los anchos hombros a la cintura y su parte más masculina, que apuntaba hacia arriba en señal de invitación.

Gracie levantó los brazos y dejó que él le quitara el fino pedazo de seda por la cabeza, quedándose con nada más que unas delicadas braguitas de encaje.

Uniendo sus torsos, se besaron. Primero, con tímidos mordiscos y lametazos, seguidos de besos más profundos e intensos. Él era un experto, estaba claro que sabía bien cómo complacer a una mujer. Ella soltó un grito sofocado, inundada por oleadas de placer y deseándolo tanto que le daba vueltas la cabeza.

La piel de él estaba ardiendo… Sabía a menta y a café y, al apretarse contra él, percibió los acelerados latidos de su corazón.

Gareth la hizo tumbarse boca arriba sobre el colchón, le abrió los muslos y se acomodó entre ellos.

–No sé cómo complacerte… ni qué quieres –balbuceó ella, tensa.

—Habrá tiempo para eso después –repuso él, deslizando el dedo bajo sus braguitas–. Lo importante ahora mismo es que yo sé cómo darte placer a ti.

Sin previo aviso, le separó más las piernas.

Cuando le quitó las braguitas y la besó en su parte más íntima, ella se estremeció. Era una sensación indescriptible.

Gareth parecía decidido a hacerla explotar con lentos y suaves lametazos. Ella estaba muy mojada, incluso desde antes. Pronto, su cuerpo tembló con el orgasmo. Lo agarró del pelo, meciéndose en un clímax tan intenso que vio las estrellas.

—Eres hermosa –susurró él con voz sensual–. Y me encanta cómo llegas al éxtasis.

—Calla –gimió ella, hundiendo la cara en su hombro–. No me gusta hablar de eso.

—Así que quieres que actúe sin más –adivinó él y la besó en la frente–. De acuerdo, Gracie. Te complaceré.

Él terminó de ponerse el preservativo y la penetró con una poderosa arremetida. Ella contuvo el aliento y su cuerpo se abrió para darle la bienvenida.

Gareth se quedó quieto, obviamente sintiendo la misma conexión.

Despacio, muy despacio, él comenzó a moverse más y más dentro, mientras ella le rodeaba la cintura con las piernas.

Gareth entró y salió varias veces con un ritmo lento que lo estaba convirtiendo todo en fuego. Enseguida, ella sintió que se estaba acercando al clímax de nuevo.

Su piel estaba llena de sudor, sus respiraciones eran jadeos. Él se retiró de pronto y la miró.

–Prométeme que no vas a arrepentirte de esto.

–Nada de promesas –replicó ella, provocándolo–. ¿Lo recuerdas?

–Bruja. Si quieres jugar… –dijo él, afilando la mirada con una sonrisa traviesa. Le agarró de las muñecas y se las sujetó sobre la cabeza–. Suplica.

Ella abrió mucho los ojos y se humedeció los labios.

–¿Para qué?

Lo sabes muy bien. Puede que no te acuerdes de tu pasado, pero me pienso asegurar de que no olvides esto, Gracie Darlington.

–Por favor, Gareth. Hazme el amor –rogó ella, obedeciendo entre jadeos. Al mismo tiempo, se le encogió el corazón al darse cuenta de que él nunca la amaría. Esa palabra no estaba en su vocabulario.

La deliciosa fricción comenzó de nuevo, llevándola a la cima. Los dos llegaron al orgasmo juntos, dejándose caer y caer en un estremecedor océano de placer.

Gareth se tumbó boca arriba.

Cielos, ¿qué acababa de hacer?

Gracie estaba callada a su lado, con un brazo sobre su pecho y una pierna entre las suyas.

–No ha estado tan mal para ser nuestra primera vez –bromeó él.

–Cualquier hombre puede impresionar a una amnésica –dijo ella con tono provocador. A pesar de la situación en la que se encontraba, no era la clase de mujer que perdiera su dignidad.

–Ven a Washington conmigo –pidió él, tocándole el pelo–. Los cerezos están en flor.

–No tengo nada que ponerme. Annalise me ha traído ropa informal, pero nada para llevar a una fiesta elegante.

–Puede comprarte algo. La llamaré por la mañana y haré que te envíe lo necesario. Será divertido. Así, te olvidarás un poco de tu problema. El senador quiere que represente el papel de rebelde domado. Bastará con ponerme el esmoquin. La fiesta dará qué hablar durante toda la temporada.

–Eres un cínico.

–A la gente le gusta tener de qué hablar. Si no, se lo inventan.

Gracie se quedó en silencio con la cara apoyada en el pecho de él.

–Tendré que irme a mi casa cuando volvamos de Washington. Mi padre habrá vuelto para entonces. ¿Me acompañarás?

–Sí. No tienes nada que temer, Gracie. Seguro que, cuando te veas en tu terreno, recuperas la memoria.

–¿Y si no es así?

–Poco a poco –aconsejó él y alargó la mano para tomar un preservativo–. No me has respondido todavía. ¿Vendrás conmigo? Te llevaré a un hotel maravilloso. Las camas son tan cómodas que nunca quieres levantarte. Te ponen flores frescas a diario. Y se ven las montañas desde la ventana…

–¿Has llevado a otras mujeres allí?

Su tono de voz no era fácil de descifrar, pensó Gareth. No eran simples celos. Más bien, parecía dolida resignación.

–¿Importa eso? –preguntó él, colocándola sobre su dura erección.

Ella se apoyó en su pecho y lo miró, sonriendo.

–Al parecer, no.

–¿Vendrás conmigo?

Gracie asintió y gritó de placer cuando él la penetró de nuevo.

–¿Eso es un sí? –quiso saber él y apretó los dientes, esforzándose en no llegar al orgasmo en ese mismo momento, como un adolescente inexperto. Estar dentro de ella era lo más parecido que conocía al paraíso. Era demasiado bueno para ser verdad.

–Sí –susurró ella y se incorporó encima de él, haciendo que la penetrara en profundidad. Despacio, con la destreza de una sirena, lo fue llevando al cielo.

–Más despacio –pidió él, sujetándola de las caderas. No quería terminar todavía. Ni nunca.

Entonces, Gareth deslizó un dedo en la parte donde sus cuerpos se unían, haciéndola estremecer. Cuando frotó su centro más sensible, ella se quedó rígida mientras los músculos de su interior se agitaban con los espasmos del orgasmo, llevándolo a él también al clímax.

Ambos cayeron rendidos, saciados, en un amasijo de brazos y piernas entrelazadas.

Capítulo Ocho

–¿Estás loco?

Gareth se encogió ante el tono de incredulidad de su hermano. Estaban sentados en el despacho de Jacob, delante de una gran ventana que daba al bosque. Gotas de lluvia golpeaban en el cristal.

–¿Qué daño puede hacerme? –preguntó él con voz tranquila–. Se está volviendo loca intentando recordar. El viaje la ayudará a descansar. Un cambio de aires la sentará bien.

–Si lo haces porque no confías en ella, puede quedarse en mi casa hasta que tú vuelvas.

–No es eso –protestó Gareth–. O no del todo.

–No puedes llevarte a alguien que sufre amnesia y soltarla en un entorno desconocido. Podría suceder cualquier cosa. Está demasiado vulnerable, hermano. Es como soltar a un niño pequeño en medio del tráfico.

–¿No estás exagerando? Vamos, Jacob. Puede desenvolverse bien con las tareas cotidianas. No es ninguna tonta –señaló Gareth, se puso en pie y comenzó a dar vueltas en la sala.

–No quieres entender lo que te digo –insistió Jacob, frunciendo el ceño con preocupación–. Gracie no puede defenderse, como cualquiera en su situación. No tiene punto de referencia para tomar decisiones racionales. Es emocionalmente débil, aunque no quiera demostrarlo.

Las palabras de su hermano dieron en el blanco y Gareth se sintió culpable.

—Tu consejo me llega demasiado tarde. Lo hablamos… anoche. Yo la invité y ella aceptó.

—Cielo santo. Te has acostado con ella —adivinó Jacob y se puso en pie con gesto combativo—. ¿Cómo has podido? Estaba bajo tu protección. No esperaba que te aprovecharas de una mujer indefensa.

Jacob lo conocía demasiado como para andarse con rodeos. Gareth se debatió entre su impulso de defenderse y la certeza de que su hermano tenía razón.

—Pasó, sin más.

Sin embargo, la verdad era que había estado fantaseando con tener sexo con Gracie desde el principio. Ella le hacía sentir cosas que había creído muertas hacía mucho tiempo. La calidez de su sonrisa y la admiración que sentía por su fortaleza habían comenzado a derretir el hielo de su armadura. La deseaba, aunque los motivos que la habían llevado allí fueran inaceptables.

—Tuvo una pesadilla. Yo la consolé.

—Pamplinas. Es la excusa más vil que he oído jamás. Deberías haberte ido. No hacía falta que te acostaras con ella.

—Fue idea suya.

—Y tú no titubeaste en aceptar.

—Intenté negarme. Pero es muy persuasiva.

Jacob levantó las manos al aire con disgusto.

–Me rindo. Está claro que has perdido la cabeza. Pero te juro que… si llevártela de viaje empeora las cosas, no esperes que yo lo arregle después.

–Eres médico. Tu deber es ayudar a la gente.

–Pero no tengo por qué pegar tus platos rotos.

–Tiene que irse a su casa. Después de Washington. Y quiere que yo la lleve –informó Gareth, frotándose la nuca.

–¿Le dijiste que lo harías?

–Sí.

–Sabes que está asustada.

–Así es. Todavía no sabe por qué vino aquí. Ni qué tiene que ver su padre con todo eso.

–Me parece obvio que Gracie no es una amenaza –opinó Jacob, encogiéndose de hombros–. Aunque fuera periodista, ¿qué clase de historia podría escribir? Nunca la has llevado a la casa grande a conocer a nuestro padre. ¿Lo has hecho a propósito?

–Claro que sí. Papá no se encuentra muy bien. Y no es necesario involucrarle en esto. Gracie se irá enseguida.

–¿Dónde está ella ahora?

–La dejé durmiendo. Pero se está haciendo tarde. Debería ir a ver dónde está.

–Si quiere ir contigo a Washington, la decisión es suya. Ten mucho cuidado, Gareth.

–Lo tendré todo controlado. No te preocupes.

***

Gracie se despertó a media mañana, recordando la noche increíble que había pasado. Podría haber pensado que había sido un sueño, de no ser por las huellas inconfundibles que había en la almohada a su lado.

–¿Gareth?

No hubo respuesta. Salió de la cama envuelta en la sábana y se dirigió al baño. Al descubrir que estaba vacío, experimentó una mezcla de alivio y decepción.

Meneando la cabeza, se metió en la ducha. Era casi la hora de comer. No era de extrañar que Gareth se hubiera levantado ya. Había sido considerado al dejarla dormir, pero él no había querido perder más tiempo en la cama.

La noche anterior habían tenido sexo. Y había sido increíble. Sin embargo, a la luz del día, se daba cuenta de que él seguía siendo un Wolff. Y ella, una intrusa con un pasado oscuro.

Cuando se hubo duchado y vestido con unos pantalones azules, una blusa blanca sin mangas y bailarinas rojas, barajó sus opciones. Podía ir con él a Washington, sin embargo, debía poner en orden su vida. Y, para ello, tenía que comunicarse con su padre.

Tras un rápido desayuno con cereales, buscó el móvil y lo encendió. Tenía la carga de baterías a medias, pero era suficiente. Buscó en la agenda el contacto marcado como Papá. Con el corazón acelerado, apretó el botón de llamada.

Has llamado a Edward Darlington, propietario y director de la Galería Darlington en Savannah, Georgia. Estoy fuera del país por el momento y la galería está cerrada. Espero estar de regreso la semana que viene. Deja un mensaje. Ah, sí... y, si eres Gracie, no te rindas, pequeña. Haz que me sienta orgulloso de ti.

Grace se quedó mirando el aparato mientras sonaba el tono para dejar el mensaje en el buzón de voz. ¿Por qué la había enviado su padre para enfrentarse con un Wolff? ¿Y por qué Gareth en particular?

¿Qué quería decir su padre con que no se rindiera? ¿Había ido ella a la montaña Wolff por iniciativa propia o bajo presión? Cerrando los ojos, intentó concentrarse en la voz del contestador. Se recordó a sí misma hablando con él, tratando de complacerlo. ¿Pero por qué? ¿Porque era una buena hija? ¿O tenía una razón más egoísta?

Entonces, visualizó la imagen de una galería... con cuadros. ¿Sería fruto de su imaginación o sería un recuerdo real?

De nuevo, buscó en la agenda, intentando encontrar algún nombre que despertara su memoria. Ni siquiera consiguió nada leyendo una lista de correos electrónicos. La mayoría parecía ser de clientes, sobre temas de negocios.

Y los que eran personales, provenían de personas cuyo nombre no significaba nada para ella.

Debía relajarse, se dijo y pensó en Gareth y en cómo la había consolado la noche anterior. Necesitaba verlo.

No lo encontró en el salón ni en su dormitorio, que estaba perfectamente recogido y limpio.

Entonces, Gracie se puso una chaqueta y salió fuera. El sol se había ocultado tras nubarrones grises. Tiritando, corrió al taller de Gareth. Sin embargo, las puertas estaban cerradas.

Se acercó y, con cautela, miró por la ventana. La habitación estaba vacía. Solo había un perro, durmiendo acurrucado en una alfombra.

El aire se impregnó de olor a lluvia. De pronto, fue consciente de que estaba en medio de ninguna parte, con nadie a quien acudir en caso de emergencia y con un hombre al que apenas conocía.

Acobardada por la tormenta que se avecinaba y una sensación de profunda soledad, corrió de vuelta a la casa y cerró la puerta tras ella de un portazo contra el fuerte viento. ¿Qué podía hacer?

Recorrió los pasillos, observando los cuadros que había en las paredes y las esculturas. Por primera vez, se dio cuenta de que algo faltaba. No había ni una sola foto en toda la casa, ni siquiera en el austero dormitorio de su dueño.

La habitación más acogedora de todo el edificio, aparte de la piscina cubierta, era la cocina. Había ajos y tomates secos colgando de cuerdas sobre la encimera.

Pero no había imanes de colores en el frigorífico, ni fotos, ni nada que le diera un toque más personal.

Fuera, la tormenta estaba en todo su esplendor. Gracie se encogió con un trueno. El sonido de la lluvia resonaba en el tejado.

Con la compañía adecuada, habría sido un día perfecto para acurrucarse delante de la chimenea y disfrutar de la candela mientras leía… o, mejor aún, haciendo el amor.

Aunque había intentando sacarse de la cabeza lo que había pasado la noche anterior, no lo había conseguido. Le había rogado a Gareth que se quedara en su habitación… y en su cama. ¿Sería por eso por lo que él había desaparecido por la mañana? ¿Para tener un poco de espacio? No podía estar más avergonzada.

Al final, se fue a la biblioteca. Era una sala enorme, con tres paredes cubiertas de libros desde el suelo hasta el techo. Ojeó los títulos. Al parecer, Gareth Wolff debía de ser un hombre con gran interés por la cultura y el conocimiento.

Durante media hora, estuvo eligiendo un libro y, luego, otro. Demasiado inquieta como para sentarse a leer, al fin, se arrodilló y abrió un armario. No encontró nada raro: pilas de revistas, papel para escribir y sobres, una colección de cartas de béisbol.

Sin embargo, al abrir la siguiente puerta, dio en el blanco. Allí estaban las fotos que había echado en falta. Había muchos álbumes de cuero, con letras doradas en las portadas, marcando las fechas.

Vencida por la curiosidad, se llevó al sofá tres de los volúmenes más grandes y empezó a pasar sus páginas. Alguien había documentado al detalle todo lo que se había escrito sobre la tragedia de los Wolff.

Los recortes iban desde el *New York Times* a la más ruin de las revistas del corazón. Algunos artículos eran estrictamente periodísticos, otros eran provocativos y sensacionalistas. Una foto en particular le llamó la atención. Estaba en blanco y negro, bastante desenfocada, pero era muy hiriente.

Tal vez, el fotógrafo se había colado allí, pues Gracie no creía que la familia Wolff hubiera dejado entrar a la prensa al funeral. En la imagen, dos hombres de altura parecida estaban delante de sendos ataúdes decorados con coronas de flores. Entre ambos, había un chiquillo vestido con un traje negro, dándoles las manos.

En el pie de foto, se leía:

Los magnates Victor y Vicent Wolff lloran la pérdida de sus esposas. Los acompaña su hijo y sobrino de siete años, Gareth Wolff.

Con el corazón roto, ella no pudo controlar las lágrimas. Qué tragedia tan horrible, pensó. Y siguió leyendo.

Las esposas de los multimillonarios Victor y Vicent Wolff fueron secuestradas a punta de pistola mientras estaban de compras en una calle muy transitada de Charlottesville, Virginia. No se supo nada de los raptores durante tres días, hasta que hicieron una llamada pidiendo dinero. A pesar de que los hermanos Wolff entregaron el rescate, que se rumorea fue de tres millones de dólares, las mujeres fueron asesinadas al estilo de una ejecución, con sendos tiros en la cabeza. Sus cuerpos aparecieron en una casa abandonada en los suburbios de Washington. Se ofrece una recompensa para cualquiera que pueda dar información que aclare el crimen.

Gracie se estremeció, deseando no haberlo leído. ¿Quién habría reunido esa colección tan morbosa? ¿Por qué Gareth guardaba algo tan doloroso? La tragedia había alterado la vida de toda su familia. Los había hecho apartarse de la sociedad.

Otros artículos describían cómo los hermanos habían vendido sus lujosas mansiones en Virginia y se habían comprado una remota montaña, donde habían construido una fortaleza para proteger a sus hijos de los peligros del mundo. Habían contratado maestros privados, guardias de seguridad y habían rechazado todo contacto con el exterior.

Dejando a un lado los álbumes, Gracie se sentó con las piernas dobladas y la barbilla apoyada en las rodillas. Un frío helador anidaba en lo más hondo de su pecho. ¿Tendría ella madre?

Una vez más, miró la misma foto en el álbum abierto a su lado y, durante un instante fugaz, recordó otro funeral. Había una niña de la mano de su padre. ¿Sería ella misma? ¿Acaso tenía eso en común con Gareth?

Al momento, su memoria volvió a oscurecerse. Aunque igual no había sido un recuerdo. Era posible que, en su desesperación por recuperar su pasado, estuviera inventándoselo.

La lluvia redobló su intensidad, repiqueteando en los cristales y poniéndola todavía más nerviosa. ¿Dónde diablos estaría Gareth?

***

Gareth bajó del jeep y corrió al porche. Se sacudió antes de entrar. Estaba calado hasta los huesos. Y todavía no había decidido cómo enfrentarse a lo que había sucedido la noche anterior con Gracie.

En el baño, se quitó la ropa empapada y se puso unos vaqueros y una camisa de franela. Esa tarde, tenía que hacer algunos preparativos para el viaje, pero primero quería asegurarse de que Gracie estuviera bien. Además, le entusiasmaba la idea de volver a verla. Tanto, que se sentía desconcertado.

Era necesario que hablara con ella para aclarar las cosas. Quizá, siguiendo el consejo de Jacob, era mejor que no la llevara en su viaje. Después de lo que había pasado, irse con ella unos días fuera cobraba un significado por completo diferente.

Maldición, pensó él, notando cómo su erección crecía. Le había costado mucho abandonarla en la cama esa mañana. Sin embargo, había sido una cuestión de supervivencia. Hacía mucho tiempo que no había sentido nada parecido por una mujer.

Gracie, con todo el halo de misterio que la rodeaba, era distinta de las demás. Le daban ganas de protegerla. Y, al mismo tiempo, quería protegerse de ella.

Tras secarse el pelo un poco con la toalla, salió del baño y se fue a buscarla. La encontró en una de sus habitaciones favoritas de la casa.

Pero, en la puerta, se quedó paralizado.

—¿Qué diablos estás haciendo?

Ella levantó la vista con recelo. Tenía la máscara de pestañas corrida sobre la mejilla, señal de que había estado llorando.

–No debería haberlo hecho.

Gareth se puso furioso, presa de un mar de sentimientos conflictivos. No quería ni mirarla.

–Sabes muy bien que no –le espetó él. Una vez más, ella había roto las barreras.

Al oír su tono helador, Gracie se quedó pálida. Tenía los ojos llenos de lágrimas y la angustia pintaba su rostro.

–Lo siento mucho –susurró ella.

–¿Qué? ¿Espiarme?

A ella le tembló el labio. Se puso en pie para mirarlo a la cara.

–No… Bueno, sí. He sido una entrometida. Pero me refería a que siento lo de tu madre. Lo siento mucho, Gareth. Eras solo un niño.

–No quiero hablar de mi madre contigo –replicó él. No podía dejar que ella ahondara en su punto débil. Era una herida demasiado profunda que todavía no se había curado.

–Ocurrió hace mucho tiempo, pero te sigue doliendo.

–¿Es que eres experta en duelos? Tú y tu espléndida memoria.

Gracie se encogió. Sin embargo, él estaba demasiado enfadado. No consentía que nadie rompiera las murallas que había levantado alrededor de su corazón para protegerse.

–¿Quién hizo los álbumes? –preguntó ella, mirándolo con compasión.

–Yo –contestó él y le dio una patada al sofá–. Ninguno de los adultos que me rodeaba pareció darse cuenta de tenía edad para leer. Y los periódicos estaban por toda la casa. Recorté los artículos y los guardé. Yo pensaba que todo lo que leía era verdad. Créeme, algunas historias me encogieron el estómago.

–¿Qué quieres decir?

–Vi fotos de los cuerpos de mi madre y mi tía. Tenían los ojos cerrados. Y dos agujeros en la cabeza, chorreando sangre.

Gracie parecía a punto de romperse en pedazos. Pero a Gareth no le importó.

–La prensa amarilla insinuó que había sido un asunto de drogas y amantes secretos… Eran capaces de inventar cualquier cosa con tal de vender. Yo era demasiado pequeño para entender que lo que decían era mentira.

Cuando ella dio un paso para acercarse, Gareth la detuvo con un gesto de la mano. Tenía el estómago revuelto.

–Me pasé meses sin dormir. Me levantaba gritando y mi padre nunca venía. Siempre me quedaba con la niñera. Mi padre estaba sedado en su dormitorio, demasiado ocupado con su propio dolor y con su sensación de culpa.

–¿Culpa?

–Sentía que había fracasado en su papel de esposo, que no la había protegido lo suficiente.

–Estaban de compras, como millones de mujeres hacen a diario –señaló ella, tendiéndole las manos–. No se puede meter a las personas en una burbuja.

–Te equivocas. Si tienes dinero, puedes esconderte para siempre. Eso es lo que mi padre y mi tío hicieron con nosotros. Nada de partidos de fútbol, ni de paseos al zoo, ni cenas en la hamburguesería. Todo nuestro mundo se limitó a esta montaña.

Gareth odiaba hablar de todo aquello. Odiaba que ella hubiera destapado la caja de Pandora. Sin embargo, por alguna razón, sus enormes ojos llenos de compasión lo incitaban a hablar, como si así pudiera librarse de todo el dolor.

—¿Ya estás contenta? —preguntó él con sarcasmo, sirviéndose un vaso de whisky.

Entonces, al mirarla, se dio cuenta de lo vulnerable que ella parecía allí parada, descalza, con los ojos muy abiertos.

Jacob tenía razón. Era una mujer indefensa. Y él no podía protegerla. No podía permitirse el lujo de enamorarse de ella.

—No estoy contenta, Gareth —contestó ella—. ¿Cómo iba a estarlo? Me gustaría poder borrar todos esos terribles recuerdos de tu mente.

—Eso es —murmuró él y le dio otro trago a su bebida—. Tú te quejas mucho de tu amnesia, pero yo me he pasando noches rogando porque el cerebro se me quedara en blanco.

—Debió de ser insoportable.

Su compasión inundó a Gareth, haciéndolo sentir a su merced. Desnudo.

Lanzó el vaso de cristal a la chimenea y lo rompió en pedazos.

—Vete de mi vista —rugió él y apretó la mandíbula—. No quiero verte.

Capítulo Nueve

Gracie corrió por el bosque, llorando sin parar. No recordaba cómo había llegado allí, pero sabía que no volvería.

No podía quedarse allí.

El sudor le corría por la frente. Había dejado de llover y había salido el sol, convirtiendo el bosque primaveral en una húmeda sauna.

No hacía más que resbalarse en la tierra embarrada. En medio de su loca huida, se le trabó un pie en una gruesa raíz y cayó con un grito de dolor, rodando en el suelo como una pelota. Por encima de sus jadeos, oyó a alguien maldiciendo y acercándose.

Gareth se paró en seco delante de ella, lívido.

—Lo siento, Gracie. Diablos, lo siento —se disculpó y se arrodilló a su lado—. Cielos, estás descalza.

Sus pies estaban hechos un desastre, con cortes, sangrando. Y el tobillo se le había hinchado. Gracie se ocultó la cara entre los brazos, avergonzada y dolorida.

—No estaba pensando con claridad —se excusó ella—. Ya sé lo que vas a decir, que soy una estúpida.

Él la levantó en sus brazos y comenzó a subir la montaña de nuevo.

—Te equivocas —murmuró Gareth—. Estaba pensando que soy un imbécil.

81

En esa ocasión, Jacob no se mostró tan amable cuando se presentaron en su casa.

–Hay que ver lo cabezota que eres –le reprendió el médico a su hermano.

Los dos hombres se miraron a los ojos, librando una batalla silenciosa. Gareth sostenía a Gracie en sus brazos. Ella olía a sudor y temblaba.

–No necesito que me des un sermón, Jacob. Ocúpate de ella... por favor.

–Estoy bien –señaló Gracie, intuyendo la preocupación de su rescatador. Lo último que quería era ser motivo de disputa entre los dos hermanos.

Jacob maldijo y los condujo a su consulta. Gareth la depositó en una camilla con cuidado.

–¿Quieres que me quede? –le preguntó Gareth a ella.

–No. No te necesitamos –se adelantó Jacob.

De nuevo, los dos hombres se enfrentaron en silencio. Pero, al parecer, Gareth decidió no presentar batalla y salió.

–¿Estás bien? –le preguntó Jacob a Gracie, preocupado.

–He sido una estúpida. No ha sido culpa de Gareth –afirmó ella, tragándose las lágrimas.

–Sí, ya, claro –repuso él–. Conozco a mi hermano, Gracie. Es duro y tozudo. Deja que te vea.

Aunque la tocó con suavidad, fue muy doloroso. El tobillo tenía una pinta horrible. Por suerte, sin embargo, la radiografía no mostró huellas de fractura. Después de limpiarle los cortes y los rasguños, Jacob le vendó el pie en silencio con gesto grave.

–Puedes caminar distancias pequeñas. Hoy debes ponerte hielo mientras descansas. Para el dolor, toma ibuprofeno –prescribió él y le cubrió los pies con unos suaves calcetines de algodón.

Cuando hubo terminado, Jacob se sentó en una silla, cruzándose de brazos.

–Creo que deberías dejar que te lleve a casa, Gracie.

–Todavía, no –susurró ella–. Mi padre está fuera del país y no sé a quién llamar. No sé quiénes son amigos y quiénes son clientes. Además… –añadió e hizo una pausa, buscando las palabras–. Gareth…

–Si esperas conseguir algo de él, olvídalo. Gareth no tiene capacidad para amar ni para confiar. Fue el único de los seis niños lo bastante mayor para recordar a nuestra tía y a nuestra madre. Fue el único a quien permitieron ir al funeral.

–Me pongo enferma de pensarlo –reconoció ella.

–Gareth se enfrentó a algo que no era adecuado para un niño. No solo a la pérdida de su madre, sino a toda la violencia… a cómo se trató el tema en el ojo público. Kieran y yo solo teníamos cuatro y cinco años. Estuvimos más protegidos.

–Pero también supisteis que vuestra madre no iba a volver.

–Sí –admitió él–. Nos dieron un sermón sobre el cielo y sobre lo mucho que ella nos quería. Recuerdo que tuve algunas pesadillas y que me sentía confundido. Pero, al final… lo superé. Gareth no tuvo tanta suerte. Y, si no tienes cuidado, su dolor te salpicará también a ti.

–Es amable cuando quiere.

–No vayas a Washington con él. No te enamores de él.

–No planeo hacerlo –repuso ella, mirándolo a los ojos–. ¿Qué sentido tendría enamorarme?

Jacob se levantó de la silla y le puso una mano en el hombro.

–Sé fuerte, Gracie. Concéntrate en recuperar tu memoria. Tienes una vida esperándote. Yo quiero a mi hermano. Es un hombre complicado, pero maravilloso. Sin embargo, sé que no es ningún príncipe azul.

Entonces, Jacob le dio un beso en la mejilla, al mismo tiempo que Gareth asomaba la cabeza por la puerta con impaciencia. Miró a su hermano echando chispas por los ojos.

–Es privilegio médico.

Gareth murmuró una protesta, hasta que posó los ojos en los pies vendados de ella y se acercó, sin pensar en nada más.

–¿Te ha curado bien? –le preguntó él, acariciándole el pelo.

Ella asintió, con un nudo en la garganta.

Gareth la tomó en sus brazos de nuevo, listo para llevarla al jeep.

–Te debo una, hermano.

–Recuerda ponerte hielo –insistió Jacob a su paciente, tras acompañarlos a la puerta–. Y pon el pie en alto. Eso bajará la hinchazón.

De vuelta en casa, Gareth la llevó en brazos hasta su dormitorio y la depositó en la cama.

–Te traeré algo de comer.

Ella se quedó tumbada, mirando al techo, tratando de no pensar en nada. Momentos después, su anfitrión regresó con una bandeja para dos. Había sándwiches de pavo y queso y una rosa en un vasito de cristal.

–No tengo hambre –señaló ella cuando él iba a acercarle el plato.

–Tienes que comer. Son órdenes del médico.

Por su expresión de determinación, estaba claro que Gareth no iba a aceptar un no por respuesta. Ella intentó comer, pero le costaba un mundo tragar cada bocado. Dejó el sándwich a medias en el plato.

–Lo siento mucho, Gareth. Lo siento. He metido las narices en tu vida y me avergüenzo por ello. Si prefieres que no te acompañe a Washington, Jacob me llevará a casa.

–¿Te ha aconsejado él que no vengas conmigo? –quiso saber Gareth.

–Quiere protegerte.

–Y a ti, me parece.

–Solo como parte de su deber profesional. Tú eres su principal preocupación.

–Soy un hombre adulto. Puedo cuidarme solo. No tenemos por qué cambiar de plan. Pasaremos un par de días en Washington y, luego, veremos si tu padre ha regresado. No pienso llevarte a Savannah hasta que él no esté allí para cuidarte. Te debo una explicación.

–No me debes nada –le tranquilizó ella, tocándole el brazo para consolarlo.

—Eres la única persona que ha visto esos álbumes jamás —confesó él.

—¿Cómo es posible? No estaban tan escondidos.

—Durante años, guardé los recortes en cajas debajo de la cama. Poco a poco, en secreto, empecé a ordenar los periódicos por fechas y a pegar los recortes. Estoy seguro de que esta obsesión mía por el secuestro y el asesinato es algo insano. Pero no podía quitármelo de la cabeza. Un día, mi padre me sorprendió mirando mi macabra colección y se volvió loco de furia. Me ordenó que destruyera los álbumes… llamó a uno de los criados para que se los llevara.

—Oh, Gareth…

—Yo rogué, supliqué… Él no comprendía que todos esos pedazos de papel eran lo único que tenía de mi madre. Y que me conectaban con ella, aunque fuera de una forma horrible. Eran una manera de mantenerla viva en mi recuerdo.

—¿Qué pasó?

—Nuestra ama de llaves guardó los álbumes en secreto. Bendita sea. Años después, me los dio, diciéndome que ya era lo bastante mayor como para decidir su destino.

—Y te los quedaste.

—Yo había cambiado, madurado. Pensé en destruirlos… por mi propia salud mental. Pero me quedé bloqueado. Me pareció un acto de deslealtad borrar el único recuerdo que tenía de mi madre. Por alguna razón… no pude… no puedo deshacerme de ellos. Tomé la decisión de no volverlos a abrir nunca más, ni siquiera el primer día que me los devolvió el ama de llaves. Los he guardado un poco como un exalcohólico escondería una botella de ginebra.

–Y cuando entraste en la biblioteca hoy…

–Vi que tenías abierto uno de los álbumes. Vi la foto que había en esa página. Y no pude controlarme. Lo siento.

Gracie salió de la cama, encogiéndose de dolor cuando pisó el suelo. Lo abrazó, a pesar de que él estaba demasiado tenso como para corresponderla.

–Si vuelves a disculparte, te abofetearé.

–Eres increíble –dijo él, sonriendo un poco, y la abrazó–. No debes tener miedo de mí. No estoy loco. Te lo juro, Gracie.

–Nadie ha dicho que lo estuvieras –apuntó ella, sonriendo.

–Me desharé de ellos, si crees que debo hacerlo.

Lo que eso significaba la sorprendió y la inundó de calidez.

–Creo que, por el momento, podemos meterlos en el armario otra vez. Ojos que no ven, corazón que no siente. ¿Quieres que lo haga yo?

–Ya lo he hecho –rezongó él–. Y no… no los he mirado.

–No habría pasado nada si lo hubieras hecho.

–Esa fase de mi vida ya pasó. Mis hermanos, mis primos y yo la hemos dejado atrás.

Y era hora de que ella hiciera lo mismo. Tomó el móvil, marcó el número de su padre y lo puso en modo altavoz.

A Gareth se le oscureció la mirada cuando escuchó el mensaje del contestador.

–No te lo tomes a mal, pero tu padre me empieza a caer muy gordo. Y eso que no lo conozco.

–¿Qué crees que quiere? ¿Por casualidad, pintas, además de hacer muebles?

–No –negó él–. No tengo ni idea de qué quiere. Tiene una galería. Quizá, sea como el senador. Igual cree que si hago una aparición en público allí, eso le daría publicidad.

–Pero yo ni siquiera te conocía. Y me acerqué a ti de una manera muy poco ortodoxa. Es probable que supiera que tu respuesta de antemano a lo él que quisiera pedirte iba a ser un no.

–Quizá pensó que me convencerías con tus encantos. Eres bastante mona.

–¿Bastante mona? –repitió ella, fingiéndose ofendida.

Sin poder evitarlo, la besó con pasión.

–Los hombres somos muy débiles. Tal vez, tu padre sea más listo de lo que pensamos.

–También tengo viejos mensajes de clientes en el móvil –señaló ella, apartándose con gesto serio–. Es posible que quisiera venderte algo.

–No lo sé. Ojalá lo supiera –contestó él con desesperación–. Pero lo averiguaremos. Te lo prometo.

Capítulo Diez

Gracie mejoró rápido. Setenta y dos horas después, todavía tenía el tobillo un poco dolorido, pero podía caminar con normalidad. La cabeza apenas le dolía. Los cortes y moratones habían empezado a borrarse y Jacob le había quitado los puntos de la pierna.

Él estuvo encerrado en su taller la mayor parte del tiempo, evitando verla durante el día. Y, cuando estaban juntos, parecía incómodo. Tal vez porque odiaba haber compartido con ella tantos detalles de su vida personal, pensó Gracie.

La cena era el único momento que compartían del día. Incluso entonces, él se limitaba a beber, comer y conversar solo lo mínimo. Después del primer día así, Gracie se rindió, encerrándose en su propio silencio y tratando de fingir que nunca habían dormido juntos.

Dedicó las horas de soledad a leer periódicos y revistas, además de buscar información en Internet sobre todo en general y sobre su padre en particular. Su galería tenía una página web, aunque el nombre de ella no aparecía registrado en ninguna parte. Observó las fotos y no logró nada más que una desagradable sensación de ansiedad.

Los artículos sobre Savannah llamaron su atención. Miró fotos de la vieja ciudad, leyó historias de su pasado. Pequeños y fugaces recuerdos le dieron la esperanza de que pronto recuperaría la memoria. Lo único que tenía que hacer era ser paciente.

Aunque no era fácil, sobre todo cuando estaba en su cuarto de noche, deseando que Gareth estuviera con ella. Se encontraba entre la espada y la pared. Si se recobraba de su amnesia, tendría que irse de allí. Pero, si no era así, solo podría disfrutar de sus cuidados y atenciones durante un breve tiempo. Pronto, ella regresaría a su casa, en busca de su pasado.

Cuatro días después del suceso de los álbumes, Gareth fue a buscarla una mañana. La encontró en la biblioteca, ojeando los libros.

—Nos vamos a mediodía. ¿Te parece bien? —señaló él desde la puerta. Su expresión era sombría. Y marcadas ojeras delataban su falta de sueño.

—¿Nos va a llevar Jacob al aeropuerto?

—No.

—¿Iremos en coche? —preguntó ella de nuevo.

—No.

—¿Entonces cómo vamos a ir? —inquirió ella, poniéndose en jarras.

Gracie Darlington era tan amenazadora como un gatito.

—Ya lo verás —repuso él, disfrutando de provocarla—. Tu maleta ha llegado hace un rato. Annalise me ha asegurado que llevas todo lo necesario.

—¿Qué debo ponerme para viajar?

Él se encogió de hombros.

–Algo cómodo. Informal.

Gareth la tomó de la mano y la llevó al pasillo, donde la acorraló contra la pared. Cuando ella abrió la boca para protestar, la acalló de la forma más rápida que conocía.

–Shh, Gracie –dijo él. Le encantaba la manera en que el cuerpo de ella se relajaba cuando la besaba–. Te he echado de menos.

–No soy yo quien se ha estado escondiendo –repuso ella, mordiéndose el labio inferior.

–He estado trabajando –se excusó él–. Lo siento si te has sentido rechazada. Este fin de semana te compensaré por ello.

–Puede que no sepa mucho, pero estoy segura de que debería tener cuidado con los hombres como tú.

–Soy inofensivo.

La risa de ella se transformó en un suspiro de placer que hizo que la erección de Gareth se endureciera todavía más. Mantenerse alejado de ella le había parecido lo adecuado. Escuchar la voz de Edward Darlington en el contestador del teléfono le había recordado todas las razones por las que no debía confiar en ella.

Sin embargo, la deseaba. Su cuerpo rememoraba el cálido momento en que la había penetrado. Su suave piel, sus pechos… una belleza tan irresistible que cualquier hombre podía perderse en ella para siempre.

–Pero tengo que avisarte de algo –advirtió él, apretándole los glúteos.

–¿Qué?

–He reservado dos habitaciones en el hotel. No es necesario que seas mi amante. Podemos ir como amigos, si lo prefieres.

Ella echó la cara hacia atrás para mirarlo a los ojos.

–Jacob me ha dado un buen sermón –explicó él, colocándole un rizo detrás de la oreja–. Y estoy decidido a protegerte de mí mismo.

–¿Es eso posible?

–Lo intentaré –repuso él–. No quiero que pienses mal de mí cuando esto termine.

–No has hecho nada malo. ¿Por qué iba a pensar mal?

–No debería haberte hecho el amor.

–Fue culpa mía –afirmó ella, poniéndose tensa entre sus brazos–. Lo siento.

Gareth maldijo para sus adentros ante su tono de sufrimiento.

–No quiero que te disculpes. Lo único que quiero es tenerte –señaló él y apretó su erección contra el cuerpo de ella, gimiendo.

–Yo también –replicó ella, rodeándole la cintura con las piernas–. El viaje a Washington no va a ser un viaje de amigos. Los dos lo sabemos. Aunque sería agradable que te mostraras más contento.

–No estoy contento –admitió él a regañadientes y se movió entre los muslos de ella–. Has puesto mi vida cabeza abajo, Gracie. Me has hecho cuestionarme cosas que nunca antes había puesto en duda.

–Estarás más contento cuando me vaya.

–Ahora no puedo pensar en eso –reconoció él con voz ronca. La dejó en el suelo y le quitó los pantalones y las braguitas.

–Gareth –llamó ella, apoyándose en la pared, presa del deseo.

–Sube los brazos.

Ella obedeció al instante.

Luego, hizo una pausa para contemplarla. Se deleitó con su fina cintura, sus femeninas caderas, sus pechos pequeños y perfectos, el vello pelirrojo que tenía entre las piernas.

Gracie se cruzó de brazos, mordiéndose el labio inferior.

–Me da vergüenza ser la única que está desnuda –dijo ella con las mejillas sonrojadas de deseo.

Gareth le tocó un pecho, haciendo círculos alrededor de su pezón y contemplando cómo se ponía duro.

–Ahora voy. Primero, deja que disfrute de las vistas –pidió él, inclinó la cabeza y saboreó su pezón, haciéndola gritar de placer.

Ella enredó los dedos en su pelo, apretándolo contra su pecho.

Se desabrochó los pantalones y dejó en libertad su poderosa erección. Con desesperación, buscó el preservativo que se había guardado en el bolsillo. Se lo puso y, cuando ella lo acarició de forma íntima, se estremeció.

–Te deseo mucho –musitó ella–. Tanto, que me haces temblar. Me derrito por dentro solo de mirarte.

–Te necesito, Gracie –confesó él, alineando la entrepierna de ella con la suya. Al instante, se arrepintió de haber dicho en alto aquellas palabras. Pero, cuando se hundió en ella, todo pensamiento se desvaneció de su mente.

Gareth se sumergió sin encontrar resistencia, encajando dentro de ella a la perfección. Sus cuerpos se fundieron en uno solo.

–Nunca olvidaré esto –susurró ella, apoyando la cabeza en el hombro de él–. Nunca te olvidaré.

Una vez más, Gareth percibió el dolor y la resignación de su comentario. Pero meneó la cabeza, negándose a pensar en nada.

–No hables, Gracie. Deja que te lleve al orgasmo.

Él aceleró su ritmo y la penetró en más profundidad.

–Gareth. Gareth. Gareth. Gareth –gimió ella con pasión y lo rodeó con más fuerza con las piernas–. No pares. Por favor, no pares.

Y, de hecho, él no podía parar. Con los ojos cerrados, sintió que se acercaba al clímax. Notó cómo los músculos de ella se contraían y llegaron al éxtasis al mismo tiempo.

Se dio una ducha y se vistió con un traje de chaqueta con pantalones de seda azul y una blusa color crema.

En esa ocasión, Annalise había añadido también un maletín con sofisticados cosméticos. Gracie se maquilló un poco e hizo la maleta.

A continuación, decidió esperar a Gareth en el salón. Enseguida, él apareció.

–Annalise tiene muy buen gusto –dijo él, contemplándola–. Pero me gustas más desnuda.

Ella abrió la boca para responder, pero prefirió cerrarla de nuevo.

En pocos minutos, Gareth guardó el equipaje en el coche y se pusieron en marcha. Él estaba muy guapo, con una camisa blanca inmaculada, las mangas remangadas, y pantalones oscuros.

El jeep trotó por el camino desigual que llevaba a la cima de la montaña.

–No me digas que tienes un aeropuerto allí arriba.

–Claro que no, no seas ridícula.

Cuando él paró el coche, Gracie abrió mucho los ojos, tensa y aprensiva. No era un aeropuerto, sino un helipuerto. Había un helicóptero negro y amarillo, con enormes ventanas.

–¿Gareth?

–Vamos –ordenó él, sin darle tiempo a asustarse.

Un hombre uniformado los recibió y los ayudó a llevar las maletas. El piloto los saludó, subió al aparato y puso en marcha las hélices.

Gareth le dio la mano a Gracie para ayudarla a subir y a sentarse. Le abrochó el cinturón.

–Póntelos –dijo él, tendiéndole unos cascos para las orejas con intercomunicador.

Sin previo aviso, el vehículo se elevó en el aire. Gracie observó admirada las vistas de la casa desde el cielo, mientras se dirigían al noreste. Estaba fascinada y aterrorizada al mismo tiempo. Se sentía como un pájaro sobrevolando los fértiles campos de Virginia. Pasaron encima de ríos y lagos. Poco a poco, fue dejando atrás el miedo inicial y empezó a disfrutar.

—¿Estás bien? —le preguntó él, tocándole el brazo.

Ella asintió. Sus asientos estaban pegados, sus cuerpos casi se tocaban. Él le puso una mantita alrededor de los hombros, pues el aire estaba muy frío.

En muy poco tiempo, Gracie empezó a reconocer el paisaje de Washington. El piloto sobrevoló el Potomac y, pronto, descendieron despacio sobre el tejado de un alto edificio.

Un trío de hombres jóvenes recogió su equipaje. Gareth se despidió de la tripulación, antes de rodear a Gracie de la cintura y conducirla hacia una puerta.

El interior del hotel era silencioso y sofisticado. La encargada, una despampanante rubia que solo tenía ojos para Gareth, les dio la bienvenida en el vestíbulo.

—Estamos encantados de verlo de nuevo, señor Wolff —saludó la rubia—. Su suite está lista.

Capítulo Once

Cuando llegaron a su destino, Gareth dejó que su acompañante saliera primero. Por alguna extraña razón, ella estaba tan nerviosa como si fuera una novia virgen en su noche de bodas. Solo había una puerta en esa planta, justo enfrente del ascensor. Él uso la llave para abrir.

Una suave música clásica los recibió en la espaciosa suite. Había preciosos ramos de flores con rosas, fucsias e iris en la mesita de la entrada y en dos pedestales de mármol en el salón.

Gareth puso el cartel de No Molestar y cerró la puerta con llave.

–Al fin, solos –dijo él con una sonrisa.

–Estoy impresionada. Aunque no recuerdo mi pasado, creo que nunca había estado en un hotel tan lujoso –reconoció ella.

–Mira esto –invitó él, tomándola de la mano.

Unas puertas dobles daban a un pequeño balcón con barandilla de hierro forjado. A su derecha, se extendían el edificio del Capitolio, el Monumento de Washington y todos los famosos museos de la ciudad. El sol de la tarde estaba bajo en el cielo, bañando de una cálida luz a los turistas que iban de paseo con sus cámaras y los paseantes.

Gracie se deleitó con las vistas.

—Ojalá pudiera recordar si he estado aquí alguna vez. Me resulta todo muy familiar, pero puede que sea por todas las películas que he visto.

Gareth le masajeó los hombros, dándole calor con su cuerpo.

—¿Qué más da? Vive el presente. Disfruta de estar aquí conmigo…

Gracie se estremeció al notar su aliento caliente en la nuca y ladeó al cabeza, ofreciéndole la boca.

Gareth no titubeó en aceptar. Sin embargo, trató de mantener la compostura, pues estaban a la vista de todos. La agarró de las caderas y le recorrió el cuello con su lengua. Muy despacio, le desabotonó la chaqueta y se la quitó.

La blusa de ella era fina, igual que el delicado sujetador de encaje que se había puesto. No había manera de ocultar la excitación de sus pezones endurecidos, que a él no le pasó desapercibida.

—¿Cuándo tenemos que ir a casa del senador? —preguntó ella, intentando con desesperación no dejarse llevar por el deseo. Habían tenido sexo hacía apenas unas horas y, aun así, bullía entre ellos una necesidad tan intensa que era casi dolorosa.

—A las ocho —murmuró él, acariciándole los glúteos—. Nos quedan unas horas. Tenemos tiempo.

—Yo tengo prisa —rogó ella, derritiéndose—. No me hagas esperar.

Gareth lanzó un masculino gemido.

—Vamos dentro, Gracie Darlington. Deja que yo lleve las riendas.

Entonces, la tomó en sus brazos, atravesó el lujoso salón y entró en un dormitorio, donde alguien había dejado ya su equipaje.

Después de apartar el edredón y quitarle los zapatos, la depositó con cuidado sobre un montón de almohadas, en la cama.

–Ahora quiero tomarme mi tiempo. Quiero hacerte suplicar –señaló él, desnudándose–. Imagina que estamos solos en el mundo, que no existe nada más. Ni teléfonos, ni parientes. Solo tú y yo.

Al ver el cuerpo desnudo de Gareth todo lo demás se difuminó de la mente de Gracie. Al ver su gran erección, se le quedó la boca seca, imaginándose el momento en que la penetraría.

–Fingiré que tengo amnesia –bromeó ella y se incorporó sobre un codo–. Lo único que recuerdo son mis momentos contigo.

–Me gusta eso –repuso él, riendo. Se tumbó a su lado y le desabrochó los pantalones–. Cierra los ojos. Relájate. Deja que te dé placer.

Gracie obedeció, aunque no era una persona pasiva por naturaleza. Ceder el control le ponía un poco nerviosa.

Gareth le acarició las piernas y le quitó las braguitas, mientras comenzaba su exploración.

Ella sintió su aliento en el muslo. Momentos después, sus labios y su lengua estaban acariciando su parte más íntima.

–Estate quieta –ordenó él.

Aferrándose a las sábanas, ella gritó de placer cuando sus besos la estaban llevando al borde del clímax. Pero él cambió de rumbo y empezó a bajar hacia el tobillo.

Ella se estremeció.

–Levanta los brazos.

Gracie obedeció al instante. Entonces, él le quitó la blusa por encima de la cabeza, haciendo una parada para besarla en los labios. A continuación, la liberó del sujetador con un experto movimiento.

Ella notó sus manos en la cintura, en el vientre, en los pechos. Comenzó jadear de excitación, intentando anticiparse a su próxima incursión. Con los ojos cerrados, las sensaciones se hacían más intensas.

–Abre la boca –susurró él, recorriéndole el cuello con la punta del dedo. Entonces, la besó en profundidad, entrelazando sus lenguas. Cuando ella intentó sujetarlo, él se lo impidió–. Nada de tocar. Nada de hablar –insistió.

De pronto, el pasado que no recordaba le pareció algo insignificante a Gracie. Cuando se hubiera separado de él, sin embargo, sus días se teñirían de tristeza. No necesitaba tener memoria para saber eso. A pesar de lo delicioso de las caricias de él, ella perdió las ganas. Los ojos se le llenaron de lágrimas y quiso acurrucarse entre las mantas para llorar…

Gareth percibió enseguida su cambio de humor.

–¿Qué te pasa? –preguntó con preocupada–. Dime, Gracie. Si he hecho algo mal, lo siento.

Ella abrió los ojos y, al verlos llenos de dolor, a Gareth se le encogió el corazón.

–No debería haber dado por hecho… –comenzó a decir él, tocándole la mejilla con ternura–. Te había dicho que podíamos venir aquí como amigos. Oh, he sido un idiota. Perdóname, Gracie.

–No es eso –murmuró ella, sin poder contener una lágrima–. Sí quiero. De verdad…

–¿Pero? –inquirió Gareth. Echaba de menos ver su sonrisa, lo necesitaba con desesperación.

–Creo que no soy la clase de mujer que pueda entregarse al sexo sin compromiso –admitió ella con labios temblorosos–. Quiero hacerlo. Lo he intentado. Pero creo que me he enamorado de ti.

Aquellas palabras le llegaron al alma a Gareth. Pero, enseguida, la sombra de la sospecha oscureció su alegría inicial. Se sentía vulnerable con Gracie Darlington. Y un hombre vulnerable era un hombre débil.

–Eso es imposible. Tu situación te está…

Ella lo acalló, posando un dedo en sus labios. Ese pequeño contacto bastó para endurecer la erección de él.

–No niegues lo que siento –protestó ella con gesto desolado–. Es mi problema, no el tuyo. No tengo intención de intimar contigo… ni con ningún hombre, hasta que recupere la memoria.

La referencia a cualquier hombre despertó una inesperada chispa de rabia en él.

–Tu padre te dijo que no tienes marido ni novio. ¿No lo crees?

–Sí, claro que lo creo –afirmó ella, tapándose con el edredón–. Pero albergo un siniestro vacío en mi interior. Quiero saber la verdad, aunque temo lo que pueda encontrar –explicó y lo miró, esperando que la entendiera.

–¿Y qué tiene de malo que tengas sexo conmigo? –quiso saber él.

–Tú lo tienes todo, Gareth. Familia y riqueza. Encima, tienes una gran confianza en ti mismo. No es nada malo, pero es un poco apabullante para una mujer que no tiene en la vida más que un puñado de mensajes y un padre muy desapegado.

–¿Apabullada? –repitió él–. Nada de eso. Te has mantenido a mi altura en todo momento. Y quiero creer que viniste a Montaña Wolff sin malas intenciones. Eres un tesoro, Gracie. Todo en ti es dulce e inocente.

–Quieres creerlo, pero no estás dispuesto a dar el paso decisivo. Piensas que, igual, soy una excelente actriz. Y no puedes soportara la idea de que te engañe y te empuje a traicionar a tu familia.

–No es posible ser tan buena actriz.

Gareth se dio cuenta de que Gracie necesitaba creer que él había cambiado de idea. Sin embargo, no podía engañarla. Lo cierto era que todavía albergaba dudas que podían empañar su dicha. Por eso, necesitaba darle un poco de espacio. Haciendo un esfuerzo enorme, se levantó de la cama y se puso los pantalones.

–Toma –le dijo a ella, tendiéndole un albornoz–. Ponte cómoda. Date un baño, si quieres. O échate una siesta. Puedes pedir lo que quieras al servicio de habitaciones.

Gracie se sentó en la cama y se puso el albornoz. Así, desarreglada y con el pelo revuelto, parecía demasiado joven, incluso menor de edad, observó él.

–¿Y qué vas a hacer tú?

–Tengo que hacer algunas llamadas –repuso Gareth, encogiéndose de hombros–. Revisaré el correo electrónico. Si te parece bien, podemos salir a las siete y cuarto. He pedido un coche. La casa de senador está en Maclean, Virginia.

Ella se levantó y empezó a recoger sus ropas del suelo. Gareth tragó saliva cuando vio cómo la bata se le ajustaba a los glúteos. Apartó la mirada para controlar su impulso de arrastrarla de nuevo a la cama.

–Lo siento, Gareth –dijo ella, desde la puerta.

–Vete –repuso él con un nudo en la garganta–. Hablaremos después.

En cuanto oyó que la puerta del otro dormitorio se cerraba, Gareth garabateó una nota, la dejó en la mesa de la entrada y se esfumó. Se estaba ahogando entre aquellas paredes y, en esa ocasión, no podía correr a refugiarse a su taller.

Salió por la puerta principal, ignorando los intentos de Chandra de llamar su atención. Con el pecho oprimido, no podía dejar de pensar en las palabras de Gracie. Le había dicho que creía que se estaba enamorando de él. ¿Qué podía decir un hombre a algo así? Ella no estaba pensando con claridad... eso era todo. Lo más probable era que la amnesia le estuviera haciendo imaginarse cosas, se dijo a sí mismo para tranquilizarse.

No era la clase de hombre que ella necesitaba, caviló él. Era egoísta y cínico. Ninguna mujer en su sano juicio querría a alguien que todavía no había vencido a los fantasmas de su pasado. Gracie era dulce… confiada. Y se merecía una pareja que la cuidara y la mimara.

En el pasado, Gareth había sido un hombre idealista y había creído en el amor. Incluso después de todo lo que había sufrido de niño, había estado dispuesto a enamorarse. El resultado había sido tan desastroso que había amputado su capacidad de confiar. Le gustaban las mujeres, sí. Y Gracie le gustaba mucho. Pero, si lo que tenía para ella no le bastaba, él no podía ofrecerle más.

La llevaría a su casa como le había prometido. La ayudaría a encontrar sus raíces, su vida. Y, luego, regresaría a su montaña, para disfrutar de la soledad… y de su cama vacía.

No necesitaba a Gracie Darlington para ser feliz. En absoluto.

Capítulo Doce

Gracie llenó la bañera de agua y añadió un puñado de sales aromáticas.

Era una cobarde. Y una imbécil. No había adjetivos suficientes para describir lo mal que pensaba de sí misma en ese momento. Le había dicho a Gareth que se había enamorado de él y había echado el freno. Había actuado como una manipuladora.

Ella quería aprovechar la oportunidad que la vida le brindaba de estar con Gareth Wolff, aunque fuera solo unos pocos días. Sin embargo, lo había echado todo a perder.

Cuando se iba a meter en el agua caliente, notó que la cara le ardía. Pero no era por el calor, sino de humillación. No podía sacarse de la cabeza la expresión de pánico que había esbozado Gareth cuando le había hablado de amor. ¿Acaso había esperado ella que él se tirara a sus pies y le declarara su rendición incondicional?

Gracie se rio de sí misma con amargura. Era posible que lo hubiera asustado y, a partir de entonces, fuera él quien no quisiera tener sexo con ella. Los tipos con fobia al compromiso solían terminar sus relaciones y evitar a toda costa las situaciones que los hacían sentir incómodos, caviló, mientras alargaba una pierna para pasarse la cuchilla. Y, a juzgar por la cara que Gareth había puesto cuando ella le había confesado sus sentimientos, se había sentido muy, muy incómodo.

Era doloroso.Debía reconocer lo evidente. Eran dos personas muy diferentes. Y veían el mundo de manera distinta. No debía olvidarlo.

Por eso, la pregunta era si tendría las agallas necesarias para llevar aquella aventura hasta el final. ¿Y podría soportar la mirada de desprecio de Gareth si la verdad acerca de Gracie Darlington no tenía nada de honorable?

Ella le había prometido pasar la velada con él. Incluso en medio de la multitud, la atracción que los unía sería difícil de ignorar. No era justo para Gareth que ella le enviara mensajes contradictorios. O lo deseaba o no. Así de sencillo.

Esa noche, cuando regresaran al hotel, tendría que dar un paso al frente o retirarse, se dijo Gracie. De una vez por todas.

Después del baño, revisó las opciones que Annalise le había preparado para la fiesta. Había tres vestidos, todos de diseñadores famosos y todos muy sensuales, de colores rojo, esmeralda y negro. El último parecía la opción más modesta. Y, aunque no parecía ser muy exuberante colgado en la percha, al ponérselo la cosa era muy diferente.

Gracie se miró al espejo por delante y por delante. No podía llevar sujetador, ni nada más que un tanga, pues el vestido se ajustaba al máximo a la piel. El escote delantero en uve no parecía muy llamativo.

Sin embargo, la espalda estaba por completo al descubierto, con solo un pequeño pliegue en la parte baja.

Un dibujo de lentejuelas resaltaba el volumen de sus pechos. El caro tejido se ajustaba también a las caderas y la cintura y llegaba hasta el suelo.

Gracie pensó en cambiarse, pero su vanidad ganó la partida. La mujer que veía en el espejo era guapa, segura de sí misma... sexy. Y ella quería ser esa mujer.

Cuando tuvo el pelo casi seco, se peinó los rizos con los dedos, para darle un aspecto deliberadamente desarreglado. Se puso unos tacones de aguja y se miró por detrás. No estaba mal para alguien que no podía ni recordar si alguna vez se había puesto un traje de diseño.

Una vez lista, comenzó a dar vueltas en la habitación como una leona enjaulada, debatiéndose entre ir a ver a Gareth o seguir escondiéndose hasta el último minuto.

Sin embargo, no tuvo que decidir nada. El teléfono de la suite sonó. Era él.

—¿Hola?

—Es la hora, Gracie.

—Ya voy —repuso ella con el estómago encogido.

Cuando abrió la puerta al salón, el corazón se le aceleró al verlo. Gareth llevaba un esmoquin impecable. Se había recortado el pelo, aunque todavía le llegaba a los hombros. Estaba impresionante con unos pantalones que se adaptaban a sus fuertes muslos. Y la pajarita le daba un aspecto casi civilizado.

Él la miró con ojos de animal de presa.

—Estás muy guapo —dijo ella en voz baja—. Estoy segura de que el senador quedará impresionado.

Gareth se quedó sin palabras durante diez segundos. ¿Qué había pasado con la pequeña y delicada Gracie? La mujer que tenía delante parecía una diosa. Segura de sí misma, sensual, serena y bella.

—El senador es muy mujeriego —comentó él tras aclararse la garganta—. Tal vez, no sea buena idea llevarte conmigo a la fiesta. Es probable que intente añadirte a su lista de conquistas.

—Pues me alegro de tenerte a ti para que me protejas —repuso ella, aproximándose.

Cuando Gracie le tomó el brazo, Gareth contuvo un gemido. Tenía una poderosa erección... y le dolía. Todo su cuerpo estaba contraído de deseo. Presentarse en una fiesta de la alta sociedad y ser exhibido como un mono de feria era lo que menos le apetecía hacer esa noche. Pero el sustancioso donativo del senador le obligaba a pasar por lo que iba a ser una tortura... Sobre todo, porque no podría tener a Gracie durante la fiesta.

—El coche nos espera —indicó él, incapaz de decir nada más. Apenas podía pensar, pues toda la sangre se le había agolpado al sur del ombligo.

En el ascensor, Gareth contempló el reflejo de ella en el espejo. Sus hombros estrechos y blancos, sus pechos perfectos, su plano vientre y... ¿No llevaría nada debajo del vestido?

–¿No tendrás frío? –preguntó él, al darse cuenta de que ella no llevaba chal.

–Tú puedes mantenerme caliente –repuso ella con una sonrisa provocativa.

–No estás jugando limpio, Gracie Darlington.

–Tienes razón –reconoció ella, poniéndose seria–. Me siento confundida. Pero ahora veo las cosas más claras que esta tarde.

–¿Y eso? –quiso saber él.

–Estaba asustada –confesó ella, rodeándole el cuello con los brazos.

–¿Ahora, no?

Gracie lo abrazó, frotándose contra su cuerpo. Al notar su erección, lo miró con ojos llenos de deseo.

–Olvida lo que he dicho antes sobre estar enamorada –susurró ella–. Al diablo con eso. Solo quiero disfrutar de lo que tenemos mientras dure. No quiero preocuparme por el pasado ni por el futuro. No quiero arrepentirme de nada.

–Vas a matarme –dijo él–. ¿Es que esperas que me pase toda la noche andando por ahí con esta erección?

–El sufrimiento moldea el carácter –murmuró ella, rozándole los labios con la boca.

–Si consigo resistir toda la fiesta sin meterte en un armario y hacerte el amor, será todo un milagro –rezongó él.

Las puertas del ascensor se abrieron, sin darle a Gracie la oportunidad de responder.

Una limusina los esperaba en la puerta. Gareth le dio la dirección al chófer y entró con ella en el coche. A continuación, apretó un botón para subir la ventanilla tintada que los separaba del conductor. Segundos después, tomó a Gracie en sus brazos y la besó con pasión.

Era casi como tenerla desnuda. Todas las curvas de su cuerpo estaban a su merced, pues el ajustado tejido del vestido no dejaba casi nada a la imaginación. Le deslizó la mano bajo la falda y le acarició los muslos. Sus braguitas eran un diminuto fragmento de encaje. Y estaban mojadas.

Él le acarició entre las piernas, a punto de perder el control.

–Me deseas –susurró él. Necesitaba que ella lo admitiera, saber que no era el único loco de pasión.

–Sí –musitó ella.

Gareth le frotó un pezón endurecido por encima de la fina tela que lo separaba de aquel precioso cuerpo.

–Cielos, eres hermosa –dijo él, enredando los dedos en sus rizos. La levantó un poco más el vestido, hasta la cintura y la sujetó de las caderas para subirla sobre su regazo.

En esa posición, Gracie estaba vulnerable a sus caricias. Él le hizo abrir los muslos y pensó en quitarle el tanga rosa fucsia... Pero, esa noche, decidió que sería mejor dejar ciertas barreras, aunque fuera solo como algo simbólico.

Despacio, le frotó el clítoris con el pulgar. Ella gimió y se retorció.

–Gareth...

–¿Sí? –repuso e introdujo dos dedos en su abertura.

Ella no dijo nada más. Cerró los ojos y se dejó llevar por el placer. Eso llenó a Gareth de satisfacción.

–Mírame –ordenó él–. Pon tus manos en mis hombros.

Gracie obedeció de inmediato. Sin articular palabra.

–Demuéstrame cuánto tiempo puedes controlarte –le retó él–. Enséñame tu fortaleza, tu poder.

Entonces, comenzó a acariciarla hacia delante y hacia atrás, cada vez más rápido. Ella gimió y suplicó, llegando cada vez más cerca del clímax. Sin embargo, cuando él notó que estaba a punto, cesó sus caricias, sujetándola con la palma de la mano, meciéndola.

Gracie se rebeló. Lo insultó. Y, al fin, cuando Gareth no pudo esperar más, la penetró con fuerza con el dedo, propulsándola a un éxtasis que fue una delicia para la vista.

Después, abrazándola, le recorrió la espalda desnuda con la mano y enterró el rostro en su pelo. Las calles de la ciudad iban quedando atrás. Podría pedirle al chófer que siguiera conduciendo sin parar, sin embargo, él tenía un compromiso que cumplir.

Con reticencia, Gareth la incorporó, le colocó el vestido y la abrazó de nuevo.

–¿Estás bien?

–Sí –contestó ella, apoyando la cabeza en su pecho.

Continuaron en silencio durante kilómetros. Al ver la señal de Bienvenidos a Virginia, Gareth maldijo en silencio. No quería llegar todavía. Ni, tal vez, nunca.

Cuando llegaron a su destino, Gracie se había sentado en su sitio, se había retocado el maquillaje y el pelo y estaba pegada al otro extremo del asiento, mirando por la ventanilla.

La mansión del senador era impresionante. La entrada, escoltada por blancas columnas, estaba llena de coches e invitados. Él se encogió al pensar en lo que le esperaba. Había estado en eventos parecidos en muchas ocasiones, pero le repugnaba tener que soportar a su anfitrión y ser exhibido como un trofeo. Además, quería llevarse a Gracie cuanto antes al hotel.

—No sé de dónde vienes… —comenzó a decir él y soltó una suave carcajada—. Ni tú, tampoco. Pero, por mi experiencia, los superricos son como el resto de la gente. Los hay presumidos, arrogantes y encantadores. Haré todo lo posible para estar a tu lado, pero puede que el senador se empeñe en tener toda mi atención. Por eso, si nos separamos y te sientes incómoda, agarra un vaso de vino, escóndete en una esquina y te juro que yo te encontraré.

—¿Y si hago alguna cosa inapropiada?

—No te preocupes —repuso él, sonriendo—. Después de unas cuantas copas, nadie se dará cuenta.

Capítulo Trece

Cuando él la ayudó a salir del coche, entrelazaron sus dedos. Acto seguido, la besó en el dorso de la mano, haciendo que a Gracie le temblaran las rodillas. Aunque ella intentaba ocultado, la cabeza todavía le daba vueltas después de lo que su acompañante le había hecho en el coche. Se había rendido a sus caricias, había dejado de lado todo su orgullo y había terminado en sus brazos… saciada y enamorada.

Gareth la condujo hacia las escaleras, bordeadas por esculturas de águilas y una barandilla de piedra adornada con pequeñas luces parpadeantes.

El senador y su esposa, dos décadas más joven que él, recibían a los invitados en el elegante vestíbulo.

–Señor Wolff, es un placer conocerlo al fin –saludó el político, que tenía veinte kilos de más y esbozaba una sonrisa amplia, pero calculadora–. Esta es mi esposa, Darla. ¿Y tu encantadora acompañante es…?

Gracie se estremeció. Ese hombre le daba escalofríos.

–Gracie Darlington –presentó Gareth, apretándole la mano a ella–. Una buena amiga mía.

–Nos alegra que hayáis venido –dijo Darla, posando su ávida mirada en Gareth con un interés rozando lo excesivo.

Gareth y Gracie fueron conducidos al salón donde se estaban sirviendo los entremeses. Ella se apretó contra él, la sala estaba rebosante de gente.

–¿Quieres champán? –ofreció él cuando hubieron encontrado una mesa libre en una esquina.

–Sí, gracias. Creo que voy a necesitar más de una copa.

–Tienes razón –repuso él y la besó en la mejilla–. Pero empezaremos por una.

Gareth regresó enseguida con dos copas de champán y un plato lleno de comida: solomillo en salsa, queso, gambas y berenjenas asadas.

–Olvidé pedir un tentempié al servicio de habitaciones. Estaba muerto de hambre –indicó él con una sonrisa cuando hubieron terminado de comer.

–Podíamos haber comido algo en el coche –señaló ella y apretó los labios al recordar lo que habían hecho, en vez de eso.

–Pareces muy recatada, teniendo en cuenta que hace treinta minutos estabas gritando mi nombre –comentó él con mirada provocativa.

–¡Gareth! –protestó ella y miró a su alrededor para asegurarse de que nadie lo hubiera oído–. Pórtate bien –le reprendió, pellizcándole el brazo.

Gareth vio lo observaba todo a su alrededor. El gigantesco arcón que había creado para el senador ocupaba un puesto de honor en el extremo opuesto. Ella estaba impresionada por la exquisita belleza de la pieza. Aunque no tenía de qué sorprenderse, pues aquellas expertas manos también sabían hacer maravillas con su cuerpo.

Los camareros comenzaron a dirigirse hacia el comedor. Había allí una mesa larga rodeada de sillas antiguas tapizadas de damasco rojo. Había tarjetas escritas a mano en cada asiento.

Gracie se encontró sentada entre un amable embajador y un famoso jugador de béisbol. Al comprobar que recordaba el nombre del deportista, supo que debía de ser una aficionada. Una pieza más dentro del puzzle, pensó. No se sentía tan extraña en aquella cena formal, pues comprendía su protocolo, tal vez, porque su padre había celebrado reuniones similares. Sin embargo, estaba nerviosa.

Gareth estaba delante de ella, lo bastante lejos como para que la conversación con él no fuera fácil. Estaba escoltado por dos damas de la alta sociedad que no le quitaban los ojos de encima. Aunque él mantuvo la conversación durante toda la cena, ella adivinó que no estaba cómodo… lo notaba.

Fue un alivio cuando el senador se puso en pie y llamó la atención de los comensales haciendo sonar un tenedor contra su copa.

—Me da gran placer presentar al incomparable Gareth Wolff —indicó, e hizo una pausa para dar cabida a los aplausos—. Gareth… si puedo llamarlo así.

Todos los ojos se fijaron en la estrella del convite.

Gareth asintió con gesto tenso.

—Además de ser parte del conocido imperio financiero de los Wolff, Gareth es un maestro carpintero —continuó el anfitrión—. Crea piezas únicas solo por encargo y tiene una lista de espera de siete años. Después de insistir mucho, conseguí que aceptara hacerme ese arcón para las armas que habéis visto esta noche, una réplica del que poseyó Teddy Roosevelt. No podría estar más satisfecho con el resultado, por eso, tengo el honor de introducirles al señor Gareth Wolff.

Gareth se levantó y, por primera vez, Gracie comprendió que su amante formaba parte de ese mundo, a pesar de lo mucho que le gustaba vivir recluido. Había nacido dentro de esa clase social. Y parecía en su elemento. Su compostura relajada y dominante, su personalidad segura y carismática lograron que la sala entera se quedara en silencio.

—Es un honor estar aquí esta noche en casa del senador. Y muchas gracias a nuestra anfitriona, Darla.

La aludida soltó una risita nerviosa.

—El senador no solo aceptó el exorbitante precio de la obra, un dinero que, como sabéis, irá destinado a una obra benéfica, sino que ha donado una cifra también importante para pagar mi presencia aquí —continuó Gareth, dejando estupefacta a la multitud por su atrevido comentario.

Gracie se dio cuenta de que todos los ojos estaban puestos en él, las mujeres, con interés sexual y los hombres, con admiración. Incluso el senador parecía no estar molesto por sus irreverentes palabras.

—La mayoría de las obras benéficas de este país se sostienen gracias a la generosidad de hombres y mujeres como vosotros —prosiguió Gareth—. Vuestra colaboración es fundamental y quiero daros gracias. En especial, esta noche, quiero dárselas al senador y a su esposa. Espero conocer a más de vosotros a lo largo de la noche.

Acto seguido, se sentó en medio de una estrepitosa ovación. Gracie quedó impresionada. Por si acaso había tenido alguna duda antes, ya no le cabía ninguna. No había lugar para ella junto a un hombre como Gareth Wolff. Aunque su propio pasado seguía siendo una incógnita, presentía que codearse con la élite no era algo común en su vida cotidiana.

Cuando la cena terminó, los invitados se trasladaron a la sala de baile de la enorme mansión.

—¿Lo estás pasando bien? —le preguntó Gareth, rodeándola de la cintura.

—Ha sido muy educativo —repuso ella, sonriendo—. Eso te lo aseguro. Y has estado genial. No me sorprendería que unas cuantas mujeres te llenaran los bolsillos de donativos.

—¿Y los hombres, no?

—Quizá. Pero tienes a todas las damas locas por ti. Y, si tienen que darte dinero para que les prestes atención, estoy segura de que lo harán.

—¿Estás celosa, Gracie Darlington? —le preguntó él, mirándola a los ojos con gesto provocativo.

La verdad era que sí. Estaba celosa. No de las mujeres que había a su alrededor esa noche, sino porque sabía que un hombre de su posición terminaría buscando esposa dentro de ese grupo social.

—Solo era una observación —contestó ella y suspiró—. No soy quién para estar celosa. Además, por eso hemos venido aquí, ¿no?

Gareth frunció el ceño. Abrió la boca para decir algo, pero, al instante, Darla irrumpió en la conversación.

–Me gustaría compartir el primer baile con nuestro invitado de honor –señaló Darla con entusiasmo–. Es un privilegio de la anfitriona, ya sabes. ¿Qué dice, señor Wolff? ¿O puedo llamarte Gareth? Por cierto, unas cuantas amigas mías quieren hacer donativos esta noche para tu causa. Seguro que no te importa dedicarles unos cuantos bailes, ¿verdad?

Sin dejar de hablar, Darla se llevó a Gareth del brazo. Gracie lo vio alejarse con el corazón encogido. Pero, de pronto, cuando vio que un hombre mayor con peluquín se estaba acercando a ella con claras intenciones de pedirle bailar, escapó hacia el baño de señoras.

Después de usar el servicio y retocarse el maquillaje, se sentó en un adornado sofá otomano en el tocador, esperando que Gareth terminara de cumplir con los bailes obligados. Al final, armándose de valor, regresó al salón.

Gareth la vio en cuanto entró y respiró aliviado. Se había dado cuenta del momento en que se había ido y se había quedado esperando verla aparecer de nuevo.

En cuanto pudiera, se acercaría a ella. Sin embargo, la verdad era que tenía unos cuantos cheques en el bolsillo, cuyo valor superaba los doscientos mil dólares. Por eso, debía seguir en su puesto con resignación.

Gracie encontró un asiento y lo saludó con la mano. Él sonrió por encima del hombro de su pareja de baile.

Gareth odiaba toda esa parafernalia. A pesar de ello, saber que ella estaba allí lo hacía todo más soportable.

Durante todas aquellas interminables piezas de baile y las aburridas conversaciones, se calmaba a sí mismo pensando que esa noche podría tener a Gracie entre sus brazos.

Otra mujer se acercó a él, echando a la anterior.

–¿Cómo te llamas? –preguntó él, fingiendo una sonrisa–. Es un placer conocerte.

Eran más de las once cuando Gracie se acercó a la barra a por otro vaso de vino. Había estado charlando de banalidades con un puñado de personas de cuyos nombres no se acordaba. Estaba pensando en encontrar un lugar donde esconderse hasta que Gareth decidiera que era hora de irse.

En varias ocasiones, él se había acercado con la clara intención de bailar con ella, pero había sido interceptado por alguno de los invitados del senador.

No todos sus admiradores eran mujeres. También se aproximaban a él los hombres, no para bailar, por supuesto, sino para hablar con él u ofrecerle un cigarro en la terraza.

Gracie quería bailar con él, pero entendía que esa velada no tenía nada de romántica. Eso llegaría después. Solo de pensar en estar a solas con Gareth en su lujosa suite, se quedaba sin respiración. Cuando llegara la hora de irse, él sería solo suyo.

Mientras le daba un trago a su vino, una mujer

mayor con expresión amistosa se encaminó hacia ella.

–Hola, querida. Soy Genevieve Grayson. Mi marido trabaja en la industria cárnica –se presentó la señora e hizo una pausa–. Pareces un poco perdida, yo sé lo que es eso. Me ha pasado muchas veces en eventos como estos, mientras esperaba a que mi esposo terminara de hacer su trabajo. Solo quería saludarte.

–Hola, Genevieve –respondió Gracie, conmovida por su amable gesto–. Muchas gracias –añadió y notó que, tal vez, había bebido demasiado. La habitación parecía moverse un poco a su alrededor–. Debe de ser usted una mujer con mucha paciencia. No puedo ni pensar en hacer esto de forma habitual. La fiesta del senador es genial, pero a mí me gusta más acurrucarme en mi salón a leer un libro.

Genevieve le pidió al camarero un gin tonic y le dio un trago despacio.

–Mi marido está a punto de terminar. Queremos comprar una hermosa granja para caballos en Virginia. Sueño ver el atardecer con él, desde nuestras mecedoras en el porche.

–Suena muy bien.

–Por desgracia, quizá, nunca se haga realidad. Él es un hombre de negocios. No estoy segura de si sabría vivir en medio del campo.

–Espero que todo salga como usted quiere.

Las dos se quedaron en silencio unos minutos. Gracie estaba muy cansada y le dolía el estómago. Igual debía comer algo.

–Bueno, Gracie, ¿Gareth Wolff y tú vais en serio?

–Solo somos amigos –repuso ella. Lo más probable era que muchas mujeres se hubieran preguntado lo mismo que Genevieve esa noche.

–Es un hombre impresionante.

–Sí, lo es. Y yo lo admiro mucho.

–Dime, Gracie, ¿a qué te dedicas cuando no estás saliendo con uno de los solteros más codiciados del país? –quiso saber la mujer mayor–. ¿Eres artista como él?

Gracie se quedó paralizada.

–Bueno, yo…

–Lo siento, querida –se apresuró a interrumpirle Genevieve, notando su incomodidad–. Mi marido siempre me dice que soy una metomentodo. Si no me lo quieres decir, lo comprendo.

–No, no es eso –repuso Gracie–. No tengo nada que esconder. Lo que pasa es que…

Entonces, se le cerró la garganta. Sintió una oleada de nausea y vergüenza. ¿Cómo no había pensado en qué responder a una pregunta así? Podía haber mentido. Podía haberle dicho que era maestra, abogada… cualquier cosa.

–No pasa nada –la tranquilizó Genevieve, tocándole el brazo–. No pretendía molestarte. Deja que tome tu vaso, se te va a derramar.

Gracie tenías las manos heladas. Se le nubló la vista. Debía de tener muy mal aspecto, pues la otra mujer la miró con ojos asustados.

–Gareth –susurró Gracie con un nudo en la garganta–. Necesito a Gareth.

Acto seguido, se desvaneció.

Capítulo Catorce

Gareth la vio caer. Durante una fracción de segundo, no pudo procesar lo que estaba pasando.

–Disculpe –murmuró a su pareja de baile y salió corriendo.

La mujer mayor que había estado hablando con Gracie había conseguido sujetarla para que no se golpeara la cabeza contra el suelo.

Él la tomó en sus brazos, maldiciéndose por haberla dejado sola.

–Ayúdeme a encontrar un dormitorio –ordenó a Genevieve con tono brusco.

La mujer hizo lo que le decía. Atravesaron un pasillo hasta una zona tranquila y abrieron la puerta de una habitación de invitados que, por suerte, estaba vacía.

Gareth la depositó con cuidado en la cama. Le puso la mano en el pecho para comprobar si respiraba. De pronto, había temido que Jacob hubiera pasado algo por alto… una disfunción fatal a causa del golpe en su casa...

Aterrorizado solo de pensarlo, cerró los ojos durante un instante con los nervios destrozados.

Cuando giró la cabeza, la otra mujer le tendió la mano.

–Soy Genvieve.

Gareth se la estrechó un momento y se volvió hacia Gracie de nuevo.

–¿Qué ha pasado?

–No lo sé –repuso Genevieve, encogiéndose de hombros con expresión preocupada–. Estábamos charlando cuando, de pronto, le cambió la cara.

–¿Por qué?

–Le pregunté sobre sí misma… ya sabes… a qué se dedicaba. Entonces, se agitó mucho y se desmayó.

Gareth maldijo con furia.

–Lo siento –dijo Genevieve, poniéndose blanca–. ¿He hecho algo malo?

–No –murmuró él. Sabía que Gracie no querría que todo el mundo se enterara de lo que le pasaba–. Ha pasado unos momentos muy difíciles. Pensé que le sentaría bien salir esta noche. Pero parece que me equivoqué.

Gracie se retorció en la cama, abriendo un poco los labios, mientras empezaba a despertar.

–¿Cómo puedo ayudar?

–Por favor, llame a mi chófer –pidió él, sacándose una tarjeta del bolsillo–. Este es su teléfono. Dígale que nos recoja en la puerta trasera cuanto antes. Gracias por ser amable con ella. Y siento si he sido un poco rudo.

–He visto tu cara, jovencito. Esta mujer es tu vida –afirmó Genevieve, tocándole el brazo. Sin decir más, salió de la habitación.

Gareth se sentó en la cama y abrazó a Gracie con fuerza.

–Te tengo –dijo él con lágrimas en los ojos–. Estoy contigo.

–¿Gareth? –llamó ella, entreabriendo los párpados, confundida.

–Estás bien. Todo está bien. Nos vamos a casa.

–Pero yo quería bailar contigo.

–Quizá en otra ocasión –repuso él con un nudo en la garganta–. Vamos a casa.

Genevieve cumplió su palabra. En cuando Gareth salió por la puerta, llevando en brazos a su acompañante, el coche los recogió. Genevieve prometió despedirse del senador de su parte.

En la limusina, él buscó una botella de agua y la destapó.

–Bebe –le susurró a ella, sosteniéndola en su regazo–. Me has dado un susto de muerte.

–Lo siento, si te he avergonzado delante del senador –musitó ella, mirándolo a los ojos–. No debería haber venido.

–Más bien, soy yo quien no debería haberte traído.

Ella soltó un gritito sofocado con expresión dolida.

–Maldición, Gracie. Sabes que no me refería a eso. Estoy preocupado por ti, ¿es que no lo ves? Está claro que ninguno de los dos se ha tomado lo bastante en serio las posibles consecuencias de tu amnesia. ¿Qué pasó ahí dentro? ¿Por qué te desmayaste?

–Por nada –murmuró ella, apartando la mirada–. Por una estupidez.

–Cuéntamelo, por favor.

–Me preguntó a qué… me dedicaba… Habría podido salir del paso inventando cualquier cosa, pero aquella pregunta sencilla me pilló con la guardia baja. Creo que había bebido demasiado vino y no había comido suficiente. ¿Qué puedo decir? He sido una idiota.

–No digas eso –la reprendió él–. No ha sido culpa tuya. Yo te traje aquí.

–Yo quise venir… –insistió ella–. Quería pasar contigo una noche especial antes de irme.

Gareth se encogió un poco, deseando poder retroceder en el tiempo.

En el hotel, la llevó a su suite y titubeó un instante en la entrada. ¿Debería llevarla a su dormitorio o al de ella? No pensaba hacerle el amor, esa noche, no. Gracie necesitaba descansar. ¿Pero querría estar sola?

–Tal vez estarás más cómoda en tu propia cama –sugirió él–. No hace falta poner el despertador. Lo que habíamos pensado hacer mañana no es importante. Podemos irnos a casa, si lo prefieres.

Ella lo miró muy pálida, confundida.

Sin decir más, Gareth la llevó en brazos a su dormitorio. La puso de pie solo un momento, lo necesario para quitarle el vestido, y la acostó solo con ese tanga hecho para pecar. Durante un instante, se sobrecogió al contemplar su belleza.

Sin embargo, parecía una muñeca rota. Y él tenía la culpa, se dijo a sí mismo.

***

Gracie se despertó en medio de la noche, tratando de librarse de los tentáculos de una pesadilla. Se mordió el labio para no llamar a Gareth. Ya lo había agobiado bastante. No quería sofocarlo más con sus necesidades.

Y, si quería hacer el amor con él durante el poco tiempo que les quedara para estar juntos, era mejor que él no le tuviera lástima.

Después de ponerse la bata, salió al salón y abrió una pequeña nevera. Sacó una botella de agua con gas y le dio un trago, preguntándose si, alguna vez, volvería a la normalidad.

Se sentía atrapada en una especie de limbo.

Se dirigió al balcón y salió para tomar un poco de aire fresco. Hacía bastante frío, pero ella lo agradeció, pensando que le ayudaría a quitarse de encima los rescoldos de su pesadilla.

El ruido del tráfico sonaba como un murmullo en la distancia.

Tenía que confiar en su destino, se dijo a sí misma. Sobreviviría. Era fuerte. Y no pensaba renunciar a sus recuerdos, costara lo que costara.

En cuanto a Gareth…

Bueno, Shakespeare tenía razón. Era mejor haber amado y haber perdido que no haber amado nunca.

Tiritando, se aferró a la botella de agua. No le apetecía volver a su cama vacía. Sin embargo, si se quedaba allí, acabaría pillando una neumonía.

Entró sin hacer ruido de nuevo y, tras cerrar las puertas, el corazón le dio un brinco al ver a un hombre en las sombras del salón. Gareth.

–Me has asustado –dijo ella, abrazándose de la cintura.

–Entonces, estamos iguales. ¿Qué haces levantada?

–Siento haberte despertado –señaló ella, sin responder su pregunta. No quería hablarle del sueño, necesitaba con desesperación mantener su dignidad.

Gareth se acercó ella. No llevaba más que unos calzoncillos de seda. Su pecho desnudo parecía más ancho que con el esmoquin. El pelo revuelto y la sombra de barba le daban un aspecto muy sensual.

–Acuéstate conmigo –invitó él con voz suave.

–No puedo, Gareth –repuso ella. Quería hacerlo. Ansiaba sumergirse en su abrazo, rendirse al placer del éxtasis y olvidarlo todo. Pero hacía días que no dormía bien y estaba agotada.

–No es para eso. Necesitas que te abrace –insistió él–. Y yo quiero abrazarte –confesó, rodeándola con sus brazos–. Estás helada.

Gracie contuvo las lágrimas cuando la tomó en sus brazos y la acomodó bajo las sábanas de su cama. Todavía conservaban el calor de su cuerpo. Ella se acurrucó en posición fetal y él la abrazó por detrás, envolviéndola con su calidez.

–Gracias –susurró ella.

–¿Por qué?

Su erección latió entre los dos, pero él no tenía ninguna intención de llevar más allá el contacto que mantenían en ese momento.

–Por rescatarme esta noche.

Gareth rio, apretándola contra su cuerpo.

–Una mujer tan fuerte como tú puede rescatarse sola –susurró él y la besó en la nuca–. Duérmete, Gracie. Descansa.

Ella obedeció al instante, cayendo en un profundo sueño. Abrazarla así le producía una mezcla de placer y dolor. Por una parte, su instinto deseaba poseerla. Por otra, sabía que ella necesitaba recuperarse.

Mientras las agujas del reloj seguían su curso, Gareth ponderó sus opciones. En la vida que se había forjado, no había lugar para una mujer. Y, aunque cambiara de forma radical sus reglas, era posible que ella ya no lo necesitara cuando recuperara la memoria.

Podía amarla, pero no estaba seguro de querer hacerlo. Tenía demasiado miedo. Sujetándola con ternura, pensó que Gracie encajaba a la perfección entre sus brazos. Sin embargo, ¿encajaría en su vida?

¿Y quién era Gracie Darlington?

Poco a poco, cerró los ojos y se sumergió en el aroma de Gracie. Entonces, el mundo exterior dejó de existir.

Capítulo Quince

Gracie había desaparecido cuando él se despertó. Bostezó y se estiró, pensando que ella volvería enseguida.

Después de darse una ducha rápida, se fue a buscarla… y la encontró en el balcón, vestida con unos pantalones blancos y una blusa color turquesa. Al verla tan hermosa, la deseó de pies a cabeza.

–Buenos días –saludó ella con una sonrisa.

–Buenos días –repuso él y la besó en los labios–. ¿Estás lista para ir a conocer la ciudad? Podemos visitar algunos museos.

–Suena bien.

–¿Crees que conoces el museo Smithsonian?

–No tengo ni idea. Estoy lista para que me muestres lo que quieras.

–Prepárate. El chófer nos recogerá dentro de quince minutos.

Gracie se esforzó en no pensar en lo que había pasado la noche anterior. Durante unas horas, se centró solo en el atractivo hombre que la acompañaba y en su paseo por la ciudad.

Después de desayunar en la terraza de un café,

fueron a visitar su primer destino, el Museo de Historia Americana. Gracie reconoció muchos artículos expuestos, como los chapines de rubíes de Dorothy o el vestido que Michelle Obama había llevado en la ceremonia de investidura. Sin embargo, no tenía ni idea de si ya había visitado ese lugar con anterioridad.

Más tarde, comieron algo en un banco en un parque. El chófer les había llevado una cesta llena de deliciosas viandas. Mientras comían, ella sonrió con una agradable sensación de cotidianidad. A su alrededor, la vida fluía con normalidad.

—Me gusta esto —dijo ella, dándole un sorbo a su refresco.

—Me alegro. Había pensado visitar un museo más y, luego, volver al hotel para que descanses. No podemos dejar que se repita lo que pasó anoche —replicó él con decisión.

—Si te hace sentir mejor, de acuerdo. Pero te juro que estoy bien —aseguró ella y armándose de valor, añadió—: ¿Puedo preguntarte algo? ¿Puedes hablarme de tu fundación?

Hubo una larga pausa.

—¿Qué quieres saber?

—¿La creaste tú? ¿A qué se dedica? ¿Por qué no hablaste de ello en tu discurso de anoche?

—¿Estás segura de que no eres periodista?

—Solo tengo curiosidad —afirmó ella.

—Se llama L. C. M. P. —contestó él.

—¿Acrónimo de qué?

—Luchando Contra el Miedo y la Pérdida. Es una

fundación que ofrece apoyo psicológico a niños que han perdido a alguno de sus progenitores en circunstancias violentas o trágicas: guerra, cáncer, accidentes de coche...

—¿Y tú la diriges?

—Ya, no —respondió él—. Tengo un equipo excelente que se ocupa de entrevistas a los solicitantes y de repartir los fondos.

—¿No crees que habrías recaudado más dinero anoche si les hubieras hablado del objetivo de la fundación?

—Tal vez. Pero, cuando la creé, me juré que nunca explotaría la muerte de mi madre, ni siquiera para conseguir fondos. No quiero que sea recordada por cómo murió. En vida, fue una mujer muy feliz y generosa. Esa es la imagen que quiero guardar de ella.

Después de tirar los restos de su comida, caminaron hasta la National Gallery of Art. Gareth le ofreció el brazo para subir las escaleras.

—Está claro que el mundo del arte no te es ajeno —comentó él—, ya que tu padre posee una galería. Por eso, pensé que este sitio podría despertar tus recuerdos.

—¿Por qué no nos limitamos a disfrutar de la tarde? —sugirió ella, un poco nerviosa—. No creo en los milagros. Y no quiero que estés pendiente de mí en todo momento, preguntándote si recuerdo algo.

—Lo siento. Claro que sí —replicó él, pasándose la mano por el pelo, arrepentido de su comentario—. Cuando atravesemos esa puerta, tú tomarás el mando. Solo hablaré si tú me lo pides. Quiero que este sea un día que no olvides jamás.

—¿Es una broma?

—No —murmuró él, sonrojándose—. Y no pienso decir ni una palabra más.

El museo era fascinante. Gracie fue de una sala a otra, seguida por Gareth. Él mantuvo su promesa, guardando silencio mientras ella absorbía la belleza de siglos de arte.

Cuando llegaron a los impresionistas, ella se detuvo de golpe. Conocía aquellas obras… las conocía muy bien. Una en particular captó su atención, *Niña con regadera*. Se acercó más, observando las pinceladas de color de aquella obra maestra.

De pronto, una presa dentro de su cerebro se rompió, dejando que fluyera la certeza.

—He estado aquí. Lo sé.

Gareth no comentó nada. Se quedó su lado, infundiéndole confianza con su presencia silenciosa. Ella tuvo deseos de tocar el lienzo, pero se contuvo, pues sabía que no debía.

Fascinada… asustada… llena de esperanza, contempló el óleo.

—Creo que tengo una copia de este en mi habitación… encima de la cómoda.

—¿Qué más?

—La cómoda es de roble. Y los tiradores son de cristal.

—Tómate tu tiempo. Tranquila —le dijo él, abrazándola por detrás.

Gracie cerró los ojos, tratando de concentrarse en una imagen borrosa que amenazaba con desaparecer de su memoria.

–Tengo una foto de mi madre sobre la cómoda. Creo que no está viva. Eso es todo –dijo ella, frustrada tras un largo silencio.

Entonces, Gracie se dio media vuelta y lo miró a la cara, posando las manos en la cintura de él.

–Quiero que sepas que lo siento. Siento haber invadido tu privacidad. Siento haberme presentado en tu montaña para cumplir un mandato de mi padre. Me duele saber que me dejé convencer por él. Aunque no sepa todavía de qué.

Gareth la besó con suavidad, ignorando a los grupos de turistas que había en la sala.

–Es un placer conocerte, Gracie Darlington. Así que nada de excusas. Nos enfrentaremos juntos a la verdad, sea cual sea. Volvamos al hotel. No te das cuenta de lo agotada que te deja recordar. Se suponía que iba a ser un día de descanso. Dejemos el tema por ahora.

Ella se dejó convencer, a pesar de que su instinto la impulsaba a seguir visitando el museo.

En la limusina, Gareth se recostó en el asiento, mirando por la ventanilla. Gracie se preguntó qué estaría pensando, pero temió preguntarlo. Parecía inquieto. Tal vez, estaba echando de menos su montaña, caviló.

–Tengo que hacer unas llamadas –informó él de forma abrupta al llegar a la suite–. Supongo que querrás darte una ducha y descansar. Luego, podemos salir a cenar, si te apetece.

–Claro que me apetece –contestó ella y levantó la mano al aire con gesto impaciente–. ¿Qué te pasa,

Gareth? Has estado muy raro desde que salimos del museo.

—No me da buena espina llevarte a Savannah —reconoció él, encogiéndose de hombros—. No estoy seguro de que tu padre pueda apoyarte como es debido hasta que recuperes la memoria.

—No hay otra opción —repuso ella con el estómago encogido—. Al estar en mi territorio, recordaré todo. Ya sabes que es el único camino —añadió, deseando que él luchara por ella, que le dijera que no quería dejarla marchar.

—De todas maneras, no me gusta —murmuró él y, sin previo aviso, la atrajo a su lado y la besó con pasión y frustración al mismo tiempo. Al fin, la soltó—. A las siete en punto.

Gracie se dio una ducha rápida. A continuación, se vistió con lencería color café con florecitas rosas, medias hasta los muslos y el atuendo de mujer fatal que no se había atrevido a ponerse la noche anterior. Un vestido de satén rojo con escote de palabra de honor hecho para seducir.

Se pintó los ojos, dándoles un toque de misterio y oscuridad, y se puso unas gotas de perfume.

Antes de salir de la habitación, marcó de nuevo el número de su padre, pero obtuvo la misma respuesta: el contestador. ¿Estaría evitándola?, se preguntó con rabia. Sin embargo, la hora de la verdad se acercaba y ella le obligaría a disculparse con la familia Wolff si era necesario.

Llegó al salón antes que Gareth y lo esperó bebiendo una botella de agua. Cuando él entró, se quedó boquiabierta. Estaba imponente con su traje impecable, sin corbata.

Salieron del hotel, donde les estaba esperando la limusina. Cuando le abrió la puerta del coche para que entrara, Gareth se quedó mirándola con una sonrisa divertida.

–¿Puedes sentarte con ese vestido?

–Vamos a ver.

Con toda la elegancia de que fue capaz, Gracie se deslizó en el asiento y se colocó con las piernas a un lado. Él la siguió, sin quitarle los ojos de encima ni un momento a su ajustada falda.

–¿Adónde vamos? –preguntó ella tras unos minutos.

–A cenar y a bailar –repuso él, recostándose con las manos detrás de la nuca–. Como ayer no pudimos hacerlo, he buscado un hotel donde hay música en vivo.

Pronto, llegaron a su destino y Gareth la ayudó a bajar. Entonces, la besó con suavidad en la mejilla.

Sin decir palabra, entraron en el hotel, decorado con un toque decadente, típico del viejo Washington de los años veinte.

Los condujeron a una mesa delante de la chimenea.

En silencio, mientras tomaban un vino delicioso, él no dejaba de mirarla.

–¿Qué? –preguntó ella al fin–. ¿Es que tengo algo en la cara?

–No puedo comprender cómo una mujer con un aspecto tan inocente puede volver loco a un hombre sin ni siquiera proponérselo –contestó él, inclinándose hacia ella.

–¿Eso es lo que te hago a ti? –preguntó Gracie. Gareth le estaba hablando de atracción sexual, cuando lo que ella ansiaba era algo más. Sin embargo, tuvo que conformarse con que él le mostrara interés.

–Eso y más. Vamos a bailar.

Gareth apenas podía pensar con claridad junto a su preciosa compañera de baile. Lo único que sabía era que deseaba llevarla a un rincón oscuro y apretarse contra ella, mostrarle su poderosa erección. Todos los hombres de la sala lo miraban con envidia y contemplaban a Gracie con lujuria.

Él no podía culparlos.

En ese momento, Gareth supo que no quería dejarla marchar. No importaba el motivo por el que había acudido a él al principio. Era suya... en cuerpo y alma.

Una vocecita en su cerebro le gritó que tuviera cuidado pero, con Gracie entre sus brazos, solo podía pensar en poseerla.

Cuando volvieron a la mesa, les llevaron el solomillo y las langostas que habían pedido. Sin embargo, él apenas podía comer... hipnotizado por los blancos dientecitos de ella mordisqueando un pedazo de pan, su lengua limpiándose un resto de mantequilla de los labios...

Casi no hablaron. Las palabras no parecían necesarias. Aunque, en un par de ocasiones, Gareth estuvo a punto de pronunciar palabras comprometidas, promesas arriesgadas.

Sin embargo, era mejor esperar. En el viaje a Savannah, tendrían tiempo de sobra. Irían en coche... los dos solos.

Entonces, Gareth lo comprendió. La amaba. Sus muros protectores se habían derrumbado. Gracie era todo luz y felicidad.

Se lo diría en cuanto él mismo se hubiera acostumbrado a la idea.

Después de cenar, bailaron una vez más, abrazados piel con piel, ajenos a todo lo que había a su alrededor.

En el camino de vuelta, Gareth tuvo que hacer un esfuerzo sobrehumano para no tocarla.

Cuando, después de una larga noche de dulce tormento, entraron en su suite, él cerró la puerta tras ellos y se quitó la chaqueta.

—Dime que me deseas —le susurró él, deslizando las manos en su pelo.

—Te deseo.

Como si aquellas dos palabras hubieran hecho explotar un volcán, Gareth la tomó entre sus brazos y la besó con pasión. Le desabrochó la cremallera del vestido, sin esperar que ella le diera permiso. La tela cedió, pero ella se llevó las manos al pecho, tapándose con aprensión.

—No tengas miedo de mí, Gracie —murmuró él, apartándole las manos con suavidad.

Al instante siguiente, ella estaba desnuda con el vestido rojo a sus pies. Él contempló sus pezones rosados, su cabello color fuego, sus largos y hermosos muslos.

Cuando Gracie lo rodeó con sus brazos, soltó un grito sofocado al sentir su erección en el vientre.

Despacio, él la llevó a su dormitorio, sin dejar de besarla ni un momento. Ella lo correspondió entregándose con ardor.

La besó en todos sus puntos suaves, en el interior del codo, en el lóbulo de la oreja, entre los muslos… Deseaba poseerla por completo… quería hacerse dueño de cada centímetro de su cuerpo…

Estremeciéndose de excitación, se colocó encima de ella. Antes de penetrarla, tomó aliento e intentó formular las palabras precisas. Ella merecía escucharlas. Sin embargo, su deseo era demasiado intenso y le impedía hablar.

Gracie tenía los ojos cerrados y jadeaba, mientras él le acariciaba su parte íntima con expertos movimientos. Estaba hinchada, mojada y caliente, lista para él.

—Abre los ojos, Gracie…

Ella obedeció en cámara lenta, en el momento en que Gareth se sumergió en su húmedo interior, que se adaptaba a él como un guante.

Fue una sensación increíble. ¿Cuándo había sido la última vez que había experimentado un gozo tan intenso?, se preguntó Gareth. Quizá, nunca antes…

Una y otra vez, se deslizó dentro y fuera de ella. Daría toda su fortuna sin dudarlo por el placer de poder amarla así cada noche, sin llegar nunca al final.

Sin embargo, solo un robot podría soportar tanta

excitación y resistirse al modo en que los músculos internos de ella lo acariciaban y lo apretaban. Una unión tan perfecta no podía ser solo física, reconoció él de pronto. Para sentir algo así, las almas debían entrelazarse, además de los cuerpos.

Gareth trató de aminorar la marcha, pues se sentía cerca del clímax. Gracie tenía las piernas en sus hombros, dándole acceso completo.

En la última arremetida, él sintió que se le nublaba la vista y se le paraba el corazón. Vio las estrellas y, a continuación, cayó rendido en brazos de su amante.

Al mismo tiempo, ella llegó al orgasmo y quedaron abrazados, pegados el uno al otro mientras el sueño los reclamaba.

Gracie se levantó de la cama en medio de la noche para ir al baño. Estaba saciada de placer pero, al mismo tiempo, agotada. Al volver a la cama, se abrazó a Gareth y le rozó el miembro con la mano. Mientras murmuraba en sueños, la erección de él creció hasta hacerse de acero puro.

–¿Gareth?

Sin embargo, él no se despertó.

Con una mezcla de excitación y desesperación, Gracie se colocó encima de él y guió aquel fuerte miembro hasta su entrada. Lo deseaba demasiado. Y tenía que aprovechar el momento. ¿Quién sabía cuándo dejarían de verse para siempre?

Subiendo y bajando sobre las rodillas, ella comenzó a hacerle el amor. Instantes después, él emergió del sueño y empezó a mover las caderas hacia arriba, llenándola de placer.

El éxtasis los envolvió con fuerza y ella cayó rendida de nuevo, durmiéndose al instante.

Por la mañana, al despertar, Gracie notó que alguien la miraba. Gareth sonreía a su lado.

—He tenido un sueño increíble —bromeó él.

—No sé a qué te refieres —repuso ella, humedeciéndose los labios.

—Mentirosa —replicó él, sonriendo—. No me quejo. Fue un sueño delicioso —añadió y le separó los muslos con la mano para prodigarle sus sabias caricias—. ¿Quieres soñar otra vez?

Llegaron tarde a la azotea del hotel, donde un piloto los esperaba en su helicóptero para llevarlos de regreso a la Montaña Wolff. Gracie disfrutó de las vistas, mucho más relajada que en el viaje de ida, mientras Gareth charlaba con el piloto.

Cuando aterrizaron, Gareth colocó sus maletas en el jeep y tomó el camino del bosque, de vuelta a su casa.

A medio camino, entre los árboles comenzó a verse a lo lejos la mansión palaciega de la cima. Gareth aminoró la velocidad. Alargó la mano, tomando la de ella, y la miró.

Sorprendida, Gracie leyó algo maravilloso en sus ojos. Él sentía algo por ella, adivinó, emocionada.

—Quiero que conozcas a mi padre esta noche —dijo él—. Creo que os caeréis bien.

–Me encantaría –repuso ella con suavidad y el corazón acelerado. Era un gesto muy significativo, algo que le daba esperanza... de un futuro. ¿Era posible que Gareth y ella fueran algo más que amantes? Eso esperaba... Cielos, cómo lo esperaba.

Gareth no le soltó la mano durante el resto del camino.

Al llegar, vieron que el coche de Jacob estaba aparcado delante de su casa.

–Parece que tenemos un comité de bienvenida –comentó él–. Espero que mi hermano haya traído la comida. Me muero de hambre.

Sin embargo, cuando entraron, Gracie intuyó que Jacob no había ido para recibirlos con un picnic. Su gesto era demasiado sombrío.

Sin mirarla ni un momento, Jacob se acercó a su hermano y lo abrazó. Gareth se apartó para mirarlo, preocupado.

–¿Qué pasa?

Jacob tragó saliva, esforzándose por no perder la compostura. Al verlo, Gracie se asustó. Gareth se puso pálido.

–Habla, maldición.

–No te va a gustar –advirtió Jacob y señaló a la mesa, donde había varios periódicos, todos con la foto de Gareth en portada.

Además, todos tenían la foto más pequeña y borrosa, de Gracie. A ella le dio un vuelco el corazón.

Gareth abrió la boca y la cerró de nuevo. Agarró uno de los periódicos. Con decisión, ella se acercó y leyó al mismo tiempo que él.

141

Edward Darlington, propietario de la Galería Darlington de Savannah, ha hablado con nuestro reportero en un torneo benéfico de golf en Cannes este fin de semana. Parece que la hija del señor Darlington, Gracie, está saliendo con el hijo mayor de los millonarios Wolff. El señor Darlington asegura que pronto su galería exhibirá la portentosa colección de óleos reunida por la madre de Gareth Wolff, Laura, antes de su violenta muerte a mediados de la década de 1980...

Gracie volvió la cara, incapaz de seguir leyendo. Se le encogió el estómago cuando Gareth se giró hacia ella con gesto helador.

–¿Cómo sabía él lo de los cuadros? –preguntó él con un rugido, apretando los puños como si se estuviera conteniendo para no golpearla–. ¿Era ese tu propósito desde el principio? Fingiste amnesia para seducirme... Cielos, sois unos miserables... los dos.

–Espera un momento. Sé que esto te duele –intentó tranquilizarlo Jacob.

–¿Que me duele? No me duele. Me da ganas de estrangular a Edward Darlington –le espetó Gareth y volvió a posar los ojos en Gracie–. En cuanto a ti... Has estado tomándome el pelo desde el principio, ¿verdad? Y yo me tragué el anzuelo.

Capítulo Dieciséis

Gracie dio un paso atrás, encogida.

–No lo sabía –aseguró ella–. Lo siento mucho.

–Está claro que ese hombre intenta usar esto para dar publicidad a su galería –opinó Jacob, mirando a su hermano–. Nadie lo tomará en serio. Nunca hemos expuesto la colección de mamá y no vamos a hacerlo ahora. No sabe bien ese tipejo lo cabezota que tú eres.

Ignorándolo, Gareth acorraló a Gracie contra la pared y la agarró con fuerza del brazo.

–Sal de aquí –le gritó él–. Ahora.

–No lo sabía. Juro que no lo sabía –repitió ella con el corazón hecho pedazos.

–Da lo mismo, Gracie Darlington –le espetó él con desprecio–. Lo sabías en el pasado. Qué casualidad que lo hayas olvidado cuando te interesaba.

–No es tan malo –sollozó ella–. Mi padre ha intentado conseguirlo por la fuerza, pero tampoco sería malo hacer la exposición, en recuerdo a tu madre. No quería herirte. No podría…

–No sabía que una mujer pudiera caer tan bajo como tú –repuso él–. No has hecho más que mentirme, desde el principio.

–Te amo –lloró ella, poniéndose de rodillas–. ¿Por qué iba a querer hacerte daño?

Pero era demasiado tarde.

—No me hagas llamar a la policía —la amenazó él, sin piedad.

Comprendiendo lo inútil de sus súplicas, Gracie se levantó y se fue. Se subió al jeep y se puso en marcha, casi sin ver por las lágrimas.

Sola en la espesura, dando volantazos para no salirse del camino, perdió el control del vehículo y se estrelló contra un árbol.

—Gracie, despierta. Abre los ojos —dijo Jacob a su lado. Le tomó el pulso en la muñeca—. Lo que has hecho ha sido una tontería. El jeep está destrozado. Es una suerte que tú estés bien.

—¿Y Gareth?

—Se ha ido montaña arriba —repuso Jacob—. No volverá hasta que te hayas ido. Me ha encargado sacarte de aquí y llevarte al aeropuerto. Te compraré un billete en primera clase y haré que uno de nuestros empleados te acompañe hasta que tu padre regrese.

—Pero yo…

—Tenemos que ir a por tus cosas. Sube a mi coche —le interrumpió Jacob.

En casa de Gareth, Jacob la esperó a que hiciera la maleta. Ella no tardó mucho, pues no se llevó nada de lo que Annalise le había comprado.

Hicieron el viaje en silencio hasta el aeropuerto.

—No lo llames —le advirtió Jacob al parar ante la puerta—. Ni le escribas. Si vuelves a acercarte a nuestra propiedad, te denunciaremos por allanamiento de morada. ¿Entiendes?

–Lo entiendo –contestó ella llena de dolor. Todo lo que amaba había desaparecido de su vida, de golpe.

En cuanto ella se bajó del coche con su maleta, Jacob se marchó sin mirar atrás.

Gracie se acurrucó en el avión, apoyó la cabeza en la ventanilla y cerró los ojos, sintiendo un agujero negro en el pecho.

Durmió durante todo el trayecto.

Después de aterrizar, cuando atravesaba la salida, un hombre alto con una sonrisa artificial la llamó.

–Por aquí, Gracie.

Entonces, de pronto, ella recuperó la memoria perdida. Ese hombre era su padre. Sin embargo, al saberlo, no se sintió mejor. Sin Gareth, nada era más que amarga resignación.

Por suerte, no tuvo que dar explicaciones a nadie, pues su padre pensaba que había fingido amnesia todo el tiempo.

–Me alegro de que estés de vuelta. Esos Wolff dan un poco de miedo. He tenido que contratar a un abogado, ¿sabes? Me han hecho todo tipo de amenazas, solo porque bromeé un poco con un reportero demasiado bocazas –dijo Edward Darlington–. ¿Quieres que vayamos a comer? Yo invito.

Gracie estaba demasiado desolada como para sentirse indignada. Su padre la llevó a un restaurante pero, mientras él devoraba una sustanciosa comida, ella apenas consiguió probar bocado.

–Nunca tuviste intención de dejarme dirigir la galería, ¿verdad? –preguntó ella, comprendiendo de pronto lo engañada que había estado respecto a su padre. Él se lo había ofrecido como incentivo para que fuera a la montaña Wolff–. Sabías que fracasaría. No fue más que un reclamo para atraerte publicidad. ¿Por qué, papá? ¿Por qué me has hecho esto?

–Misty es la nueva directora, cariño –respondió él con gesto inconmovible–. Si lo piensas bien, comprenderás que es mejor así. Ella necesita el trabajo… tú, no.

Misty era la novia de su padre, una mujer muy poco brillante. Sin embargo, Gracie llevaba años trabajando en la galería, conocía sus entresijos de arriba abajo. Desde siempre, había querido dirigirla. Por eso, había aceptado ir a ver a Gareth Wolff.

–Tú eres una artista de talento, Gracie –afirmó su padre, tomándole la mano con afecto–. Deberías ocuparte de crear arte, no de venderlo. Sigues teniendo en el banco toda la herencia de tu madre. Es tuya. Puedes usarla para viajar. Y, cuando vuelvas a casa, seré yo quien te suplique que me dejes exponer tu trabajo.

Gracie no se dejó embaucar por sus halagos. Sin embargo, tenía el corazón roto y no le quedaban fuerzas para discutir con nadie, ni para defenderse.

Una hora después, a solas en su dormitorio, el aire le pareció mustio y estancado. Abrió las ventanas y se acurrucó en un sillón, sintiéndose más sola que nunca en toda su vida.

Gracie llevaba dos semanas llorando y ya no podía más. Nada iba a cambiar si no tomaba las riendas de su vida y dejaba de sentir lástima de sí misma.

No era la única mujer del mundo que había perdido al hombre que amaba. Pero la vida seguía.

Así que decidió seguir el consejo de su padre. Llenó su escarabajo amarillo con comida y con su equipo para pintar y se fue a una casa aislada que había alquilado en la montaña de Georgia. Pensaba pasarse un mes allí, pintando.

Tras horas de conducir, llegó a lo que parecía el fin del mundo, donde la esperaba su alojamiento, una pequeña casita en el corazón del bosque. No era lujosa, más bien estaba un poco descuidada, nada que ver con la cómoda casa de Gareth en la montaña...

El silencio del aislamiento y la oscuridad impenetrable no le ayudaron a dormir muy bien la primera noche. No pudo conciliar el sueño hasta que los primeros rayos del amanecer se colaron por la ventana.

Siguió así una semana más, durmiendo cuando salía el sol... comiendo una vez al día y trabajando de noche. A veces, se sacaba una pequeña lámpara al porche. En otras ocasiones, pintaba a la luz de una vela.

En vez de utilizar las acuarelas, se decantó por el dibujo con tinta negra. Casi todos los esbozos trataban sobre el mismo tema. Su mente vagaba con libertad por las hojas de papel blanco. No podía seguir con su vida como hasta ese momento. Todo había cambiado con Gareth Wolff. ¿Qué pasaría con ella a continuación?

En el octavo día, la sorprendió una tormenta. Muerta de sueño después de otra noche sin dormir, se acurrucó bajo las mantas, tapándose la cabeza acompañada por el martilleo de la lluvia en los cristales.

Soñó con Gareth, haciendo el amor con ella, hablando con ella, riendo juntos. Gimió mientras avanzaba el sueño, convirtiéndose en una pesadilla. Gareth le daba la espalda y se alejaba, hasta no ser más que una sombra en el horizonte.

Entre el estruendo de los truenos y la pesadez del sueño, Gracie tardó unos minutos en comprender que alguien estaba llamando a la puerta. Pensó en no abrir, pero cambió de idea, pensando que podía ser alguien en apuros.

Y allí estaba él. Gareth.

—¿Por qué has venido? —preguntó ella, abriendo del todo con mano temblorosa.

Capítulo Diecisiete

Gareth había intentado en vano escapar a sus demonios. Por las noches, no había podido dormir, buscando a Gracie en sus sueños.

Por eso, había ido a Savannah para tener una conversación seria con Edward Darlington, luego se había dirigido a las montañas de Georgia, en busca de una cabaña que parecía estar en el fin del mundo.

Estaba exhausto y se sentía destrozado. Ver a Gracie fue como un bálsamo. Aunque estaba más delgada y muy pálida, era la mujer más hermosa del mundo.

–¿Puedo entrar? –pidió él, apoyándose en la puerta, a punto de derrumbarse.

Gracie tardó en responder, como si hubiera estado a punto de negarse. Pero, al fin, se echó a un lado y lo dejó pasar. Él aspiró su familiar aroma y se encogió, pensando que había actuado como un idiota al echarla de su casa.

–¿Por qué has venido? –repitió ella, sin preámbulos.

Su mirada no era de bienvenida, reconoció Gareth. Él había esperado… ¿pero cómo podía esperar que ella todavía lo amara después de como la había tratado?

–Hice que investigaran a tu padre –informó él, sin rodeos, tras recorrer por la mirada el modesto salón–. No es un criminal. Creo que su peor pecado es un ego demasiado grande.

–Mira quién habla.

–Tienes razón –admitió él–. ¿Tienes algo caliente de beber? Estoy helado.

Gracie se dirigió a la cocina, donde le sirvió una taza de café solo, como a él le gustaba.

–¿Era verdad lo de la amnesia? –quiso saber él.

–Sí. Si hubiera recordado qué hacía en tu casa, te lo habría dicho. Tú me habrías echado y los dos estaríamos sanos y salvos ahora.

–Pero te convertiste en mi amante.

–Eso parece –reconoció ella.

–¿Has recuperado la memoria?

–Nada más ver a mi padre, lo recordé todo –afirmó ella–. Aunque ya no era importante.

–Me alegro –repuso él e hizo una pausa antes de decir lo que estaba deseando–. En una ocasión, tuve una novia. Me utilizó para robarle a mi padre un cuadro muy caro.

–Lo siento –dijo ella, sorprendida por su abrupto cambio de tema.

–Tenía miedo de cometer el mismo error contigo, de confundir el deseo con el amor.

–Siento que mi padre fuera un idiota –replicó ella, encogiéndose de hombros con expresión inescrutable–. Y siento haberme dejado manipular por él para invadir tu intimidad. Ya me he disculpado. No sé qué más puedo hacer.

–¿Qué estás haciendo aquí? –preguntó él de forma abrupta.

–Pinto.

–¿Y eres buena?

–Júzgalo tú mismo –sugirió ella y le enseñó un cuaderno de dibujo–. Esto es lo que he estado haciendo estos días.

Gareth pasó las páginas, impresionado. Era muy buena. Pero lo que más lo sorprendió fue que el tema de todos los dibujos era él.

Había capturado en el papel todas sus expresiones: de humor, de arrogancia, de enfado, de desprecio… Sin embargo, los dibujos no mostraban su emoción más tierna. Tal vez, si lo hubiera retratado haciéndole el amor, habría captado lo que había en su corazón…

Cuando llegó a la última página, se quedó petrificado. Eran los ojos de su madre, llenos de compasión y cariño.

–¿Cómo has…?

–Por la foto que tenías en tu taller. Cuando la estaba pintado, me di cuenta de que se parecía mucho a ti. Debió de amarte mucho. Eras su primogénito.

De pronto, el amargo recuerdo de la imagen de su madre muerta lo amenazó, pero Gareth fue más fuerte y no se dejó arrastrar por ello.

–Es perfecto… –murmuró él, sumergiéndose en la calidez que desprendía el retrato–. ¿Está en venta?

Ella asintió.

–Setenta y cinco mil dólares. Acepto cheques a nombre de mi fundación.

–¿Y qué fundación es esa? –quiso saber él, son-riendo por primera vez en muchos días.

–Ya pensaré en alguna.

–Nunca podré compensarte por cómo me porté contigo el otro día –se disculpó él, dejando el cua-derno a un lado–. Estoy avergonzado, Gracie. Y muy arrepentido.

Ella lo miró con sus grandes ojos azules y le ten-dió la mano.

–Esa noche, cuando mi hermano me enseñó las revistas, había pensado decirte que te amo –confesó él–. Pero, al leer las palabras de tu padre, me pareció que había cometido el mismo error que con mi novia anterior.

–Mi padre siempre será mi padre, por mucho que haya metido la pata, no lo dejaré plantado.

–¿Y podrías ser igual de comprensiva conmigo?

Cuando ella bajó la mirada, sin responder, a Ga-reth se le encogió el estómago.

–Me iré ahora mismo –dijo él. Si ella no lo amaba, el dolor sería demasiado insoportable.

–No quiero que te vayas –le llamó ella, impidién-dole salir por la puerta–. Claro que te perdono.

–Te amo, Gracie. Igual no me crees, pero es ver-dad –dijo él, tomándola en sus brazos.

–Yo también te amo –admitió ella y lo abrazó tam-bién.

–Vuelve conmigo. La casa está vacía sin ti.

–No. Puedes quedarte aquí unos días, si quieres –repuso ella.

–¿Y luego qué? –inquirió él, tenso, furioso.

–Cada uno tenemos nuestra vida, Gareth.

–Ahí te equivocas. No pienso dejarte marchar.

–No tenemos nada en común. ¿Te imaginas a tu padre con el mío? Son dos mundos distintos.

–Pero estás dispuesta a acostarte conmigo por los viejos tiempos. ¿Es eso? Después, ¿me dejarás ir, sin más?

Cuando ella no respondió, Gareth decidió seguir otra táctica de ataque.

–Está bien –dijo él–. Vamos a la cama. ¿Dónde está? –preguntó, pero no le resultó difícil encontrarla en aquella pequeña casita.

Sin previo aviso, la desnudó y la tumbó sobre el colchón, boca abajo. Se puso el preservativo y la penetró. El cuerpo de ella lo recibió sin resistencia, húmedo y caliente.

–¿Es esto lo que querías, Gracie? ¿Amigos con derecho a roce? –la provocó él y, ante los gemidos de placer de ella, añadió–. Míranos. Nunca tendremos suficiente. Te equivocas si crees que podríamos conformarnos con algunos encuentros ocasionales.

Entonces, le acarició los pechos, llevándola al borde del clímax. Ella gritó en los brazos del orgasmo, apretando el miembro de él con tanta fuerza que lo llevó al éxtasis también.

Hartos de placer, se acurrucaron en un amasijo de brazos y piernas. Gracie se durmió enseguida y él, que tampoco había dormido bien durante la semana, la siguió.

Capítulo Dieciocho

Gracie se despertó desorientada, aunque pronto, al verse abrazada a aquel fuerte pecho, supo lo que había pasado.

Gareth la había encontrado.

–Estoy muerto de hambre –dijo él, abriendo los ojos.

–Te prepararé algo. Espera a que me vista –ofreció ella con una sonrisa.

–¿Entiendes lo que acaba de pasar? –preguntó él con gesto serio.

–¿Que hemos tenido sexo?

–No. Te he demostrado lo equivocada que estabas.

–No entiendo –repuso ella, distraída al ver la erección de él.

–Yo te amo. Tú me amas. No vamos a tener una aventura. Vamos a casarnos.

–¿Cómo? –preguntó ella, quedándose sin respiración.

–Ya me has oído –afirmó él, acariciándole entre las piernas con su erección.

–Nada de eso. Yo soy de clase media, tú eres muy rico. A tu padre le daría algo si me viera aparecer en tu castillo, admítelo.

–Nada de eso. Y deja que te diga algo más, Gracie Darlington –señaló él, penetrándola unos centímetros–. Mientras hablamos, un camión está llevando los cuadros de mi madre a la galería Darlington para una exposición titulada Para los Seres Amados.

–Pero tú estabas furioso… –balbuceó ella, sin comprender–. No querías desenterrar los recuerdos de tu madre…

–Es tu padre, mi amor. Y, por eso, soy capaz de perdonarle cualquier cosa.

–Gracias –musitó ella con lágrimas en los ojos.

–Eres mía –murmuró él, moviéndose dentro de ella a un ritmo cadencioso e irresistible.

Gracie se rindió al momento, abrumada no solo porque los hubiera perdonado a su padre y a ella, sino porque percibía que él había dejado atrás su amargura del pasado.

Tras llegar al orgasmo juntos, ella le acarició la cabeza. Tenía el pelo de un centímetro de largo.

–¿Por qué te lo has cortado? Cuando te vi en la puerta, apenas te reconocí.

–En los tiempos antiguos, los hombres se cortaban el pelo como señal de penitencia y devoción –explicó él con gesto pensativo–. Me porté muy mal conmigo, con la persona que me había devuelto el amor por la vida –añadió y los dos se miraron con ternura–. Pero no solo me he cortado el pelo. He tenido otra idea para demostrarte lo que siento. Espera. No te muevas.

Gracie lo oyó salir de la casa, a pesar de que estaba desnudo. Volvió al momento.

–Nunca volveré a hacerte daño, Gracie Darlington –prometió él, tomándola entre sus brazos. Luego, la soltó para entregarle un pequeño paquete.

–Oh, Gareth –exclamó ella, al desenvolverlo y ver una cajita joyero de madera de cerezo, con un intricado diseño de plata, ónix y turquesas en la tapa–. ¿La has hecho tú?

–Ábrela –invitó él, asintiendo.

Dentro, había un anillo de diamantes, con dos esmeraldas a los lados. Gracie se quedó sin habla.

–Era de mi madre –explicó él–. Si no quieres llevarlo, te buscaré otra cosa. Pero ya he hablado con Kieran y Jacob. Me han dado su permiso para dártelo… ya que soy yo quien se acuerda mejor de nuestra madre.

Ella se quedó sin palabras mientras él se lo ponía en el dedo, sumergiéndose en sus ojos con ternura y confianza.

–Cásate conmigo, Gracie. Llena nuestra montaña de luz, amor y niños.

–Sí, mi dulce Gareth. Sí.

Las mejores novelas de...
AMNESIA

SHARON KENDRICK

Miedo al olvido

Cuando se enteró de que el célebre Adam Black iba a convertirse en su jefe, Kiloran Lacey se puso furiosa, estaba demasiado acostumbrada a ser ella la que mandara. Y para empeorar aún más las cosas, Adam era el hombre más atractivo que había visto en su vida... ¡y no tardaron en acabar en la cama juntos! Adam había aprendido a no tener que depender de nadie. Era un increíble amante, pero se negaba a permitirle a Kiloran acercarse a él de verdad. Sin embargo, cuando un accidente le dejó sin memoria, tuvo que confiar en la ayuda de Kiloran para recuperarse... y para enfrentarse a su doloroso pasado. Estaban juntos de nuevo, la atracción era tan poderosa como siempre, pero ¿sería capaz ahora de amarla...?

JANICE MAYNARD

Terreno privado

Gareth Wolff intentaba ocultarse del mundo... hasta que Gracie Darlington se presentó ante su puerta víctima de la amnesia. El huraño millonario conocía bien a esa clase de mujeres. Sabía que ella quería algo, algo que él llevaba toda la vida intentando olvidar. Aun así, decidió no dejar que la sensual intrusa se marchara, al menos, hasta que pudiera saciar con ella su deseo. Sin embargo, cuando Gracie recuperara la memoria, podía ser demasiado tarde. Porque, además de su territorio, ella había invadido su corazón.

¡YA EN TU PUNTO DE VENTA!

Christine Rimmer

El hijo secreto del príncipe

El príncipe Rule había viajado a Estados Unidos por un asunto familiar de verdadera importancia. Y no se iba a ir hasta que conociera a Sydney O'Shea, la madre de su hijo. Rule no esperaba que la abogada de Texas lo volviera loco de deseo, pero la ley de Montedoro lo obligaba a casarse antes de los treinta y tres años si no quería perder su herencia y su título. La solución perfecta sería casarse con Sydney. Ya tendría tiempo, después, de decirle toda la verdad. Si es que se la decía.

HARLEQUIN

Christine Rimmer
El hijo secreto del príncipe
Matrimonio real

Dos 2 en uno

Tiffany

Matrimonio real

El frío y distante Alexander Bravo-Calabretti era el último hombre con el que la princesa Liliana de Alagonia habría querido casarse. Pero, después de un encuentro apasionado, se dio cuenta de que estaba embarazada y sus familias solo iban a aceptar una solución: una boda secreta.

Alex había accedido a casarse con Lili por el bien del bebé; no había otra opción cuando estaban en juego el futuro del trono de Alagonia y el honor de los príncipes. Pero, poco después, cuando representaba el papel de recién casado feliz, se dio cuenta de que deseaba que aquello pudiera ser real.

JULIA™

AIMEE CARSON
CITA PERFECTA

En un rincón del cuadrilátero, representando a los hombres, está Cutter Thompson. Participar como famoso en un concurso de coqueteo supone la peor de las pesadillas para él.

Agitando la bandera de las chicas está Jessica Wilson. Tal vez Cutter piense que no necesita ayuda para coquetear con éxito, pero el radar profesional de Jessica indica otra cosa. Esta batalla de sexos se ve complicada por una intensa y profunda atracción.

N.º 481

LEANNE BANKS
EL ÚLTIMO DESEO

El idilio de la princesa Pippa con el magnate Nic Lafitte tenía que terminar. Sus familias estaban enfrentadas desde hacía generaciones.

Nic admiraba a la dulce princesa, sin embargo, trató de luchar contra la atracción que sentía por ella..., hasta que tras una noche de pasión descubrieron que Pippa estaba embarazada.

KIMBERLY LANG
EL PRIVILEGIO DE AMARTE

Lily necesitaba un nuevo comienzo y parecía haberlo encontrado. Después de todo, ¿para qué iban sus nuevos jefes, miembros de la influyente familia de los Marshall, a indagar más allá de su aspecto? Hasta que llamó la atención del rompecorazones Ethan Marshall…

Tener una aventura con un Marshall no era una buena idea, en especial para una mujer con un pasado escandaloso.

¡YA EN TU PUNTO DE VENTA!

JAZMÍN

ANNE WEALE
CUANDO NUNCA SE HA AMADO

Cally iba buscando un poco de paz y tranquilidad cuando llegó a aquel pueblo de España... pero la llegada del misterioso millonario Nicolás Llorca lo cambió todo.

Los encantos de aquel hombre resultaban extremadamente difíciles de resistir. Aunque estaba decidida a alejarse de él, su seguridad empezó a tambalearse cuando Nicolás le hizo una oferta que no pudo rechazar.

MARION LENNOX
AMOR EN PALACIO

Tammy era la tutora de su sobrino huérfa-no, Henry, que algún día sería príncipe de un país europeo. Marc, el príncipe regente, quería educar a Henry en la realeza. Pero Tammy, una combativa australiana, no te-nía tiempo para los títulos y quería darle a su sobrino todo el amor que necesitaba... aunque tuviera que mudarse al palacio.

Y mientras Tammy y Marc se enfrentaban por el futuro del bebé, la pasión que nació entre ellos se hizo imposible de resistir.

N.º 586

CATHIE LINZ
UN HOMBRE DE PALABRA

Según Kate Bradley, los hombres guapos y temerarios no eran buenos maridos. Pero eso no le impedía fantasear con Striker Kozlowski, el marine a quien había adorado en secreto desde los diecisiete años. Ahora, tenía que asegurarse de que Striker cumpliera la voluntad de su abuelo... y de mantener ocultos sus verdaderos sentimientos.

DESEO

EMILIE ROSE
PAPÁ POR SORPRESA

Pierce Hollister necesitaba una niñera urgentemente. Anna Aronson, la mujer perfecta para el puesto, ya tenía un bebé, por lo que aquel hombre solitario se encontró viviendo en una casa llena de niños. Entonces una complicación surgida del pasado amenazó con destruirlo todo. ¿Defendería el papá millonario lo que era suyo?

JULES BENNETT
AL PRECIO QUE SEA

Anthony Price, el director más famoso de Hollywood, siempre conseguía lo que quería. Sin embargo, la vida le ofreció un guion de lo más inesperado cuando obtuvo la custodia de su sobrina huérfana. Necesitaba a su mujer más que nunca… pero ella se había marchado tres meses atrás. Para conseguir que volviera, tenía que demostrar que estaba dispuesto a anteponer la familia a su carrera.

N.º 565

MERLINE LOVELACE
SECRETO MORTAL

Grace Templeton, cumpliendo la promesa que le había hecho a su prima en el lecho de muerte, dejó a un bebé en la puerta de los Dalton y, a continuación, se ofreció a trabajar como niñera para intentar descubrir cuál de los gemelos Dalton era el padre. La promesa incluía proteger al bebé, pero no enamorarse del hombre que al final resultó ser el padre de Molly.

DESEO

MAYA BANKS

ARRÁSTRAME AL PARAÍSO

El magnate Theron Anetakis solo tenía un problema… y acababa de entrar en su despacho. Después de ocupar su puesto en las oficinas de Nueva York, Theron pretendía casarse y formar una familia para consolidar su futuro, pero no se esperaba aquello. La pequeña Isabella Caplan se había convertido en una voluptuosa joven con planes propios, y esos planes no incluían dejar que el administrador de la fortuna de su padre la casara con otro hombre. Llevaba muchos años loca por Theron y había llegado el momento de seducir al ardiente magnate hotelero.

N.º 566

AVENTURA SECRETA

Tras una increíble noche de pasión, Jewel Henley descubrió que el exótico extranjero que la había vuelto loca era su nuevo jefe, Piers Anetakis. Y antes de poder ofrecerle una explicación, se encontró sin trabajo… y embarazada.

Cinco meses después, Piers al fin dio con ella. Decidido a explicarle los errores cometidos, se encontró con una innegable evidencia: Jewel estaba embarazada de su hijo. Su honor griego le exigía pedirle matrimonio, pero ¿había entre ellos algo más que lujuria? ¿Bastaría para que su matrimonio de conveniencia durase?